モナリザの微笑
ハクスレー傑作選

Aldous Leonard Huxley
オルダス・ハクスレー
行方昭夫 訳

講談社文芸文庫

目次

モナリザの微笑　七
天才児　五九
小さなメキシコ帽　一一九
半休日　一六五
チョードロン　一九一

解説　行方昭夫　二五六
年譜　行方昭夫　二七八

モナリザの微笑

ハクスレー傑作選

モナリザの微笑

一

「お嬢様はすぐに参ります」

「ああそう、有難う」ハットン氏は振り返らずに答えた。ジャネット・スペンスのメイドはとても器量が悪い。前から思っていたのだが、わざと人を不快にするためであるかのように、犯罪的と言えるほど無器量だ。必要以上に顔を合わせるのは我慢できない！　ドアが閉まりひとりになると、ハットン氏は椅子から立ち上がり、応接室にある見馴れた装飾品をしげしげ眺めながら、ゆっくり歩き始めた。

ギリシャ彫像の写真、古代ローマの集会場の写真、イタリア名画の複製——どれもこれも無難な選択だな。ジャネットという女は何て気取り屋なのだろう。教養をひけらかす見栄者なのだ。実際の趣味は、ローマの道端で描いていた画家から半クラウンで買ってきたという水彩画にはっきり出ているじゃないか（帰国後上等な額縁に入れさせたら三十五シリングかかったそうだ)。その話を何度聞かされたことか！　絵は油絵風の石版画を巧みに模倣したものにすぎないのに、その美しさについて何度くどくど語ったことだろう。「まさに街頭の芸術家だわ！」彼女がその言葉を発する時の「芸術家」には、特別に力がこもっていた。ジャネットがあの石版画の模造品の代金として画家に半クラウン渡した時、その交換で画家の栄光が自分自身に移ったと人に思わせたいのだ。自分の鑑識眼と趣味のよさを得意になって宣伝したいのだ。昔の巨匠の作品を半クラウンで買ったと思い込んだりして、何てお目出度い女なのだ。

ハットン氏は小さい楕円形の鏡の前に立ち止まった。自分の顔全体をよく見ようと少し屈《かが》んで、手入れの行き届いた白い指で、口ひげをなでた。ちぢれていて、明るいとび色のひげであるのは、二十年前と同じだ。髪も以前と同じ色だし、まだ禿げの徴候はないな。額は多少広くなってきたようだが、シェイクスピアに似ているじゃないか。彼はそう思って、なめらかで光沢のある額を見ながら微笑を浮かべた。

「他の作家は皆われらが疑問を甘受すれども、汝のみ自由なり……」、「海上を足で歩き……」、「荘厳にして……」、「シェイクスピアよ、汝は今なお生きているべき……」などなど、人は皆シェイクスピアを賛美してやまないな。いや、待てよ、最後の引用はシェイクスピアでなくミルトンへの呼びかけだったかな？　忘れた。そうそう、ミルトンと言えば、彼はケンブリッジの学生時代に「キリスト学寮の淑女」という綽名で呼ばれる美男だった。だがおれには淑女らしさなど皆無だ。女どもが男の中の男だと噂している。だからもてるのだ。ちぢれたとび色の口ひげとかすかに匂うタバコの香りが好まれるのだ。ハットン氏はまたにっこりした。自分をネタにしておどけるのが好きなのだ。「キリスト学寮の淑女」だって？　逆だ。おれは「淑女たちのキリスト」だ。うまい洒落だぞ。この洒落を聞かせる者はいないかな？　ジャネットにはこの種の洒落は通じないだろうな。残念だ。

屈んでいた体を起こし、髪をなで、再び歩きだした。古代ローマの集会場の遺跡なんか嫌だな。彼は陰気な写真が大嫌いだった。

突然ジャネット・スペンスが部屋にいるのに気づいた。ドアの近くに立っていたのだ。ハットン氏は、何か重大犯罪の現場をおさえられたかのようにぎょっとした。こんなふうに、無言のまま幽霊のように出現するのは、彼女独特の才能だ。ずっとそこにいて、もしかするとおれが鏡で自分を見ている様子を見たかもしれない。まさかとは思うが。いや、とにかく気になる。

「ああ、驚きましたよ」ハットン氏が言って、微笑を取り戻し、握手の手を差し出し、挨拶しようと近づいた。

ミス・スペンスも微笑を浮かべていた。かつて彼が半分皮肉に半分お世辞に「モナリザの微笑」と呼んだことがある微笑だ。彼女は全部褒め言葉だと本気で受け止め、それ以来常にモナリザの微笑をお手本にして、真似しようとしていた。今ハットン氏と握手している間も黙って微笑を浮かべている。モナリザの微笑のつもりなのだ。

「お元気でしょうね？　そうお見受けしますよ」ハットン氏が言った。

何て奇妙な顔だろう！　モナリザの微笑を浮かべるために、小さな口が前に突き出ていて、口笛を吹くための丸い穴がある豚の鼻と言ったところか。前から見たペン軸にも似ている。口から上に形のよい鼻、見事な鷲鼻がある。目は大きく、輝いていて黒い。大きさも輝きも黒さも、ものもらいと充血を招きそうだ。きれいな目だけれど、いつみても真面目だ。ペン軸の口がいくら微笑しても、目の真面目さは変わらない。目の上には弓なりに黒々と眉墨を塗った眉毛が目立ち、そのため顔の上半分は古代ローマの中年女性のような力強い印象を与える。頭髪も黒く、やはり古代ローマ風であり、眉から上はアグリッピーナそのものだ。

「帰宅途中にお寄りしました」ハットン氏は言葉を続けた。「ロンドンからここに戻るとほっとします」――手を振って花瓶の花々、窓の外の陽光や緑の木々を指した――「むしむししたロンドンで忙しい日を過ごした後、郊外に戻ると落ち着きますよ」

すでに座っていたミス・スペンスは彼に側の椅子に座るように勧めた。

「いえ、いえ、座っている余裕はないのです」ハットン氏は遠慮した。「エミリの具合が気になるのです。今朝調子がよくなかったものですから」そう言っても、結局座った。

「いつもの肝臓病ですよ。ワイフはいつもそれなのです。女というものは……」言葉を切り、うっかり口を滑らせかけたのをごまかそうと、咳をした。女は、消化器官が悪いのなら、結婚すべきでないと言うつもりだった。しかしあまりに失礼な言い分だし、彼もそう信じているわけではない。それにミス・スペンスは、永遠の情熱と心の結びつきを信じる人だ。「エミリは明日にはよくなって、あなたにお目にかかりたいと言っています。いらしていただけますか？　ぜひどうぞ」相手を促すように彼は微笑した。「ぼくからもお願いしますよ」

ミス・スペンスは目を伏せた。頰を少し赤らめているようだとハットン氏は思った。おれに気があるのか？　口ひげをなでた。

「エミリがお客を迎えられるほど回復したとお思いなら伺いますわ」

「そうしてください。喜びましょう。もちろん、ぼくにも喜びです。結婚生活では二人きりより三人のほうが楽しいですからね」

「あら、皮肉な方ね」

ハットン氏は「皮肉」と言われると、ギリシャ語の語源が「犬」に関係があるので「わんわん」と吠えたくなるのだった。だからこの語を聞くといつも腹が立つ。でも今は吠える代わりに抗議した。

「いいえ、いいえ、憂鬱な真実を述べただけです。現実は理想通りにはなりませんからね。それでもぼくは理想を信じていますけど。いや本当に結婚の理想を堅く信じています。完璧に一致する二人が結婚で結ばれるという理想です。実現可能と思っています」

意味ありげに言葉を切り、いたずらっぽい表情で彼女を見た。三十七歳の処女だが、衰えてなどいない。彼女なりに魅力がある。それに実際どこか謎めいたところがある。彼女は何も答えず、ただ微笑し続けた。ハットン氏は、このモナリザ気取りにうんざりすることもあった。立ち上がった。

「もうおいとましなくては。神秘的なモナリザさん、失礼します」彼女の微笑は一段と深まり、口元がますます豚の鼻のように見えてきた。ハットン氏は十六世紀流の身振りをして彼女が差し出した手にキスをした。こんなことをしたのは初めてだったが、嫌がられることはなかった。「では明日お待ちします」

「ほんとうに？」彼女が言った。

返事の代わりにハットン氏は再度彼女の手にキスをした。それから振り向いて出口に向かった。ミス・スペンスはベランダまで送ってきた。

「お車はどこですの？」

「門の所に置きました」

「そこまでお送りしますわ」

「いえ、いいえ」ハットン氏の口調はふざけたものだったが、絶対に譲らないという態度だった。「そんなことなすっては困ります。本当にいけませんよ」

「でもそうしたいのですもの」彼女はさっとモナリザの微笑を投げかけながら抵抗した。

ハットン氏は手をあげた。「いいえ、いけません」彼はもう一度言い、投げキスのようなしぐさをした。邸内の車道を走り出した。身軽に、爪先で、少年のように弾むような走り方だった。こういう走り方がまだできるのが得意だった。驚くほど若々しかった。それでも車道があまり長くなくてほっとした。最後の曲がり角で、邸が見えなくなる前に、彼は立ち止まって振り返った。ミス・スペンスが玄関のところにまだ立っていて微笑を浮かべている。彼は手を大きく振り、今度ははっきりと分かるように彼女の方向に向かって投げキスを送った。それからもう一度見事な駆け足になり、黒々とした木々のある最後の角を曲がった。邸が完全に見えなくなると、彼はスピードを落として、小走りになり、走るのをやめた。ハンカチを出して、首筋を拭いた。何という馬鹿なのだろう！　あのミス・スペンスほどの愚か者が他にいるだろうか？　ああ、おれがいるな。おれは自分の愚かさに気づいていながら、改めないのだから、もっと悪い馬鹿だ。どうして改めないのか？　ああ、問題はおれ自身にあり、また他の連中にある……

やっと正門についた。一台の立派な車が道のわきに駐車していた。

「邸に行ってくれ、マクナブ」運転手は帽子に軽く手をやった。「そして、いつものように十字路でいったん止まってくれ」と車のドアを開けながら言った。「待ったかい？」車の中に潜んでいる薄暗いものに向かって声をかけた。

「まあ、テディ・ベア、遅かったじゃあない！」若々しい子供っぽい声だった。母音の発音にロンドンの下町訛りがかすかにあった。

ハットン氏は大きな体を屈めて、巣に戻った動物のような敏捷さで車に飛び込んだ。「そんなに待たせたかね？」ドアを閉めながら言った。車が動き出した。「待ち遠しかったなら、淋しかったというわけだな」低い座席に座ると、ほんわかした暖かいものが彼に抱きついてきた。

「テディ・ベア……」嬉しそうに吐息をもらしながら、可愛い小さな頭がハットン氏の肩にもたれかかった。彼はうっとりして丸い赤ん坊のような顔を横目で見下ろした。

「君は、自分がルイーズ・ケルアイユの絵に似ているのを知っているかね、ドリス？」そう言って、ふさふさした娘の巻き毛に指をからませた。

「ルイーズ・ケル何とかっていう人、どこにいるの？」ドリスは夢心地で、どこか遠いところから尋ねた。

「チャールズ二世の愛人だったから、残念だけど、もうこの世にはいない。死んだ人だ。誰でもいずれ死ぬのが運命だ。だから今のうちに……」

ハットン氏は幼い顔にキスの雨を降らせた。車は突進していた。仕切り窓の向こうのマクナブの背中は、びくとも動かない。まるで彫像の背中だ。

「あなたの手だけど」ドリスがささやいた。「そんなふうにさわらないで。触れられると、電気にさわったみたいにピリピリするんだもの」

ハットン氏は、その言葉の処女らしい愚かしさを可愛いと思った。人間はある程度年齢を重ねないと自分の体の秘密を発見できないものなのだなあ！

「電気はぼくが出すんじゃない、君の体の中にあるのさ」ハットン氏はまたキスを浴びせ、ドリス、ドリス、ドリスと繰り返しささやいた。差し出された長く伸びた白い喉は、あたかも刃を待つ生贄の喉のようだ。そこにキスしながら、ドリスというのは「うみけむし」の学名じゃないかなと考えた。「うみけむし」なら虹色の産毛に覆われたソーセージに類似する奇妙な生物だ。それとも、驚いた時には内と外が裏返しになる「なまこ」の学名だったかもしれない。水族館に行って確かめよう。そのためだけでもナポリを再訪しなくてはならないぞ。海の動物には信じがたい風変わりな生物がいるから面白い。

「ねえ、テディ・ベア」（これも動物だ。でもおれはありきたりの陸上動物にすぎない。いや、またつまらぬダジャレが出そうだ）「テディ・ベア、あたしすごく幸福よ」

「ぼくもだ」ハットン氏が言った。だが本当かな？

「でもね、いいか悪いかぜひ知りたいの。こんなことしていいのかしら？　教えて」

「それは難しい。だってぼくが三十年間ずっと考えてきても正解が分からぬことだもの」

「真面目に答えてよ。これでいいのかしら？　ここに一緒にいること、あなたと愛し合うこと、あなたに触れられると電気みたいにピリピリすること——それっていいことなのいけないことなの?」

「いいかどうかって? そうだな。性的な抑圧より電気のピリピリのほうがいいのは確実だ。フロイトを読んでごらん。抑圧は悪いことだ」

「教えてくれないのね。たまには真面目になってよ。悪いことかなと思って、あたしが悩んでいるのを分かってくれなくちゃいや! 悪いことをすれば地獄に行くというじゃない! どうしたらいいの? あなたを愛するのをやめるべきだって、時には考えるのよ」

「でもできるかい?」ハットン氏は自分の誘惑の力と口ひげの魅力に自信を抱いていた。

「ううん、テディ・ベア、できないのよ。でも逃げることならできるわ。どこかに隠れて、鍵をかけ、あなたの所に来ないようにすることなら」

「可愛い子だ」彼は一層強く抱きしめた。

「ああ、あなたと愛し合うのが悪いことじゃあないといいな。それに、良くても悪くても、どっちでもいいと思う時もあるの」

ハットン氏は娘がいじらしくなった。この子を世間から守ってやろう、そう思いながら頬を娘の髪に載せ、抱き合ったまま無言でじっとしていた。その間、車は上下左右に少しゆれながら走りつづけた。行く手の白い道や埃をかぶった生垣が次第に迫ってくるようだった。

「さようなら、さようなら」

車は動きだし、スピードをあげ、カーブを回ってドリスからは車が見えなくなってしまった。ドリスは十字路の標識のそばに残された。何度もキスされ、優しい手で電気のような刺激を受けたおかげで、全身がけだるくなって、まだ頭がふらふらし、体から力が抜けたようだった。深呼吸をし、頑張って体をしゃんとさせ、ようやく家路につく元気がでた。家まで半マイル。その間に何かうまい嘘を考えれば親はだませるだろう。

ハットン氏はといえば、ひとりになって、ひどい倦怠感の餌食になっているのに急に気づいた。

二

ミセス・ハットンは自分の部屋のソファに横になってトランプのカードを並べて一人占い《ペイシャンス》をしていた。七月の夜で暖かいにもかかわらず、暖炉では薪の火が燃えている。黒いポメラニアンが暑さと食べすぎでぐったりして、暖炉の前で寝ている。

「うわ、ちょっと暑すぎるんじゃないか」ハットン氏は妻の部屋に入るとすぐ言った。

「わたしは暖かくしていなくてはならないのですよ」声は泣き出しそうな調子だった。

「すぐ震えがくるのですもの」

「今夜はいくらか調子がいいのかな？」

「そうでもないわ」

会話が途切れた。ハットン氏は暖炉に背をもたせて立った。足元に横たわっているポメラニアンを見下ろし、靴の爪先でぐるっとひっくり返して、白い斑点のある胸と腹を撫でてやった。犬はうっとりしたようにじっとしている。ミセス・ハットンはペイシャンスを続けた。行き詰りになると、インチキをして別のカードと入れ替えるのだ。これなら、いつも上がれるに決まっている。

「リバード先生がわたしに、この夏ランドリンドッド鉱泉へ行くようにと勧めるのよ」

「じゃあ行けばいいじゃないか。ぜひそうしたまえ」

ハットン氏はその日の午後の出来事を思い出していた。ドリスと二人で、車で丘の急斜面にある森まで行き、車は木陰で待たせておいて、風のない穏やかな日差しの中で白亜の台地まで歩いていったのだ。

「肝臓にいいからって鉱泉を勧めるのよ。他にマッサージとか電気療法も役立つんですって」

ドリスは蝶を捕まえようと帽子を手に四羽の青い蝶へ忍び寄った。松虫草の周りを蝶が踊っている様子は、まるで青い炎がひらめいているようだった。近づくと、青い火がパッと開き、渦巻く火花となって飛び散った。彼女は、子供のように笑ったり叫んだりして、蝶を追いかけた。

「そのどれも君の体にいいと思うよ」

「あなたも一緒に鉱泉まで来てくださる？」

「いや君、ぼくは月末にはスコットランドに行くことになっているじゃあないか」

ミセス・ハットンは懇願するように夫を見た。「行き着くまでがねえ。それを思うと怖気づくのよ。ちゃんと行けるかしら？　それにホテルではよく眠れないわ。荷物のことか、面倒なことがいろいろあるし。ひとりでは行けないわ」

「でもひとりで行くわけじゃあない。メイドが同行するじゃないか」彼はいらいらして言った。病気の女が健康な女の地位を奪っているじゃあないか！　おれにしても、あの日当たりのいい台地での、活発でよく笑う娘の記憶から、このむんむんする病室と愚痴っぽい病人のところへとむりやり引き戻されるじゃないか。

「わたし、行けそうもありません」

「でも医者が勧めるのなら、行くにかぎるよ。転地療養できっと回復するよ」

「そうは思えないわ」

「でもリバード先生がそう言っているんだろう？　先生はいい加減なことは言わない人だ」

「いいえ、とても行けません。体力がないんですもの。ひとりじゃ行けないわ」ミセス・ハットンはハンカチを黒絹のバッグから取り出し、目に当てた。

た。

「何を言うのだね！　さあ、元気を出さなくちゃ」

「死ぬまでここにそっとしておいてくださいな」夫人は本気で泣きだしている。

「ああ、何ていうことか！　無茶を言わないでくれよ。さあ、よく聞いてほしいな」しかし夫人はさらに激しく泣くばかりだった。ハットン氏は肩をすくめて部屋から出ていった。

辛抱強くしてやるべきだったとハットン氏は自覚していた。でも仕方なかった。成人してまもなく気づいたのだが、自分は、貧者、弱者、病人、障碍者に対して同情心を持たないのだ。それどころか憎しみを覚えるのだ。大学生だった時、イースト・エンドでのボランティア活動で三日間すごしたことがある。そこから戻った時は、抜きがたい嫌悪感で一杯だった。不幸な者を憐れむどころか心から憎んだのだ。褒められる感情でないのは承知していて、最初は恥ずかしいと思っていた。でも結局、生まれつきの性分だから仕方ないという結論に達した。今では気が咎めることもなくなった。結婚当時のエミリは健康で美人だった。当時は愛していたが、今では……彼女がこんなになったのは、おれの責任だろうか？

ハットン氏はひとりで夕食をとった。食事と飲物のせいで、食事の前より寛大な気持ちになった。さっき癇癪を起こしたことの埋め合わせに妻の部屋に行き、本を読んであげようかと申し出た。感激したエミリは喜んでそうしてと言った。ハットン氏は、フランス語の発音が上手だったので、フランス文学の何か軽い読みものにしようと提案した。

「フランス語？　ええ、わたし、フランス語って大好き」ミセス・ハットンはフランス語のことをグリンピース料理の一種であるかのように言った。

ハットン氏は書斎まで駈け下りて、黄表紙の本を持ってきた。読みだした。フランス語を完璧に音読するのに意識を集中した。それにしてもおれの発音は何て見事なのだろう！きれいな発音のおかげで読んでいる本の質まで向上するような気がするではないか。

十五頁まで読んだ時、まごうことのない音声で我に返った。本から顔を上げた。ミセス・ハットンは寝息をたてていた。ハットン氏は寝顔を冷静な好奇心で眺めながら、しばらくじっと座っていた。かつては、非常な美人であり、彼女の顔を見れば、あるいは顔を思い出せば、それ以前にもそれ以後にも経験したことのない幸福感に襲われたものだった。だが、今は皺がより、死体のようにやつれている。皮膚は尖った鳥のような鼻柱を横切って、左右の頰骨の上にぴったり張り付いている。閉じた目は骨に縁どられた眼窩の奥にある。横合いから顔を照らす電灯のせいで、顔の窪みと出っ張りが光と影で際立って見える。モラーレスの描いた死んだキリストの顔そっくりだ。ゴーティエの詩句が口から出た――

骸骨はいずこにも見当たらず

彼は身震いし、そっと病室を後にした。

翌日ミセス・ハットンは昼食に降りてきた。夜の間は動悸が激しくて気分がすぐれなかったけれど、今は回復している。それに、お客さまのお相手をしなくてはと言うのだった。ミス・スペンスは夫人からランドリンドッド鉱泉行きについての愚痴を聞き、大いに同情し、多くの助言を与えた。彼女は体を乗り出して、まるで鉄砲のように狙いをつけ、言葉を発射した。バン！　バン！　心の中の火薬に火がついて、狭い銃口のような口から言葉がヒューと飛び出す。同情の弾丸で夫人を蜂の巣にする機関銃のようだった。ハットン氏も彼女から類似の砲撃を受けたことがあったが、こちらは主に文学的か哲学的な――メーテルリンク、ミセス・ベザント、ベルグソン、ウィリアム・ジェイムズなどの砲撃だった。今日の夫人への砲撃は医学的だ。不眠症について、副作用のない睡眠薬もあるとか、親切な専門医が役立つとか、際限なく喋りまくった。親切な砲撃をうけて、ミセス・ハットンは日光を浴びた草花のように心が開いた。

ハットン氏は黙って見ていた。ミス・スペンスを眺めているといつも好奇心を刺激されるのだった。彼はロマンチックな性質でなかったから、どんな顔にも内面の美や不思議さが隠されているとか、女の些細なお喋りが神秘の深淵を隠す靄のようなものだ、などとは考えなかった。妻のエミリにしても、ドリスにしても、見たまま、それだけだった。ところがミス・スペンスとなると、いささか違う。モナリザの微笑とローマ風の眉毛の陰には奇妙な顔が隠されているように思えてならない。問題はそれがいかなる顔か?ということだった。ハットン氏にはどうしても解明できないのだ。

「でも、もしかすると、ランドリンドドッド鉱泉まで行かなくても済むかもしれない」ミス・スペンスがさっき言っていた。「回復が早ければ、リバード先生は鉱泉はもう必要ないとおっしゃるわ、きっと」

「わたしもそう期待しています。今日はほんとうに気分がいいの」

ハットン氏は恥ずかしくなった。自分の同情心が欠けているせいで、妻は毎日いい気分になれないのだろうか?　しかしいい気分というのは必ずしも病状が改善しているのとは違う。気持ちのことだけだ。同情で肝臓や心臓の病が治癒するものではないぞ。

「あのねえ、ぼくならその赤すぐりは食べないがね」彼は急に親切になって言った。「リバード先生が皮と種がある食品は避けるようにと言ったじゃないか」

「でも好物なのですもの。それに今日は調子がいいわ」

「無理に禁止するのはいけません」ミス・スペンスが最初はハットン氏を、それから夫人を見て言った。「ご病人には何でも気に入ったものを上げるのがいいですよ。それが薬です」彼女は夫人の腕に手をおいて、やさしく数回たたいた。

「有難う」夫人は言って、すぐりの砂糖煮を食べた。

「もしそれで具合が悪くなっても、ぼくを責めないでほしいな」

「わたしがあなたを責めたことあったかしら？」

「責められるようなことは何一つしていないからね」ハットン氏が冗談めかして言った。「非のうちどころのない夫だもの」

昼食後は全員が庭に出て座った。糸杉の老木の下で、そこだけ島のように日陰になっている場所から、平らに広がった芝生を眺めた。花壇の花があたかも金属のように光り輝いている。

ハットン氏は暖かく、かぐわしい大気をたっぷり吸いこんだ。「生きているっていうのは良い気分だなあ」

「ただ生きているだけでもね」妻が青白い、節くれだった手を日向に伸ばしながら応じた。

メイドがコーヒーを運んできた。銀製のポットと小さな青色のカップが三人の椅子のそばにある折り畳みテーブルの上に置かれた。

「あら、薬！」ミセス・ハットンが声を上げた。「クレアラ、急いで取りに行ってくれる？　サイドボードの上にある白い瓶よ」

「ぼくが取りに行く。どっちみち葉巻を取りに行くところだったから」ハットン氏が言った。

彼は邸に向かった。入口で一瞬振り返った。メイドが芝生を横切って邸に戻ってくる。エミリはデッキチェアで上体を起こし、白いパラソルを拡げようとしている。ミス・スペンスはテーブルに屈むようにしてコーヒーをついでいる。

ハットン氏はひんやりとした薄暗い邸に入った。

「コーヒーにはお砂糖を入れます?」ミス・スペンスが尋ねた。

「ええ、お願い。多目にね。苦い薬を飲んだ後、口直しに飲むから」

ミセス・ハットンは椅子に体を埋め、燃えるような空から目を守るためにパラソルを目元まで下ろした。

その背後でミス・スペンスがコーヒー・カップの音をかすかに立てていた。

「大匙で三杯入れましたよ。これでお薬の苦みが消えますわ。あ、薬が来ました」

ハットン氏が、ワイン・グラスに色の薄い液体を半分いれたのを持って戻ってきた。

「美味しそうな匂いがする」ハットン氏は妻に手渡しながら言った。

「匂いだけよ」夫人は一息に飲み、身震いし、顔をしかめた。「ああ不味い! 早くコーヒーを頂戴」

ミス・スペンスがカップを渡すと、少しずつ飲んだ。「シロップみたいね。でもひどい薬の口直しにはとてもいい。美味しいわ」

三時半にミセス・ハットンは、気分が悪くなったと訴えて、横になるため屋内に入った。ハットン氏は、赤すぐりを食べたからだと言いそうになったけれど、我慢した。「言わないことではない」と言ったところで、勝ち誇る気にもなるまい。代わりに優しく振る舞い、邸まで妻に腕を貸して歩いた。

「休めばよくなるさ。ところで、今夜は夕食後まで戻らないからね」

「どうしてですの？　どこにいらっしゃるの？」

「ジョンソンの所に行くって約束したのだ。戦争記念碑の件で相談するのさ」

「ああ、行かないでくださらない？」ミセス・ハットンは泣きだしそうだった。「家にいらして！　わたし、邸でひとりになるの嫌だわ」

「でも、君、数週間も前に約束したことだからね」このように嘘をつかねばならないのは面倒臭いな。「じゃあミス・スペンスのところに戻るからね」

妻の額にキスし、それから庭に出た。ミス・スペンスはハットン氏に口を銃のように向け、勢いこんで待っていた。

「奥様はかなりお悪いようですね」彼女は一発発射した。

「あなたがいらして、とても元気になったんだが……」

「神経が高ぶっただけです。わたし、よく観察していたのですけどね。心臓があんなふうだし、それに消化器官がとてもひどいから、いつ何時どんなことになっても不思議がないと思います」

「リバード先生はそこまで悲観的な見方はしていませんがね」ハットン氏は、彼女のために庭園から邸内の車道に通じる木戸を開けながら言った。ミス・スペンスの車が正面玄関で待っていた。

「リバード先生は田舎医者です。ぜひとも専門医に診ていただいたほうがいいですよ」

彼は思わず笑い出した。「あなたは縁起が悪いほど専門医を持ち出すのですねえ」

ミス・スペンスは抗議するように手を上げた。「本気で言っているのです。奥様の病状は深刻ですよ。いつ何が起きてもおかしくないと思います」

彼は彼女の手をとって車に乗せ、ドアを閉めた。運転手はエンジンをかけ、いつでも出発できるように運転席に上がった。

「車を出すように運転手に言いましょうか?」彼はこれ以上会話を続けたい気分ではなかった。

ミス・スペンスは体を乗り出すようにして、モナリザの微笑をこちらに投げかけた。

「近いうちにいらしてください。お忘れなく」

彼は無意識に笑みを浮かべ丁寧に挨拶した。車が走り去った時には手を振っていた。やっとひとりになれて嬉しかった。

数分後にハットン氏も車で外出した。ドリスが十字路で待っていた。二人は邸から二十マイルほど離れたところにある、道路沿いのホテルで夕食をとった。値段だけ高い、不味い料理だった。車で移動する者たちがよく利用する田舎のホテルで出る種類の料理だった。ハットン氏の口には合わなかったが、ドリスは美味しいと言った。彼女は何でも喜ぶ女だ。ハットン氏はあまり上等でない銘柄のシャンパンを注文した。こんなことなら家の書斎で時間を過ごせばよかったという気持ちになっていた。

二人が家路についた頃には、ドリスはほろ酔い加減で、車の中でひどく甘えてきた。車の中はとても暗かったが、前方をみると、マクナブの不動の背中越しに、さまざまな色と形の狭い風景が、ヘッドライトによって抉り取られたように浮かび上がった。

ハットン氏が邸に戻ったのは十一時過ぎだった。リバード医師が玄関で出迎えた。医師は小柄で華奢な手をしている。女性的とも言えるよく整った目鼻立ちだ。茶色の目は大きく、憂鬱そうだ。患者の枕元に座って多くの時間を過ごしている。大きな目に悲哀をたたえ、低い悲しそうな声で、雑談をするのだ。彼の体からはいい匂いがする。消毒剤の匂いに違いないのだが、それでもほのかに快い香りだ。

「先生ですね？」ハットン氏は驚いて大声を出した。「一体どうしてここにいらっしゃるのです？　妻の具合が悪いので？」

「もっと早くご連絡しようとしたのです」柔らかい沈鬱な声が答えた。「ジョンソンさんのお宅にいらしているということだったのですが、そこにはいらっしゃらず……」

「ええ、足止めを食いましてね。車が故障して」ハットン氏はいらいらした口調で答えた。嘘がばれるのは不愉快だ。

「奥様はしきりに会いたがっておいででした」

「ではすぐ行きます」ハットン氏は階段を上がろうとした。

リバード医師がハットン氏の腕を押さえた。「もう遅すぎます」

「遅すぎる？」懐中時計を取り出そうと焦った。

「奥様は三十分前にお亡くなりになりました」

医師の声は穏やかなままだし、憂鬱な目の表情も深まることはなかった。リバード医師は、死のことを話す時も土地のクリケット試合の成績を話す時も、同じ口調だった。あらゆるものが空しく、あらゆるものが悲哀に満ちているというのだ。

「どうしたのです？　死因は何ですか？」

リバード医師は説明した。「嘔吐の激しい発作による心臓麻痺です。嘔吐自体は何か刺激性の食物を取ったので引き起こされました」「赤すぐりでしょうか？」ハットン氏が言った。「十分ありえますね。心臓が持たなかったのでしょう。慢性弁膜症がありましたから。負担に耐えきれなくて亡くなったのです。お苦しみにならなかったと思います」

三

「わざわざイートンとハロウの対抗試合の日に葬式をやることはないじゃないか」とぼやきながら、グレゴウ老将軍は墓地の入口の日陰に立っていた。シルクハットを取ってハンカチで顔をぬぐった。

ハットン氏はこの発言を耳にして、将軍を痛い目にあわせてやろうかという気持ちをやっと抑えた。老いぼれのでっかい赤ら顔の真ん中を殴ってやりたかった。粉をふいたひどくでっかい桑の実のような顔だな。死者への敬意を知らんのか！　誰も死者を尊ばないのか？　頭ではハットン氏自身もあまり尊んでいなかった。死者をして死者を葬らしめよ、でいいのだ。とはいえ、いざ墓地に来てみると涙が出ているのに気づいた。可哀そうなエミリ！　昔はおれと暮らしてとても幸福だった。それが今は七フィートの穴の底に横たわっている。おまけにグレゴウ爺は、イートンとハロウの対抗試合に行けないと文句を言っているではないか。

ハットン氏はあたりを見回して、喪服の人々が墓地から、外の道路に並んだ馬車や車に向かってそろそろと散らばっていくのに目を止めた。明るく輝く七月の草花や木の葉を背景にしているので、彼らの姿はひどく場違いで不自然に見えた。この連中もみないずれ死んでゆくと思うと、嬉しい気分だった。

その晩、ハットン氏は書斎で遅くまでミルトンの伝記を読んでいた。どうしてもこの本を読みたかったのではなく、たまたま手を伸ばしたところにあったのだ。読み終えた時には真夜中を過ぎていた。肘掛椅子から立ち上がり、フランス窓の閂《かんぬき》を外し、狭い石畳のベランダに出た。夜は静かで空気が澄んでいた。ハットン氏は星を眺め、星と星との間の空間を眺めた。それから目を落として庭園の薄暗い芝生と色彩を失った花々を見、さらに月光のもとで黒く灰色に見える遠くの景色をぼんやりと眺めた。

頭の中が乱れていたけれど、夢中で考え始めた。星があり、ミルトンがある。人間は必ずしも星と夜に劣るわけではない。「偉大」だの「高貴」だのとよく言うが、高貴と卑賤との間に大きな相違があるのだろうか？　ミルトン、星、死、彼自身。魂と肉体。上品と下品。差異があるのか？　もしかするとあるのかもしれない。ミルトンは神と正義を自分の味方にした。おれに味方はあるか？　何もない。まったく何もない！　ドリスの小さな乳房だけだ。人生ってどう生きればいいのだ？　ミルトン、星、死、墓の中の妻、ドリス、おれ。そう、いつだっておれのことが一番気になるな……

ああ、おれは空しく不愉快な人間だ。あらゆる点からそれは確かなことだ。今は厳粛な瞬間だ。「これからは、まっとうな生き方をするぞ、必ずする」声に出して言ってみた。暗闇で聞く自分の声は怖かった。神々さえ守らざるをえないような厳粛な誓をした気がした。「するぞ、必ずする」これまでにも、新年や大事な記念日に誓を立てたことがあった。今と同じ良心の呵責を覚え、決意を記録したのだ。どの決意もすべて徐々に弱まっていき、遂に煙のように無に帰した。しかし、今日の決意はこれまででもっとも重大な瞬間であり、もっとも恐ろしい誓を立てたのだ。これからは生き方を改めてみせるぞ！　理性に従って生きる。勤勉になる。欲望を抑える。何か立派な目的に全生涯を捧げる。そう誓い、きっと実行してみせるぞ。

具体的な行動予定として、午前中は農作業の監督をするのだ。自分の農地が最善の近代的な方法――サイロ、人工肥料、継続的収穫――に従って運営されているかどうかをチェックするため、管理人と一緒に馬に乗って見まわる。残りの時間は本格的な研究に費やす。ずっと前から書くつもりでいる例の本『文明に及ぼす病気の影響』を執筆するための準備をするのだ。

ハットン氏は、謙虚と後悔の気分のまま床に就いたが、同時に、神の恩寵が与えられたような安心感もあった。七時間半ぐっすり眠って目を覚ますと、太陽がさんさんと輝いていた。昨晩のもろもろの深刻な気分は、十分な睡眠のせいで、いつもの陽気さに変わっていた。堅い決意や神聖な誓を思い出したのは、目が覚めてからかなりの時間が経ってからのことだった。ミルトンと死も、陽光のもとだとどこか違って見える。星について言えば、昼間にはどこにも見えない。それでも、あれは立派な決意だったな。日中でもそれは分かる。朝食後、馬に鞍をつけ、管理人を伴って農場を見て回った。昼食後、アテネの疫病に関するツキディデスの論文を読んだ。夜、南部イタリアのマラリアについて二、三のメモを取った。パジャマに着替えながら、ジョン・スケルトンの滑稽集に伝染性発汗熱病についての面白い話があったのを思い出した。鉛筆があれば、メモしておくところだ。

新生活の六日目の朝、郵便物の中に、一目でドリスからだと分かる独特の無教養な筆跡で書かれた封書があった。ハットン氏は開封して読みだした。どう言ったらいいのか分かりません。言葉では不足です。奥さんがあんなふうに亡くなり、それも突然に亡くなるなんて、ひどいことです。そこまで読んでハットン氏はため息をついた。だがさらに読むうちに少し興味がわいてきた。

「死はすごく怖いです。なるべく考えないことにしています。でもこんなことが起きた時とか、体が悪い時とか、落ち込んだ時とか、そういう時には死が身近なものだと感じてしまいます。あたしがこれまでやった悪いこととか、あなたとあたしの関係とかを考えて、死んだ後どんな目にあうかと心配になります。ねえ、テディ・ベア、あたし怖いし、とても淋しいし、不幸なのです。どうしたらいいのかしら？　死ぬということを頭から追い出せません。あなたがいないと、惨めでお手上げなんです。お手紙を書くつもりはなかったの。喪があけてから、あなたがまたあたしに会いに来てくれるのを待つべきだと思いました。でもすごく淋しくて惨めだったので、テディ・ベア、書くしかなかったのです。そうするしかなかった。許して！　あなたが欲しいの。この世の中にはあなたしかいません。あなたは親切で優しくてよく理解してくださる。この世にあなたのような人はいません。これまであなたがあたしにどんなによくしてくれたかけっして忘れません。あなたのように利口で何でも知っている人が、なぜあたしのような愚かで退屈な者に目を掛けてくださったのか分かりません。ましてどうして可愛がって愛してくださったのか分かりません。テディ・ベア、少しは愛してくださっているんでしょう？」

ハットン氏は恥ずかしくなり可哀そうになった。若い娘を誘惑したのに、こんなふうに感謝され、崇拝されるとは！　申し訳ない。愚かな気まぐれでやっただけなのに。愚かで、馬鹿げているとしか言いようがない。だって、実際には大きな喜びなど得られなかったのだから。考えてみると、楽しんだというよりも退屈したほうが多かったのだ。その昔、自分は快楽主義者だと信じ込んでいた。だが、本当の快楽主義者になるには、ある程度の理性の力、つまり快楽と分かっているものを選択し、一方苦痛と分かっているものを拒否する決断力が必要だ。ドリスとの浮気は理性なしどころか、理性に反してなされたのだ。こういう下らぬ情事から興味も快楽も得られないのを、始める前から、十二分に知っていたのだ。ところが、漠然とした欲望を覚える度に、負けてまたぞろ色恋沙汰に走ってきた。妻のメイドのマギー、農家の小娘イーディス、ミセス・プリングル、ロンドンのウエイトレス、その他これまで多くいた。どの情事も新味に欠け退屈だった。それは分かっていた、いつだって分かっていた。それでも……経験は役立たずだ。

それにしてもドリスは可哀そうだな。優しい手紙を書いて慰めてやろう。だが、もう二度と会うまい。使用人が、馬の用意ができてお待ちしておりますと言いにきた。彼は馬に乗って出かけた。老人の管理人はいつもより彼の癇にさわった。

それから、五日経って、ドリスとハットン氏はサウスエンドの防波堤で一緒に座っていた。ピンクの飾りのついた白いモスリンの服を着たドリスは幸福をまき散らしていた。ハットン氏は足を伸ばし、椅子を後ろにそらし、パナマ帽をあみだにかぶり、旅行者気分を味わおうとしていた。その夜、ドリスが傍らで気持ちよさそうに軽い寝息を立てて寝ている時、この暗闇と肉体的な疲労の瞬間に、二週間前の晩に宇宙的な感情に襲われて、厳粛な誓を立てたのを思い出した。あの厳粛な誓も、いままでの他の誓と同じ道を辿ってしまったたな。無分別が勝ったのだ。欲望がむらむらとしてきたとたんに負けたのだ。おれという奴は処置なしだ、まったく処置なしだな。

ハットン氏は長いこと目を閉じ自分の弱さを嚙みしめていた。ドリスが眠ったまま身じろぎした。彼は寝返りを打って彼女のほうを見た。半分あいているカーテンから微光がもれてきて、女のむき出しの腕、肩、首、枕の上の黒髪がよく見えた。きれいな女で、そそられる。自分の弱さを嘆く必要などあろうか？　どうでも構わないじゃないか。おれが処置なしなら、それでいいじゃないか。処置なしのまま、楽しんでいいのだ！　投げやりな気分が彼を奮い立たせた。おれは自由なのだ。見事に自由なのだ。高揚した気分で女を引き寄せた。強引なキスに驚き、半ば怯えながら、女は目を覚ました。

欲望の嵐が収まると、一種の穏やかな楽しい気分になった。あたりの空気全体が無言の哄笑で震えるようだった。

「あたしみたいにあなたを愛する人が他にいるかしらねぇ、テディ・ベア？」その質問は遠い愛の世界からかすかに聞こえてきた。

「そうだね、いるかもしれないよ」ハットン氏が答えた。水面下の哄笑が次第に盛り上がってきて、静かな水面を破り、あたり一面に響きわたりそうな勢いだった。

「え、誰なの？　教えて。どういうこと？」その声はごく近くで聞こえた。疑惑と苦悩と憤怒を帯びた声は身近なこの世界のものだった。

「さあねえ」

「誰なのよ？」

「君には当てられないよ」ハットン氏はうんざりするまで相手をじらしておいてから、やっと名前を言った。「ミス・スペンスだ」

ドリスは信じない。「お邸のミス・スペンス？　あのおばあ様が？　そんなこと、あり得ない！ 冗談でしょ？」と言った。ハットン氏も笑った。

「でも本当の本当さ。あの人はね、ぼくを熱愛しているんだ」こりゃあすごく面白いぞ。帰ったらすぐにミス・スペンスを訪問しよう。われ来たれり、見たり、勝てりだ。「ぼくと結婚したがっているのだよ」

「でもまさか……そんなことやらないでしょ？」

空気は滑稽さにあふれてピチピチ音を立てて哄笑した。「ぼくはね、ドリス、君と結婚するよ」大きな声で言った。生涯最高の冗談に思えた。

サウスエンドを後にした時、ハットン氏は再び既婚者になっていた。でもいましばらくこの事実は伏せておくことにした。秋に一緒に海外旅行に行こう。その時に知らせればいい。それまでは彼は自分の家に、ドリスも自分の家に戻るのだ。

翌日、午後になると彼はミス・スペンスを訪ねた。彼女はいつものモナリザの微笑を浮かべて彼を迎えた。

「お待ちしていましたわ」

「どうしても足が向いてしまったのです」ハットン氏はお愛想を言った。

二人は庭の東屋《あずまや》にいた。常緑樹の灌木がこんもりと茂っている中に立つ古めかしい化粧漆喰の寺院といった風情の東屋で、気持ちのよい所だった。ミス・スペンスらしい趣味で、座席の上にデラ・ロビアの青と白の額がかけてある。

「秋にはイタリアに行こうかと思っています」彼は自分がジンジャー・エールになった気がした。笑いが沸々と泡立っていつはじけ出すか分からない状態だった。

「イタリアね……」ミス・スペンスは恍惚として目を閉じた。「わたくしも心が動きますわ」

「じゃあ、いらしたらいいじゃありませんか」

「さあ、どうかしら。ひとりで行く体力と気力がないような気がするのです」

「ひとりで……」そう、イタリアと言えば、ギターの響きと官能的な歌声だからな。「ひとりでの旅ではあまり面白くないかもしれませんね」

ミス・スペンスは黙ったまま椅子に深々と座った。目はまだ閉じられている。ハットン氏は口ひげをなでた。沈黙が非常に長く続いたように思えた。

夕食を勧められて断らなかった。お楽しみはまだ始まったばかりだ。食事は邸のイタリア風柱廊《ロッジア》に用意されていた。アーチ形の窓から、庭が傾斜して下の谷間に続き、その向こうに山々が続いているのが眺められた。日が陰っていった。暑さと沈黙が重苦しかった。大きな雲が空に広がり、遠雷が轟いた。音は次第に近づき、風が吹き始め、最初の雨滴が落ちはじめた。食卓は片づけられ、ハットン氏とミス・スペンスは深まる暗闇の中でじっと座っていた。

ミス・スペンスは長い沈黙を破って思わしげに言った。「誰にもある程度の幸福への権利がありますわね?」

「もちろんですとも」だが、彼女は何を言うつもりなのかな? 人が人生について一般論を始めるのは、自分個人について語りたいからだ。幸福への権利か。おれ自身のことなら、これまで快適で落ち着いた生涯だったな。大きな苦痛や不愉快なことはなかった。金と自由は常にあったから、大体やりたいことは何でもできた。そう、大体の人間より幸福だったと思う。さらに今は、単に幸福というだけでなく、無責任な生き方に楽しみを見出したのだ。幸福について何か言おうとした矢先に、彼女が語り出した。

「あなたやわたくしのような人間は、生涯のいつかの時点で幸福に与《あずか》る権利がありますわね」

「ぼくが?」ハットン氏は驚いた。

「あなたってお気の毒ね。運命はわたくしたちにあまり親切ではなかったでしょ?」

「でも、もっとひどい仕打ちを受けても仕方なかったとは思いますけど」

「あなたは陽気に振る舞っていらっしゃるわ。我慢強くしていらっしゃる。でもわたくしは、あなたの仮面の裏を見ています」

ミス・スペンスは雨が次第に激しくなるにつれて声を高めた。時折雷鳴が話を邪魔する。彼女は雑音に逆らうように大きな声で語りつづける。

「わたくしは、ずっと以前からあなたという人をよく理解してきました」

稲妻が光り、彼に夢中で上体を乗り出す彼女の姿が照らし出された。奥深い目は彼を脅かす銃口のようだったが、暗闇でまた見えなくなった。

「あなたは孤独な魂で、いつも心の通う仲間を求めていらしたわね。孤独な点で共感しておりました。あなたの結婚は……」雷鳴で言葉が聞こえなくなった。「……あなたのような方にとって心の通うものではなかったわ。だって、あなたには魂の伴侶が必要だったのですもの」

え、おれに魂の伴侶が必要だった？　何とも奇想天外な話だ。「モーリス・メーテルリンクの魂の伴侶だったジョルジェット・ルブラン」という記事を数日前の新聞で読んだところだ。ミス・スペンスはおれを想像の中でそんなふうに思い描いていたというわけか！　ドリスの頭の中でのおれは、優しさの権化で世界で一番、頭の切れる男ってわけだ。では、実際はどうなのか？　本当のおれは一体どんな人間なのか？　誰にも分からん。

「お察ししましたのよ。わたくしなら理解できます。それにわたくしも孤独なのです」ミス・スペンスは彼の膝に手を置いた。「あなたは辛抱していらしたわ」また稲妻。彼女がこわいほど狙いをつけているのが見えた。「けっして不平を漏らすことはなかったけど、わたくしには分かったのです」

「あなたは本当に立派ですわ！」このおれが、フランス語でいうと《理解されざる魂》というのかね？　「女の直感で分かりました……」

また雷が落ちて、地響きがし、消えていった。雨の音だけが残った。雷鳴は彼の笑いを拡大し外に出したものだ。稲妻と雷鳴が彼らの真上にまたやってきた。

「この嵐に似た何かが内部にあるような気がしません？」そう言いながら彼女がまた彼のほうに身を寄せてきたように思えた。「情熱が人を自然の力と同じものにしますわ」

さてと、ここでどういう手を用いればいいかな？　もちろん、「そうですね」と言い、それから思い切って何か明確な行動に出ればいいに決まっている。だが、しかし、ハットン氏は急に恐怖を覚えた。ジンジャー・エールは気が抜けてしまった。この女、本気なんだ！　そうと知って彼はぎょっとした。

「情熱？　いやあ、ぼくには情熱などありませんよ」必死で言った。

しかし彼の言葉は聞こえなかったか、聞こえても無視された。ミス・スペンスは次第に興奮してきて早口で喋りつづけた。早口でしかも、情熱的に、親しみをこめてささやくように喋るので、ハットン氏には、彼女の言葉をはっきり聞き取るのが難しかった。聞き取れたところから察すると、身の上を語っているらしかった。稲妻は次第に間遠になってきて、暗闇の間が長くなった。しかし、稲妻が光る度に、彼女がまっすぐ彼のほうに狙いを定めて、恐ろしいほど激しく言い寄っている様子が見て取れた。暗闇、雨、それから稲妻だ！　顔がすぐそばにある。真っ青な顔、大きな目、狭い銃身のような口、太い眉――アグリッピーナだ。いや喜劇王ジョージ・ロウベイのほうがもっと似ているかもしれない。

逃げ出すための愚かしい計画をあれこれ考え始めた。強盗を見つけたふりして急に立ち上がり、「強盗だ！　強盗を捕まえろ！」と叫びながら、暗闇の中を走っていくのはどうか。それとも、「気を失いそうだ、心臓麻痺かもしれない」と言って倒れるのはどうか。あるいは、庭に幽霊が、亡妻の幽霊が見えたというのは？　子供っぽい計画に夢中だったので、ミス・スペンスの言葉に注意を払っていなかった。断続的に手をつかまれて我にかえった。

「そのことであなたを尊敬したのですよ、ヘンリー」彼女はそう言っていた。

そのことって、一体何だろう？

「結婚は神聖な絆で、あなたはそれを尊重したのです。たとえ、あなたの場合のように、不幸な場合でさえも。だからわたくしは、あなたを尊敬し、崇め、そして――言ってしまいましょうか――」

強盗だ、庭に幽霊が！　ああ、もう手遅れだ。

「――そうよ、愛したのです、ヘンリー。でも今は自由ね」

自由？　暗闇の中で何か動く気配がした。彼女が床にしゃがんでハットン氏の椅子のそばにいた。

「ねえ、ヘンリー！　わたくしも淋しかったの」

彼女の両腕が彼を抱いた。腕の震えで彼女がむせび泣いているのが感じられた。慈悲を願って泣いて訴えているかのようだった。こういう涙はかなわない、かなわない！「ジャネット、いけませんよ、そんな」彼は言った。「今はいけません。さあ、落ち着いて。お休みになることです」彼は彼女の肩を軽く叩き、抱擁をふりほどいて、椅子から立ち上がった。椅子の側にまだうずくまったままの彼女を残して部屋を出た。

手探りで玄関に行き、探す間も惜しい気持ちから帽子はかぶらず、音をたてないように苦労して玄関の扉を閉め、やっとの思いで邸の外に出た。雲は追い払われていて、澄んだ空には月が輝いていた。道路のあちこちに水溜まりができていて、どぶや溝から流れる水音が聞こえた。ハットン氏は濡れるのも構わず、水を跳ね飛ばしながらどんどん進んでいった。

あの女、何と痛ましくむせび泣いたことだろう！　それを思い出して憐憫と後悔の入り混じった感情に襲われた。反面、いささか癪にさわった。何でおれに合わせてゲームを続けられなかったのだ？　こちらは心の伴わない愉快なゲームをやっていただけなのに！　まったくなあ。しかし、ミス・スペンスのような女性にはそれが無理だと心得ていたのも事実だ。おれは心得ていたのに、強行したのだ。

情熱と自然力について彼女が何と言っていたかな？　ばかばかしいほど陳腐な言葉だったが、真実ではあった。彼女は雷を孕み、黒く盛り上がった雲だった。その恐ろしい胸の真ん中に、愚かなベンジャミン・フランクリンよろしくおれは凧を飛ばしたのだ。稲妻が閃き雷鳴が轟いたのは、その悪戯の報いであるのに、おれは文句を言っている！

彼女は今まだあの柱廊の椅子の側にうずくまって泣いているのだろう。

だが、どうしておれはゲームを最後までやり続けることに失敗したのか？　無責任な気持ちが消えて、突然、真面目になって冷たい現実に舞い戻ったのか？　質問のいずれにも答えはない。一つの考えだけが、頭の中で絶えず燃えていた——逃げなくてはという考えだけが。すぐに逃げるのだ。

四

「テディ・ベア、何を考えているの？」

「何も考えていないよ」

沈黙があった。ハットン氏は両肘をテラスの欄干に置き、あごを両手に埋めてフィレンツェの町を見下ろしながら、じっと動かなかった。フィレンツェ南部の丘の上に別荘を借りたのだった。庭の端にある小高いテラスから、町に続く肥沃な谷も見下ろせ、谷の向こうにはモレロ山が荒涼と聳え、その東には白い家々が点々と並ぶフィエゾーレの丘が見える。九月の陽光のもとですべてがはっきり明るく見えた。

「何か心配してるの？」

「いや、別に」

「ねえ、話して、テディ・ベア」

「でも、ドリス、話すことなんて何もないよ」ハットン氏は振り向いて微笑を浮かべ、ドリスの手を軽く叩いた。「家の中に入って、昼寝をするといい。ここは暑すぎるから」

「はい、テディ・ベア、そうするわ。でもあなたも来ないの？」

「葉巻をふかしたらね」

「分かったわ。でも急いでふかしてね、テディ・ベア」彼女はしぶしぶテラスの階段をゆっくり降りて家に入った。

ハットン氏は相変わらずフィレンツェの町を眺めている。ひとりになりたかった。時にはドリスから逃れられるのが有難かった。彼女の愛情故の気配りがうるさく感じられる。彼は女に愛されない苦しみを経験したことはなかったが、今は、愛される苦しみを経験していた。特にこの数週間、不快さが増してくるばかりだった。ドリスはいつだって一緒だ。まるで固定観念とか罪悪感とかのごとく。そう、たまにはひとりにしてほしい。

彼はポケットから封書を出して開いた。あまり乗り気ではなかった。手紙にはきっと何か不愉快なことが書かれているのだ。とりわけドリスとの再婚以来はそういう手紙が多かった。取り出した手紙は姉からだった。不愉快な事実をくどくど述べた箇所は飛ばして読んだ。「見苦しいほど慌ただしい再婚」とか、「社会的な自殺行為」とか、「お墓の中で冷たくならないうちに」とか、「下層階級の若い娘」とか書いてあった。こういう批判は常識的で善意の親類からの手紙には必ず出てきた。いらいらして彼は、姉からの下らぬ手紙をずたずたに切り裂こうとしたのだが、ふと三頁目の最後の行に目がとまった。それを読むと、あまりの不愉快さに心臓がどきどきし始めた。滅茶苦茶だ！　ハットン氏がドリスと結婚するために妻を毒殺したと、ミス・スペンスが言いふらしている、というのだ。とてつもない嫌がらせだ。ハットン氏は平素は冷静なほうだったが、この時ばかりは憤怒の余り体が震えた。「あん畜生！　あの……」彼は仕返しに思いつく限りの子供じみた罵声をミス・スペンスに浴びせた。

それから急に状況の滑稽さに気づいた。ドリスと結婚したいが故に殺人を犯しただって？　おれが今どれほどドリスにうんざりしているか知ってほしいものだ！　ミス・スペンスも哀れなものだ。嫌がらせをするつもりで、結局、自分の愚かさを宣伝しているだけじゃないか。

足音が聞こえたので、はっとしてあたりを見渡した。テラスの下の庭でメイドの若い女が果物を摘んでいる。ナポリの生まれだが、なぜかずっと北のフィレンツェまで流れてきたのだ。やや安っぽいけれど、古風な美女だ。横顔は不景気な時代のシチリアの貨幣から抜け出てきたようだ。目鼻立ちは、南イタリアの伝統そのままに華やかに彫り上げられていて、ほぼ完全な白痴美を表している。口が一番の魅力であり、造物主の巧みな技が口に豊かなカーブを与えて、ロバのように頑固で激しい表情を見せている。見苦しい黒服の下に、ハットン氏は豊満な肉体があるのを想像した。これまでにも興味と好奇心で彼女を眺めたことがあったのだが、今日は好奇心がもっとはっきりと形を取り欲望を感じる。まさにテオクリトスの牧歌の世界だ。牧歌の女主人公はこの女で主人公は火山地帯の丘の上の山羊飼いだ。申し訳ないが、今はその主人公役をこのおれがやろう……彼は女に声を掛けた。

「アルミーダ！」

それに答える女の微笑があまりに挑発的で、すぐにもこちらの誘いに応じる様子なので、ハットン氏は恐れをなした。またもや危ない崖っぷちにきた。引き返さなくては手遅れになる。早く、早く、引き返せ！　女はじっと彼を見上げている。

「お呼びでしたか？」女はイタリア語で言った。

愚挙か理性か？　もう選択の余地はない。毎回愚挙に決まっている。

「降りていくよ」彼はイタリア語で答えた。テラスから庭まで十二段ある。ハットン氏は数えながら降りた。一、二、三、四段。彼は地獄の階層を次第に降りていく――あられまじりの風の吹きすさぶ暗闇から異臭を放つ深淵へと降りていく自分の姿を思い浮かべた。

五

ハットン事件は何日間もあらゆる新聞の第一面を賑わした。世界大戦中の一九一五年にジョージ・スミスが七番目の新妻を浴槽で溺死させて、その事件が一時的に戦争のニュースをかすませて以来、これほど世間を騒がせた殺人事件はなかった。犯行の時点から数ヵ月後に明るみに出たというので、大衆の想像力は大いに掻きたてられた。悪事を犯せば、神が必ず罰をくだすということを明白に示す事件であるが、そういう事例は少ないが故に、世の注目を浴びたのだ。邪悪な男が、不倫の情欲に動かされて妻を殺害した。その後、数ヵ月間、犯行は露見しないと安心して不倫の相手と暮らしていた。ところが遂に、自分の用意した奈落に一段とみじめな格好で落ちていったのだ。「殺人は必ず露見する、その例がここにある」というのだ。新聞の読者は神の手の動きを細かく辿ることができた。最初に近所で漠然とだが消えることのない噂があり、ようやく警察が立ちあがった。次に死体発掘命令が出、検死解剖、死因審問、鑑定人の証言、検死陪審員の判決、公判、判決という順序だった。今度だけは、神は明白に、無骨に、教訓的にその任務を果たした。新聞が事件を季節の間ずっと読者の知的好奇心をそそる特ダネとして扱ったのは成功だった。

死因審問の段階で証言するためにイタリアから召喚された時、ハットン氏の最初の感情は怒りだった。警察がたわいもない中傷的な噂をまともに取り上げるなんて言語道断だ。審問が終わったら州警察部長を「悪意による告発罪」で訴えてやるぞ。ミス・スペンスの奴も名誉棄損で告訴してやろう。

審問が始まった。すると驚嘆すべき証拠が出てきた。鑑定人が遺体を検査して、少量の砒素を検出した。故ミセス・ハットンの死因は砒素中毒だというのが、鑑定人の一致した見解だった。

砒素中毒？　エミリが砒素中毒で死んだって？　その後、邸の温室に一軍団全員を毒殺するに足る量の砒素殺虫剤があったと聞いて、ハットン氏は驚いた。

今や、突然、はっきり分かってきた。これは自分にとって不利な事件なのだ。何かに魅了されたような状態で、彼は事件が巨大な熱帯植物のようにどんどん大きくなり、彼を包み、取り囲んでいくのを見ていた。さまざまな木々の絡み合った森の中で彼は身動きもならず途方に暮れるばかりだ。

毒はいつ盛られたのか？　死亡時刻の八時間ないし九時間前に飲んだに違いないというのが鑑定人の一致した意見だった。昼食時だろうか？　そう、昼食時だ。メイドのクレアラが召喚された。その記憶によると、奥様が薬を取りに行くように命じられた。旦那様がわたしに代わって取りに行くとおっしゃってひとりで屋内に入った、とのことだった。やはり証言に立ったミス・スペンスは……嵐の夜、蒼白の思いつめた顔！　何て恐ろしかったことか！　……その彼女が、クレアラの証言を確認し、さらに加えて、ハットン氏は薬を薬瓶でなくワイン・グラスに入れた状態で持ってきたと証言した。

ハットン氏の怒りは消えた。困惑し、怖くなった。おれが妻を毒殺するなんて突拍子もない話で、とうてい真面目に受け取れない。にもかかわらず、悪夢が現実となり、実際に起きているのだ。

運転手は二人がキスしているのを何度も見ていた。ミセス・ハットンが亡くなった当日、二人のドライブのお供をした。フロントグラスに映る姿を見たり、時に横目を使って直接見もした、と証言した。

審問は次回に継続と決まった。その夜、ドリスは頭痛がすると言って早めに就寝した。ハットン氏が夕食後行ってみると彼女は泣いていた。

「どうしたのかな？」彼はベッドの端に座って、ドリスの髪を撫でた。しばらくの間、彼女は黙ったままで、彼は機械的に、ほとんど無意識で撫で続けた。時々身を屈めて、むき出しの肩にキスした。しかし、その間も自分自身の抱える問題が頭を占めていた。一体何が起きたのか？　あのばかばかしい噂が真実のことになってしまったというのは、どういうことだろう？　エミリが砒素中毒で死んだなんて、ありえない。馬鹿もいい加減にしろ！　だが物事の秩序が乱されて、おれは無責任な奴らに翻弄されている！　一体どうしたのだろう？　これからどうなるのか？　突然、考えが遮られた。

「あたしのせいね！　あたしのせいね！」ドリスが急に泣きながら言った。「あたしが愛したのがいけなかったのね。あたしを愛するように仕向けたのがいけなかったのね。あたしなんか、生まれてこなければよかったんだわ」

ハットン氏は無言だった。ベッドにしょんぼりと横たわる惨めな姿を見下ろした。

「もしあなたの身に何かあったら、あたし、生きていけないわ」

ドリスは起き直って、腕をいっぱいに伸ばして彼を捕まえ、もう二度と彼を見ることがないと言わんばかりに、猛烈な勢いでじっと見据えた。

「愛してるわ、愛してるわ、愛してるわ」力が抜けたように、されるがままになっている彼を、彼女は自分のほうに引き寄せ、抱きしめ、自分の体を押しつけた。「テディ・ベア、あなたがそれほどあたしを愛しているって知らなかったわ。でもどうしてあんなことしたの？」

ハットン氏は絡めてくる彼女の腕をふりほどいて立ち上がった。顔が真っ赤になっていた。「おれが女房を殺したと思い込んでいるんだな！　ばかばかしいにもほどがある！皆、おれのことを何だと思っているんだ！　安っぽい映画の主人公だとでもいうのか？」彼は怒りを爆発させた。今日一日の腹立たしさ、恐怖と当惑のすべてが、ドリスへの怒りに変わった。「間抜けにもほどがある！　教養ある人間の心理がぜんぜん分かっていないんだ。おれが人殺しをするような人間に見えるか？　男が女にぞっこん惚れることなどありえないのを、どうして女どもは理解しないのだ？　男が願うのは静かな生活だ。でもそれを女は与えない。一体全体、何だって君と結婚する気になったものやら、おれにも分からん。いまいましい愚かな冗談だった。それなのに、君はおれが人殺しだなどと触れ回っているじゃないか！　もううんざりだ」

ハットン氏は足音も荒く、ドアに向かった。ひどいことを言ったのには気づいていた。すぐに戻って謝らなくてはならぬと思った。でも構うものか！　部屋を出てドアを閉めた。

「テディ・ベア！」彼はドアの取っ手をひねった。ガチャリと大きな音がした。「テディ・ベア！」閉まったドアを通して聞こえる声は悲痛だった。戻るべきかな？　戻るべきだ。取っ手に手をかけた。それから手をひっこめて歩き去った。階段を半分まで降りた時、立ち止まった。ドリスは愚かなことをやりかねないな——部屋の窓から身を投じるとか、分かったもんじゃない。耳を澄ました。何も聞こえなかった。でも、彼には彼女の姿が目にはっきり浮かんだ。爪先立ちでそっと部屋を横切り、窓枠をできるだけ上に持ち上げ、冷たい夜の空気の中へ体を乗り出す。小雨が降っている。窓の下は石畳のテラスがある。下まではどれくらいか？　二十五か三十フィートあろうか。以前、ピカデリーを歩いていたら、一匹の犬がリッツホテルの三十階の窓から飛び出したことがあった。落ちるのを目撃し、舗道に叩きつけられる音を聞いた。戻ろうか？　戻るもんか！　あの女は憎たらしい。

長い間書斎に座っていた。一体何が起きたのか？　何が起きつつあるのか？　この疑問を繰りかえし、繰りかえし心の中で考えてみたが、答えは見つからない。もし悪夢が妨げられずに恐ろしい結末まで進んだら、どうしよう？　死刑が待っているではないか！　目に涙があふれた。是が非でも生きていたい！「ただ生きているだけでいい」エミリがよくそう言っていたなあ。「ただ生きているだけでいい」この見事な世界にはまだ訪ねていない場所があるし、まだ知らない風変わりな面白い人物がいるし、まだ会ったことすらない美女もいる。大きな白い牛が今でもトスカーナの街道を車を引いて歩いているだろう。糸杉は柱のようにまっすぐに青空高く聳えているだろう。だが、それを見に行く機会はおれにはない！　うまい南国のワインにしても——「ユダの血」だの「キリストの涙」だの——他の連中の口に入っても、おれの口には入らない。他の連中は、ロンドン図書館で書棚と書棚の間の薄暗い狭い通路を、立派な書物の埃っぽい匂いを嗅ぎ、風変わりな書名を眺め、未知の名前を発見し、知識の広大な領域のほんの一部を探究しながら歩くだろう。だが、自分は地面の穴の中で横たわっているのだ。でも、どうしてそんなことになるというのだ？　なぜだ？　混乱した頭の中で、何か特別な種類の正義がなされているのだと感じた。過去において、彼は気まぐれで、愚かで、無責任だった。今や、運命の女神が彼に対して同じように気まぐれに、無責任に振る舞っているのだ。五分と五分のしっぺ返しだ。結局、神は存在していたのだ。

神に祈りたい気分になった。四十年前毎晩ベッドのそばにひざまずいて祈ったものだった。子供の頃の毎夜の祈りの文句が、長い間開けなかった記憶の部屋から自然に出てきた。「神様、パパやママ、トムやシッシーや赤ん坊、先生や婆や、その他ぼくの大好きな人たちを、祝福してください。ぼくをいい子にしてください。アーメン」皆故人になったな。シッシー以外は。

心がなごみ、優しい気分になった。大きな静けさが魂の上に下りてきた。ドリスの許しを得るために二階に行った。彼女はベッドの足元のソファに横になっていた。側の床の上に「飲用厳禁」と書かれたリニメント剤の青い瓶が置いてある。半瓶くらい飲んだようだ。

「あなたはあたしを愛していなかったのね」目を開けて彼が自分の上にかがみこんでいるのに気づいて、ドリスはそれだけ言った。

リバード医師が間にあって、深刻な事態にならずに済んだ。「二度とこんなことをしてはいけません」医師はハットン氏が席を外した折に言った。

「止めたりしないでよ!」彼女は反抗的だった。

医師は大きな悲しそうな目で彼女を見た。「自分がその気にならないのなら、何も止めるものはありません。ただ、あなたが人生から出ていきたいからというので、赤ちゃんがこの世の中に出てくる権利まで奪うのは可哀そうじゃないでしょうか」

ドリスはしばらく黙っていた。「分かったわ。もうやらない」彼女は小声で言った。

ハットン氏はその夜ずっと彼女の枕元で起きていた。自分は今度こそ人殺しだと感じていた。一時的に、自分はこの娘を愛しているのだと思いこもうとした。しばらく椅子に座ったまままうとうとして、目を覚ますと、自分の体が冷たくこわばっていて、ありとあらゆる感情が乾ききっているのに気づいた。疲れきって苦しむ死体になったようだった。朝六時にパジャマに着替えて、数時間の眠りを求めて床に就いた。その日の午後、検死陪審員たちは「謀殺」の評決を下し、ハットン氏は公判に付されることになった。

六

ミス・スペンスは体の具合が悪かった。証人席に座って人前に自分を曝したのが非常に応えたらしい。すべてが片づいた時には、神経的にかなり参っていた。よく眠れず、神経性の消化不良を患っていた。リバード医師が一日おきに往診していた。医者相手に彼女はよく喋ったが、話題は主にハットン事件だった。彼女の義憤はいつも沸騰点に達していた。自分の邸に人殺しを客として入れていたなんて、ぞっとしますわ。あの男の性格をこんなに長い間誤解していたなんて、驚くべきことですわね（もっとも、わたくしは最初からうすうす感じてはいましたけどね）。それから彼が駆け落ちしたあの女。下層階級で売春婦も同然の女。第二のミセス・ハットンが妊娠している、有罪となり処刑された犯人の死後生まれる子供を宿しているというのを知って、彼女は吐き気をもよおしていた。嫌らしい、不潔じゃありませんか。リバード医師は穏やかに曖昧に答えて鎮静剤を処方した。

ある朝、ミス・スペンスの長広舌を途中で遮った。「ところで、ミセス・ハットンを毒殺したのは、本当はあなただったのでないですかな?」彼は穏やかな憂鬱そうな口調で言った。

ミス・スペンスは大きく目を見開いて医師を数秒見詰めた。それから静かに「そうです」と答え、その後泣きだした。

「コーヒーの中に入れたのでしょう?」

彼女は頷いたようだった。リバード医師は万年筆を取り出して、几帳面な字体で睡眠薬の処方箋を書いた。

天才児

結局決め手になったのは素晴らしい景色だった。家自体には結構いろいろと問題があって躊躇した。フィレンツェの市街から遠いし、電話もない。家賃は法外に高い。排水の具合がよくない。風の強い晩には、建て付けが悪いので、窓ガラスが窓枠から外れそうになって、ガタガタ鳴り響き、ホテルの送迎バスで揺られているのかと勘違いするほどだ。加えて、そういう晩は、原因は分からないのだがよく停電し、ガタガタいう騒音を聞きながら暗闇の中で過ごすことになる。見事な浴室があったけれど、テラスの雨水桶から水を送り込むはずの電気ポンプが動かない。秋になると決まって飲料水の井戸が涸れる。おまけに、家主の夫人は平気で嘘をつきごまかすような人物ときている。

でも、世界中、どこでも家を借りる場合には、これくらいの些細な問題はあるものだ。とくにイタリアでは、その程度のことは問題にならない。これまで見てきたいくつかの家には、ここに挙げたもの以外にもたくさんの短所があるのに、何一つ埋め合わせとなる長所がない家が多かった。最終的に決めた家の長所は、まず冬から春にかけては南に面した庭とテラスが心地よく、真夏の暑さを避けられる大きな涼しい部屋がいくつかあり、山上の大気が爽やかで、蚊がいないことなどであったが、その上、何と言っても眺望が抜群だった。

それにしても、何と見事な景色だろう！　より正確には、見事な景色の連続というべきか。毎日変わるのだ。家から一歩も出ずとも、絶えず景色が変化している。旅する喜びを移動の疲労なしに満喫できる。秋には、見渡す限りの谷間が霧に覆われ、まるで平坦な白い湖のように見え、その中でアペニン山脈の尾根が黒々と聳える日があった。日によっては、霧が家のある山頂にまで迫ってきて、周囲一帯がふわふわした霧にすっぽりと覆われてしまう。そうなると、家の窓の下から谷間までの斜面に植わっている霧の色に染まったオリーヴの林が、あたかも自分本来の姿に戻るとでもいうように霧の中に消えてしまう。他から隔離された我々の霞んだ小世界でひときわ鮮明に見えるのは、丘の下方百フィートの地点にある突きだしたテラスに生える二本の背の高い黒い糸杉だけだ。黒く、くっきり、どっしりと聳え立つ二本の糸杉は、新世界発見以前の世界の最果てに立つ「ヘラクレスの二本の柱」であり、その向こうは白い雲だけで、周囲に見えるのは雲のようなオリーヴの林のみだ。

これは冬の日のことで、春や秋だと、雲一つない日がずっと続くこともあれば、あるいは――景色としてはこちらがよりきれいなのだが――はるか彼方に連なる、雪を頂く山々の上方で、薄青い大空を背景にして、堂々とした大きな白い浮雲が刻々とさまざまな姿形へと千変万化してゆくこともある。さらに中空では、風をはらんだ飾り布や、白鳥や、創造し始めたもののすぐに飽きてしまった造化の神が未完成で放置した大理石像などが、風に吹かれて、眠ったまま漂い、移動しながらその形を変化させていく。そして太陽は、そういう雲の背後で顔を見せたり隠れたりする。谷間の市街は、それに応じて、影に入ってほとんど消えてしまうことがあるかと思えば、太陽が出れば、格子模様に配置した巨大な宝石と化し、まるで自分で光を発しているようにキラキラと輝く。わたしたちの家のある山頂の下からアルノ河へとくねくねと続いている、間近な支流の谷間の向こうに目を転じると、低く薄暗い山肩が見え、その最先端にサン・ミニアートの塔のある教会が立っている。そこから少し目を上げると、サンタ・マリア・デル・フィオーレ大聖堂の巨大な丸屋根が石造建築に支えられてふんわりと浮かんでいる。さらに大聖堂の四角い鐘楼や、サンタ・クローチェ教会の切り立った尖塔や、シニョーリア広場の天蓋のある塔などが、宝石を切り刻んで作った小さな宝物さながらに、入り組んだ迷路のような家並みの上に鮮やかに浮かんでいる。この光景を眺められるのは束の間のことであり、やがて太陽はまた薄れてしまう。移り行く光は、今度は、かなたの藍色の山々の中から金色に輝く峰を一つ選んで、くっきりと浮かび上がらせる。

雨がやんだ直後で、あるいはこれから降り出しそうで、空気が湿気を帯びた日には、遠方のあらゆるものが、信じられぬほど間近にはっきりと見える。オリーヴの林は、遠くの山の斜面にあるのに、一本一本がはっきりと見分けられる。遠くの村々は、非常に精巧な玩具のように可憐に見える。夏、今にも雷雨になりそうな日には、黒や紫の大きく膨らんだ雲をバックに光に照らされた丘や白い家々が、迫りくる何か恐ろしい災害を前に、あたかも死に際の栄光に包まれているかのように、恐る恐る輝いている。

丘の景色は実に変化に富む景観である。日によって変わるだけでなく、一時間ごとに変化するのだ。フィレンツェの平原のかなたに目をやると、空を背景に濃紺のシルエットしか見えない瞬間がある。景色に奥行がなく、山の絵を平板に描いたカーテンが一枚ぶらさがっているようだ。ところが、雲が一つ移動したり、太陽が空で一定の高さにまで降りてきたりすると、絵を描いたカーテンしかなかった所にとつぜん山脈が現れ、その背後にもう一つ別の山脈が見えてくる。山並みの色も、茶色、灰色、緑の混じった金色、青色など微妙に変化する。一瞬前には見分けがつかないほど接近していて、茫漠として境目もないように見えていた山の塊が、急にそれぞれ独立した離れ離れの山々になる。モレロ山の一部にすぎないと思われていたフィエゾーレの丘が、深く暗い谷間によってモレロ山のもっとも近い要塞から隔てられた別の山脈の突端部分として姿を見せる。

夏の盛りの正午には、真昼の陽光に照らされて、景色はおぼろげな、白茶けた、ほとんど色彩のないものとなる。丘は姿を消し、大空の曖昧な縁になってしまったようだ。しかし午後が進むにつれ、風景は生き返り、個性を取り戻し、無の状態を脱して形と生命を持つのだ。その生命は、太陽が長い午後の間にゆるやかに西に沈んでいくにつれ、刻一刻と豊かさと激しさを増していく。西に傾いた陽光が長い濃い影を伴って水平にさしてくると、土地の骨格が露わになる。丘の場合、西に面した斜面はみな輝き、日の当たらぬ斜面はみな深い影に包まれ、どっしりした、凸凹のある、立体的なものになるのだ。平坦に見えていた地面に小さなくぼみや皺が現れる。我々のいる山頂から東を望むと、エマ川沿いの平原の向こうで、巨大な崖が深まり行く影を投げかけている。そのため、明るい周囲の谷間の中で、一つの町全体が影の中に吸い込まれてしまう。そして太陽が地平線の下に没すると、遠くの丘は温かい光に包まれて輝き、やがて山腹は黄褐色のバラ色に染まる。その頃までに、谷には夕刻の青い靄が立ち込める。靄は徐々に上がってくる。人家の多い斜面にある家の西向きの窓から反射光が消え、山頂にだけまだ明るさが残るが、やがてそれもすべて消える。あの山もこの山も姿を消し、また全部の山が融合して薄暗い空を背景にする一枚の平板な山の絵と化す。ほどなくして夜になる。満月の夜なら、消えた景色の亡霊が地平線の周囲にさまよう。

　以上述べてきた、さまざまな美しさをみせるこのトスカーナ地方の風景には人間臭さと人間によってなずけられた特質がある。少なくともわたしにはそれが魅力だった。その特質の故に、毎日付き合うのに、あらゆる風景の中でここの景色は最適だった。来る日も

来る日もこの景色のさまざまな美しさを眺める一種の旅を経験するわけだが、旅は我々の先祖が行った欧州大周遊旅行に似て、いつも文明開化の範囲内での旅だ。この地の風景は山あり、谷あり、急な斜面ありで、そこに住む人間の支配下にある。人間が耕作可能なあらゆる土地を隅々まで耕してきて、人間の家が丘の上まで占領しているし、谷間にはむろん多くの人が住んでいる。丘の上の一軒家だといっても、荒野で自分たちだけで暮らしているわけではない。嬉しいことに、人間の足跡が国中に残されているのは、あちこち見渡せばすぐに納得できる。土地は、すでに何世紀もの間人間が支配し、従順に、てなずけられ、人間に適するように変えられてきた。

人の住まぬ広大な沼地、砂漠、ジャングルなどは、時たま訪ねるのにふさわしい土地で、そういう土地に身を短期間だけ委ねようという旅行者にとっては精神衛生上有益であろう。だが、そういう完全な僻地には神の恩寵だけでなく悪魔の力も働く。草木の植物的な生は人間の生と相容れず、敵対する。人は、自分らが周囲の環境を征服し、自分らの長年蓄積した生が周囲の植物的な生を量的にも質的にも凌駕した土地以外では安んじて生活できない。その点、トスカーナ地方の風景は、暗い森を赤裸にし、植林し、段々畑を設け、ほとんど山頂にいたるまで耕作したりして、人間に適合させたので極めて安全である。時には、こういう風景の真っただ中に住む人が、孤立した、非人間的な、生命のない場所や、あるいはひどく異質な生活をする人だけが暮らす場所に憧れることもあろう。だが、いざ訪ねてみれば、憧れはじきに満たされ、文明化した、人に従順な風景に戻りたくなるものだ。

結局、わたしはこの丘の上の家が自分には理想的な住家だと知ったのである。というのも、ここなら人間に適した景色の真ん中で安全であり、しかも孤独を味わえるのだ。好きなだけひとりになれる。滅多に会うことのない隣人こそ理想的で完璧な隣人である。

距離の面だけでいうのなら、一番近い隣人はわたしたちの借りた別荘からかなり近くに住んでいた。二家族ともわたしたちとほとんど同じ住居にいるようなものだった。一方は農家で、一部を住居に、もう一部を馬小屋と倉庫と牛小屋として使って、別荘所属の長く低い建物に住んでいた。もう一方の隣人は、隣人と言ってもたまにしか隣人ではない。というのは、彼らがフィレンツェの市街からここへわざわざやってくるのは時たまで、それも天気が非常によい時だけだった。別荘の家主夫妻で、大きなL字形の邸の小さいほうの棟を自分用に確保していたのだ。

家主夫妻は奇妙な人たちだった。主人は少なくとも七十歳にはなっていて、白髪で、物憂げな感じで、いつもよろよろ歩いている。一方、夫人は四十歳くらいで、背が低く、肥っていて、小さな手足も肉付きがよい。目はとても大きくて黒い。この目を生来の喜劇役者のように器用によく使う。彼女のエネルギーたるや、上手に捉えて活用すれば、一つの町全体の電力を供給できそうだ。物理学者は原子からエネルギーを取り出そうと躍起になっているが、もっと身近なところに研究対象を定めたほうが有益だ。つまり、多血症の定職のない婦人のなかに蓄積された膨大なエネルギーを取り出す研究だ。社会でも、科学の分野でも研究が整っていない現状では、このエネルギーは嘆かわしいことに浪費されている。他人のことに口をはさんだり、感情的になって騒いだり、恋愛について考えたり、恋愛を実行して相手の男が働けなくなるまで付きまとったりする。

ボンディ夫人の場合、余ったエネルギーを主に借家人いじめに用いている。ご主人のほうは、老紳士で、正直者として知られている商人だったが、わたしたちとの交渉には一切口を出すわけにはいかなかった。わたしたちが借りる家を見に行った時には、もっぱら夫人が案内した。目をくるくるさせて愛想よく、家の長所を数え上げて説明した。電気ポンプの素晴らしさを力説し、バスルームの便利さを歌い上げた（こんなきれいなバスルームが付いているのを考えれば、家賃は法外に安いでしょうと述べ立てた）。わたしたちが不動産測量士に見せようかと思うと提案した時には、そんな無駄遣いはおやめなさいと言う。まるでわたしたちに無駄な出費をさせないように図るのが、彼女にとってもっとも大事なことだと言わんばかりだった。「何と言っても、あたしどもは正直ですからね。この家が完全な状態でないのにお貸ししようなんて、夢にも思いませんよ。信頼してください」そう言って夫人は、大きな目に訴えるような、心を傷つけられたような表情を浮かべて、わたしに迫った。下品に疑ったりして、侮辱しないでくださいよ、と願っているかのようだった。測量士についての相談をする余裕を与えず、夫人は次にわたしどもの息子のロビンが天使みたいに可愛いなどと褒めだした。ボンディ夫人との交渉が終わる前に、わたしどもは、借りることにしようと心を決めていた。

「いい人じゃないか」家を出た時、わたしは言ったが、エリザベスは必ずしもそう思わなかったようだ。

入居してすぐポンプ事件が起きた。

家に着いた日の夕方、電気のスイッチを入れた。ポンプは分かりました、というようにブーンと鳴りながら回転し出したのだが、バスルームの蛇口からは水が出ない。わたしども夫婦は、あれというように顔を見合わせた。

「あなたは、いい人だって言ったわね？」妻は眉をひそめた。

家主に数回面会を求めたけれど、なぜか主人はどうしてもわたしどもと会えないし、夫人はいつも留守か体調不良だった。置手紙をしたが、返事がない。結局、同じ建物に住んでいる家主であるのに、連絡する唯一の方法は、フィレンツェの市街まで降りていき、書留速達便を出すしかなかった。これなら、受取人は二枚別々の受領書にサインしなくてはならない。四十サンチーム余分に払えば、もう一枚確実な証拠となる書類にもサインしなくてはならない。最後の形式だと、受領書が後でわたしどもに戻される。普通便や置手紙の場合には、受け取らなかったと言い張ることができるが、今度はそうはいかない。こうしてやっと抗議への返信を受け取ることができた。返信はすべて夫人からで、長い間の干ばつのせいで水槽がからになっているため、当然ポンプは役立たない、と言ってきた。わたしは、でも先週の水曜日の豪雨で、水槽には半分以上水が溜まったではないか、ということを思い出させる手紙を書留にするのに、郵便局まで三マイル歩かねばならなかった。返事が来た。浴槽の水は契約書で保証されていなかったではないか。もし必要なら、どうして入居する前にポンプの具合を調べさせなかったのか、と言ってきた。家主を信頼してほしいと懇願したのをお忘れか、また、家に風呂がある以上当然のこととして風呂水の提供が保証されるのでないか、と問うために、また郵便局まで歩かねばならなかった。それへの返事は、このような無礼な手紙を書く人とは交渉することはできないというものだった。その後、わたしは問題の処理を弁護士に委ねた。二月後にやっとポンプは新しいものに替えられた。しかし夫人をここまで譲歩させるために、令状送付の手続きをしなくてはならず、結構な費用を要した。

ようやく事件の片が付きそうになったある日、道でボンディ老人に出会った。トスカーナ地方原産の大きな犬を連れて散歩していた。というか、正しくは、犬に引っ張られて歩いていた。犬が行く先に老人は否応なしに進んでいた。そして犬がくんくん嗅いだり、地面を引っ掻いたり、門柱におしっこをしたりふんをする時など、老人は辛抱強く、革紐の端を握って待っていた。わたしがすれ違った時、老人は家から数百ヤード下の道で立っていた。農場の入口の両端に一本ずつ対になっている糸杉の片方の根元を犬がくんくん嗅いでいる。犬は気に食わぬ匂いを嗅いで怒ったらしく、見えぬ敵に向かって激しく吠えたてていた。ボンディ老人は犬につながれたまま待っている。筒のようなグレイのズボンの中の膝は少し曲がっているようだ。杖にもたれて、犬の様子を悲しそうに、ぼんやりと見て立っている。老いた白目は古いビリヤードの玉のように薄汚れている。グレイの皺だらけの顔で、鼻は胃腸の悪い人のように赤い。白い口ひげは、ふぞろいで端が黄ばんでいて、しょんぼりと下に垂れている。黒ネクタイにはとても大きなダイアモンドのピンが付いている。もしかすると、その点こそボンディ夫人が彼に惹かれた理由なのかもしれない。

　わたしは近づきながら帽子をとった。老人はぽかんとして、わたしをじっと見つめていたが、ほとんどすれ違ってしまってから、ようやくわたしが誰であるかを思い出したようだ。

「待って」老人がわたしの背後から呼んだ。「待ってください！」そう言いながらわたしを追いかけるように道を駆け下りてきた。犬は不意を突かれた上に、糸杉の根元の仮想の敵に吠えるのに夢中で不利な立場にあったので、老人に引かれるのを許すことになった。あまりの驚きでおとなしくなって、主人に従ったのだ。「待ってください！」

　わたしは待った。

「実はですねえ」老人はわたしの上着の襟をつかみ、顔にくさい息を吹きかけて、「お許し願いたいことがあります」と言った。誰もいないところでも、立ち聞きされるのを恐れているかのように周囲を見回した。「申し訳ありませんでした」老人は言葉を続けた。「例のポンプの件です。わたしの一存で処理できたのなら、即座にご希望通りにお直しできたところです。バスルームで水が出ることは暗黙の了解だとおっしゃいましたが、まったくその通りですよ。裁判沙汰になれば、こちらが負けるに決まっていると、わたしには分かっておりました。それに、借家人には経済的に可能な限りサービスすべきだというのがわたしの考えです。でも家内は」そこで声を低くして、「この場合のように自分が間違っていて、負けるにちがいない場合でも、意地を張るのが好きなのです。それに、あなた方が交渉にうんざりして、自費で修理するかもしれないと内心期待したのです。わたしは最初からこちらが譲歩すべきだと言っていましたが、家内は聞き入れませんでした。家内はこういう騒ぎを起こすのが好きなんです。それでも今ようやく、負けを認めましたから、数日後にはバスルームの水が出るようになります。そのことを申し上げておこうと思い……」言い終わらないうちに、犬がちょっと前の驚きから立ち直って、突然唸り声をあげながら、猛烈な勢いで坂道を登りだした。老人は犬を止めようとして、革紐に引っ張られ、よろめいた。犬に負けて、ぐいぐい引かれていった。去りながら、「行き違いのことで、申し訳ないと思ったもので」と言いかけたが、全部は言えない。「では失礼します」老人は微笑しながら丁重に挨拶の言葉を述べた。それから、まるで急に大事な用事を思い出したが、説明する余裕はなくて申し訳ないとでも言うような身振りをした。「失礼します」帽子を取って再び挨拶し、犬に引かれていってしまった。

一週間後、実際に水が出るようになった。初めて風呂を使った日の翌日、ボンディ夫人が薄いグレイのサテンの服を着て、ありったけの真珠を身につけて訪ねてきた。

「もういざこざは終わりましたね」握手しながら彼女は率直に、しかし、感じよく尋ねた。

「こちらとしては、そう考えています」と答えた。事実、もう問題が解決したのは確かだった。

「でも、どうしてあんなひどい手紙をよこしたのです?」彼女はわたしに非難がましい視線を向けた。残忍な犯人でも反省させそうなすごい眼差しだった。「それにあの令状を、よくもまあ、淑女に送れたものですねえ」

わたしはポンプが役立たずだったとか、どうしても風呂に入りたかった、というようなことを口ごもりながら言った。

「でもあなたがあんな態度を取っているのに、わたしがあなたの言い分に耳を傾けるはずがないじゃありませんか！　どうして別のやり方で、つまりもっと丁寧に、気持ちよくできなかったのですか?」彼女はわたしに向かって微笑み、ぴくぴくする瞼を伏せた。

わたしは、話題を変えたほうが良いと思った。こちらが正しいのに、まるで間違っているように言われるのは不愉快だ。

数週間後に手紙がきた。きちんと書留速達便にしてあった。そこには家主からわたしが賃貸契約（六ヵ月しかしていなかった）を更新するつもりかどうか、する場合、改良工事がすでに行われたため家賃は二十五パーセント上がると記されていた。そこで値引き交渉を何度も行い、そのあげく、結局丸一年にわたって十五パーセントの値上がりで更新できた。運がよかった、と思う。

値引きさせたにしても、強引な値上げにわたしたちが応じたのは、見事な景色が主な理由だが、数日住んだ時点で、ここがいいと思う他の理由を既にいくつか見つけていたせいもある。その中で一番大きな理由は、農家の末っ子が、家のちびっ子にとってもってこいの仲間になると知ったことだ。この子はグイードという名前で、兄や姉が多数いて、すぐ上の子より六、七歳下だった。年長の二人の兄は父親と一緒に農場で働いていた。わたしたちがこの農家と知り合う二、三年前に母親が亡くなり、その時から長女が一家を取り仕切っていて、学校を終えたばかりの次姉が長女を手伝い、空いた時間にグイードの世話をしていた。といっても、この時までにグイードはほとんど世話など不要になっていた。彼は六、七歳になっていて、貧しい家の子の常で、ませていて、一本立ちしていたからだ。貧しい家の子は、歩けるか歩けないうちから放っておかれるので、どの子も大体そうなるのだ。

わが家のロビンより確実に二歳半年長だったけれど――この年齢の頃には二年半の間に一生の半分の経験が蓄積されるのだ――自分が頭脳も上で力も強いということで威張ったりはまったくしなかった。これほど辛抱強く、寛大で、威張らない子供にわたしは出会ったことがない。グイードは何でも見事にやってのけ、ロビンは何とかその真似をしようと頑張ったが、とてもかなわなかった。グイードはそれをあざ笑うことはけっしてない。年下の者をからかったり、いじめたりしない。逆に、困っていれば助けてやり、理解できなければ説明してやった。ロビンも彼を尊敬し、お手本にすべき、完璧なお兄ちゃんだと憧れ、何につけても必死で真似ようと頑張った。

年上の友を夢中で真似ようとするロビンの様子は何とも滑稽だった。いかなる心理的要因によるのかははっきりしないが、総じて真似というものは滑稽で、真面目な言葉や行動が人に真似されると滑稽味が生じる。真似がパロディーを意図したものである場合、真似がそっくりであればあるだけ面白味は増す。よく知っている人物をあまりに誇張して真似してしまうと、そっくりの真似ほどには面白くなくなってしまう。では、パロディーではなく、誰かを真面目に、熱心に崇めているために模倣しようとする場合はどうかというと、その模倣、真似が失敗する場合にこそ、より滑稽に見えるものだ。ロビンが試みているグイードの模倣はこれだから、実に滑稽なのだった。

グイードなら苦もなく行っている、体力や技の「離れ業」をロビンが背伸びして試み、常に失敗する姿を見てわたしたちは吹きださざるをえなかった。グイードの癖をロビンが苦心して模倣する様子も大いに笑えた。中でも沈思黙考するグイードの姿かたちを真似るのがもっとも滑稽だった。ロビンとしては大真面目に努力するのだが、まだ子供らしさの抜けぬ彼にはとうてい無理なのだから。グイードは思慮深い子供で、じっと考え込み、急にうわの空の状態になる癖があった。時々見かけたのだが、部屋の隅などで、手の上にあごを載せ、膝の上に肘をつき、ひとりでじっと座っていた。どうみても、何か深刻なことを考えているとしか思えなかった。時々、遊んでいる最中に、遊びを中止してその場を離れ、両手を後ろに組んで、しかめ面で地面をじっと見つめることがあった。そんな姿を見ていると、ロビンは畏敬の念に打たれ、少し静かになる。しばらく困惑したような沈黙の後、ロビンは「ねえ、グイード」とそっと相手に呼びかける。だがグイードは夢中で考え込んでいるため、たいていは返事ができない。するとロビンは、それ以上邪魔はしないで、グイードの側に近づき、友と同じ姿勢を取ろうとする。両手を後ろに回しナポレオン皇帝が立っている姿を取ったり、あるいはミケランジェロ作「偉大なるロレンツォ・デ・メディチ」像のように座って瞑想のポーズを取る。自分がグイードと同じ姿勢を取っているかどうかを気にしながら数秒ごとに明るい目を友に向けた。でも一分もすれば、飽きてしまう。瞑想など得意ではないのだ。そこでまた「ねえ、グイード」と呼び、さらに大きな声で「グイードったら！」と言う。彼の手をつかんで引っ張ろうと試みる。グイードは時には瞑想から覚めて、中断した遊びに戻ることもあるが、時にはロビンを無視する。ロビンは当惑し、淋しいけれど自分ひとりで遊ばねばならなかった。グイードはじっと座った姿勢、立った姿勢を取り続ける。そういう時に、グイードの目を覗くと、真面目で淋しそうな穏やかさをたたえていて美しかった。

両目が離れた、大きな目だった。黒髪のイタリア少年にしては珍しく、目は明るい空色だった。瞑想している時は真面目で穏やかな眼差しをしているが、そうでないこともあった。遊んだり喋ったり笑ったりする時は、明るく輝いた。よく澄んだ、賢そうな目の表面に――考え深い湖とでも呼べそうだ――陽光の下でキラキラ輝くさざ波が生じるようだった。その目の上方にある美しい額は、高く秀でていて、バラの花びらの微妙な曲線に似た半円形をなしている。鼻筋が通り、あごは小さく少し尖った感じで、口は片隅がやや淋しげに下がっている。

ロビンとグイードがテラスの欄干に一緒に座っているスナップ写真が一枚残っている。グイードの体はカメラのほうを向いているけれど、目は少し斜め下のほうを見ている。両手を組み、膝の上に置いている。表情も姿勢も考え深げで、真面目で、瞑想に耽っているようだ。事実、それは彼が放心状態の時撮った写真だった。グイードは遊んだり大笑いしたりしている最中でも、突然そのような状態に陥るのだった。どこかへ行かねばならぬという思いが頭に浮かぶやいなや、物言わぬ美しい身体を空家のように、自分が帰るまで待たしておいて、さっと出ていってしまうのだ。そのグイードの隣でロビンは、友を見上げている。横顔しか見えないが、頰の線から判断すると笑っているのが分かる。小さな手は、片方は上に挙げているところで、もう一方はグイードの袖をつかんでいるところが写っている。遊びに行こうよ、と熱心に促しているようだ。写真から、ロビンの脚が欄干からぶらさがり、じれったそうに動かしている様子がわかる。欄干から降りて、庭で隠れん坊をしに行こうとしているのだ。小さなスナップショットには、二人の子供のそれぞれの個性がはっきりと出ている。

「ロビンはロビンで可愛いけれど、グイードみたいになってくれてもいいと思うわね」エリザベスがよく言っていた。

あの時点では、わたしはまだグイードに特別の関心を寄せていたのではなかったのだが、あの頃でさえ、彼女に同意した。グイードは他で見たこともない素晴らしい少年だった。

彼に感心するのはわたしどもだけではなかった。ボンディ夫人も、わたしとの争いの中の平和な頃に訪ねてきた時には、いつもグイードのことを話題にした。「あんな素敵な子はいませんわ！」夫人は熱心に力説した。「あの子にちゃんとした服装をさせてやれない家に生まれたなんて、不運ですわ。わたしの子供だったら、黒いビロードの服を着せます。それとも、小さい白の半ズボンと、襟と袖に赤い筋の入った白絹のニットの上着がいいかしら。それとも白いセーラー服が可愛いかしら。冬には可愛い毛皮のコート、リス皮の帽子、ロシア風のブーツはどうかしら？」夫人の想像は留まることを知らなかった。「昔の小姓のように髪を長く伸ばさせるのがいいわ。髪の先端だけカールさせる。額の上で毛先をまっすぐに切りそろえるの。そうしてあの子を連れてトルナブオーニ通りを歩けば、誰もが振り返るでしょう」

奥さんが欲しいのは子供でなく、時計仕掛けの人形か芸をする猿じゃありませんか、と言ってやりたかった。でも黙っていた。機械仕掛けの人形をイタリア語で何と言うのか知らなかったし、それに、喧嘩してまた十五パーセント値上げされるような危険は冒したくなかった。

「あたしにグイードのような子供がいたらいいのだけど」彼女はため息をつき、しおらしく目を伏せた。「子供好きなのです。養子をもらうことを時々考えるのですけど。主人が認めてくれればのことですわ」

わたしは大きな白い犬に引っぱられて散歩する気の毒な老人を思いうかべ、ひそかににやりとした。

「でも主人が同意してくれるか分かりません」夫人は続けた。「同意してくれるかしら」一瞬口をつぐんだ。何か新しい思いつきはないかと思案しているようだった。

数日して、昼食後に庭でコーヒーを飲みながら座っていると、グイードの父親カルロが現れた。いつもは軽く会釈し、明朗な口調で挨拶して通り過ぎるのに、この日はわたしたちの前に立ち止まり話し出した。美男子で、背は高くないが、よく均整がとれていて、動きがしなやかで、活気に満ちている。顔は薄茶色で古代ローマ人のような目鼻立ちで、見たこともないほど理知的なグレイの目が輝いている。だが彼には、人を騙したり、人から何かを巻き上げようとする悪癖があり、そういう時には、自分は子供のように無知で、あけっぱなしの人間だと見せかけようとする。しかし目が理知的すぎるので、たいていは失敗する。理知的な目は、見ていて楽しいのだが、人に狡猾な印象を与えるからだ。顔全体は無邪気で、素直で、愚か者に近い表情を浮かべているのだが、目が本心を暴露する。その目が輝き始めたら、周囲の者は用心するに越したことはない。

今日の彼は目が光っていない。わたしどもから盗るもの、少なくとも盗る値打ちのあるものは、何もなかった。彼が欲したのは助言だけだった。助言というものは、ほとんど誰でも無料で喜んで与えるものだと、彼は心得ていた。だが彼が欲した助言は、ボンディ夫人に関するもので、助言の難しい微妙なものだった。以前から夫人についてよく不平を言っていた。年配の旦那はいい方で、とても親切ですと言っていたが、これは旦那なら簡単に騙せるということであったらしい。ところが奥方は、何というか、要するに、ひどい女だ、というのだった。ひどい貪欲ぶりの実例をいくつも聞かされた。分益農法制度の法律で地主が取るのは利益の半分と決まっているのに、いつだってそれ以上を要求する。疑い深いのもけしからぬ。おれが狡猾だとか、平気で盗みをするとか、文句を言う。おれのような正直者に向かってだ、そう言って彼は自分の胸を叩いた。彼女は近視眼的な見方しかできない貪欲な女だ。肥料に金を出さず、牛を買ってくれないし、馬小屋に電気を入れてくれない。

わたしたち夫婦はカルロの不満を聞いて同情したけれど、問題については、用心して曖昧な見解を述べるにとどめた。イタリア人というのは意見を曖昧にしておくのが得意だ。利害が絡む人に関してはそれが必要であり正しく、しかも安全な場合でもない限り、絶対に秘密を漏らさない。わたしどもも、イタリア暮らしが長いので、こういうイタリア人の用心深さを真似る。カルロに話したことは、遅かれ早かれ、間違いなくボンディ夫人に伝わるのが分かっている。いたずらに夫人との関係をこじらせても無意味だし、また十五パーセント家賃を値上げされては困る。

今日のカルロは不平というよりも、いささか困っていた。何でもボンディ夫人から呼び出しがあり、グイードを養子にしたいという申し出があったという。申し出といっても、用心深いイタリア風の、遠回しに曖昧な形でのものだった。「お断りします」というのが、カルロの最初の考えだった。しかし、そんな回答では態度を露骨なまでにはっきりさせるので、「考えてみます」と言っておいた。それでわたしどもがどう思うか、聞かせてほしい、それがカルロの用件だった。

あなたが一番いいと思うことをなさい、というのがわたしどもの助言だった。でも、夫人がグイードにとってとてもよい養母になるとは思えないという見解を、漠然と、しかしよく理解できるように話した。カルロもそれに同意する気持ちに傾いていた。何しろグイードをとても可愛がっていたのだ。

「ただ問題はですなあ」やや憂鬱そうに彼が言った、「夫人が本気であの子を手に入れようと決めたら、どんなあくどいことでもしかねない、ってことですよ。どんなことだってね」

カルロも、エネルギー獲得を研究する物理学者は原子などでなく、多血質の子供のない、仕事を持たぬ女性から始めればよいと考えているのだ。もっとも、彼にはボンディ夫人の中に溜まったエネルギーに負けない精力がたっぷりあるとわたしは思った。彼が真鍮のような、喉から出る力強い声で歌いながらテラスを大股で歩いてゆく姿を見ているとそんな気がするのだ。

それから数日して、わたしの蓄音機とレコードが入った荷物がイギリスの家から届いた。丘の上で暮らすわたしどもにとって、それは大きな慰めだった。何しろ、音楽だけは、精神的に満たされたこの孤独な生活——他の点では『家族持ちのロビンソン・クルーソー』に描かれたような楽しい生活——で不足したものだったのだ。最近はフィレンツェに行っても音楽はあまり聴くことができない。イギリスのバーニー博士が十八世紀にイタリアを旅行して、新オペラ、交響曲、四重奏、カンタータが絶えまなく流れるのに聴き惚れた時代は過去のものになった。ボローニャのマルティーニ神父を除けば誰にも劣らぬ学識豊かなこの音楽史家が、農夫の歌声や放浪の演奏家が楽器でかき鳴らす音楽を賛美した時代は終わった。わたしはイタリア国内を数週間旅してみたけれど、その間聴いた音楽はオペラ『サロメ』とファシスト党の党歌だけだった。

　ロンドンはじめ北国の都市には、人生を快適にしてくれるもの、あるいは人生を何とか我慢できるものにしてくれるものがあまりないけれど、音楽だけは豊かである。もしかすると、理性ある人間が北国に住む気になるのは音楽に恵まれているせいかもしれない。北の都会の魅力とされるもの――喜劇などの演劇、夜会、交友、くつろいだ歓談――は、報いられることが皆無の精神の浪費にすぎぬのではなかろうか？　それに北国特有の極寒、暗さ、腐ったゴミ、湿気、むさくるしさはどうだろう？　そうだ、住民を引き留める必然性がない土地では、音楽が唯一の魅力なのだ。その音楽が、今ではニュートンの発明によって、箱に入れてどこへでも運ぶことができるのだ。自分が選んだどんな偏狭な土地においても、音楽をとり出して聴くことが可能になった。アフリカのベニンであれ、イングランドのナニートンであれ、サハラ砂漠のトジュールであれ、どこにいても、モーツァルトの四重奏、バッハの平均律クラヴィーア曲集の抜粋、ベートーヴェンの第五交響曲、ブラームスのクラリネット五重奏、パレストリーナの聖歌曲などを聴くことが可能なのだ。

カルロはロバに引かせた荷車で駅まで荷物を取りに行ってくれて、蓄音機に大いに興味を示した。

「久しぶりに音楽が聴けますね」わたしが蓄音機とレコードの荷を開けているのを眺めて、カルロは言った。「自分じゃあ、あまり演奏できませんからな」

そう言うけれど、カルロ自身の音楽の腕は結構あなどれない。暖かい夜など、自分の家の戸口に座って、ギターを弾きながら静かに歌っているのをよく聴いたものだった。長男がマンドリンで演奏に加わり、時には家族全員が歌い出して、暗闇が情熱的な喉にかかる歌声でみたされることもあった。ナポリ民謡が多く、歌声は音調から音調へ切れ目なく低くなったり、物憂げに高くなったりし、さらに一つの音調から次の音調へと変わる間に突然むせび泣くような強い調子が飛び出す。星空の下で、少し離れた所ではなかなかよい効果を上げた。

「戦前のことですがね。非常時でなかった頃には」カルロが言った（彼は戦前ののんびりした時代がいずれ戻ると信じ、期待していた。戦争が始まる前の生活は安上がりで気楽だったのだ）。「ポリテアーマ劇場によくオペラを聴きにいったものさ。素晴らしかったなあ。しかし今は入場料が五リラになってしまった」

「確かに高すぎる」わたしが応じた。

「レコードに『イル・トロバトーレ』はありますか？」

わたしは首を横に振った。

「じゃあ『リゴレット』は?」

「残念ながらない」

「『ラ・ボエーム』は? 『西部の娘』は? 『道化師』は?」

わたしはどのオペラのレコードも所持していなかった。

「『ノルマ』もない? あるいは『セビリャの理髪師』も?」

わたしは『ドン・ジョヴァンニ』からバティスティーニが歌う「お手をどうぞ」をかけた。それを聴いたカルロは、歌はうまいと感心したけれど、曲自体はあまり好きでない様子だった。どうして嫌いなのか、尋ねた。

「だって『道化師』と違いますからな」ようやく言った。

「心を震わせない《パルピテイティング》からかな?」そう言ってみた。彼がよく知っているはずの形容詞を使った。イタリアの政治関係のスピーチや愛国的な新聞の記事でいつも使う語なのだ。

「そう、心を震わせないですな」

わたしはやはりそうかと、改めて思った。『道化師』と『ドン・ジョヴァンニ』の違いはまさにそこなのだ。前者は心を震わせ、後者は心を震わせないのだ。近代の音楽趣味が古典のそれと違うのはその点だ。最上のものが堕落すると最悪だ、とわたしは思った。

「心を震わせる」音楽など、わたしは認めない。ベートーヴェンは、その知的霊的な情熱をこめて、音楽に「心を震わせること」を教えた。それ以来というもの、音楽は心を震わせるものをよしとするようになってきたのだ。ただし、ベートーヴェンより劣った音楽家の情熱によって聴く者の心を震わせるようにと意図されているのだから困ったものだ。私見では、ベートーヴェンは『パーシファル』、『道化師』、『火の詩』について、間接的ながら責任があるのだ。もっと間接的ながら、『サムソンとデリラ』、『蔦よ、わたしにまつわれ』にも責任があるのだ。モーツァルトのメロディーは華麗で、記憶に残り、伝染性があるかもしれないが、けっして心を震わせなどしない。聴く者の一番弱いところに迫るとか、色情的な恍惚状態に誘うこともない。

カルロも年長の子供たちも、どうやらわたしの蓄音機に失望したようだった。あからさまにそう言うような失礼なことはしなかったけれど、一、二日経つと、蓄音機とそこから聞こえる音楽にも興味を失くした。自分らでギターを弾いて歌うほうがよいと思ったのだ。

ところが、グイードだけは違い、非常に興味を持った。といっても我が家のロビンが好きな陽気なダンス音楽などではない。ロビンは、ダンス音楽の甲高いリズムに合わせて、自分ひとりで一連隊の兵士になったつもりで騒がしく部屋中をどしんどしんと闊歩して飛びまわるのが大好きだ。グイードが好んだのは、ほんものの音楽だった。彼が最初に聴いたのは、バッハの『二つのヴァイオリンのための協奏曲ニ短調』のゆっくりした楽章だった。このレコードをわたしがかけたのは、カルロたちが帰ったすぐ後のことだった。わたしには、これこそ、ずっと乾ききった精神をいやす、もっとも音楽的な曲――いわば、ぐっと飲み干す飲物の中でもっともよく冷えた清涼な生ビールに思えた。その楽章がちょうど始まって、もっとも厳しい知的な論理に従って、純粋で憂鬱な美をくりひろげ出した時、二人の少年が、グイードが先に、ロビンが息を切らせて続き、涼み廊下《ロッジア》から部屋に入ってきた。

グイードは蓄音機の前でつと立ち止まり、身じろぎせずに耳を傾けた。薄い青灰色の目は大きく開いたままだった。前にも時々見たことがあるのだが、神経がピリピリしている時のような身振りをして、親指と人差し指で下唇をつまんでいる。深く息を吸い込んだに違いない。数秒間じっと耳をすませた後、勢いよく息を吐き、それからまた深く新鮮な空気を吸い込んだ。一瞬わたしを見た。物問いたげな、驚愕したような、恍惚としたような眼差しだ。それからちょっと笑ったが、最後には、落ち着かなげな身震いに変わった。そして再び不思議な音の聞こえてくる源のほうを見つめた。年長の友の行動を奴隷のように忠実に真似てばかりいるロビンは、蓄音機の前でグイードと同じように下唇を指でつまんで立っていた。正確に真似ができているか、友のほうをちらちらと見ていた。けれども一分もすると飽きてしまった。

「兵隊ごっこがいいよ」ロビンがわたしのほうを向いて言った。「兵隊ごっこをかけてよ。ロンドンでやったみたいに」彼はラグタイムや陽気な行進曲で部屋の中を飛び跳ねたのを覚えていた。

わたしは口に指をあて、「後でね」と小声で言った。

ロビンは二十秒ほどどうにかおとなしく辛抱していた。それからグイードの腕をつかんで、「ねえ、グイードったら！　兵隊ごっこしようよ！」と叫んだ。

グイードが怒るのを見たのは、その時が初めてだった。「あっちへ行け！」彼は怒ったように小声で言い、腕をつかむロビンの手を叩き、乱暴に押しやった。そして、蓄音機に近づき、からだをのりだした。邪魔が入って聴けなかったのを、熱心に聴くことで埋め合わせしようとしているかのようだった。

ロビンは驚いてグイードを見た。こんなことは初めてだった。それからわっと泣き出して、わたしのところに慰めを求めてかけよって来た。

グイードは、音楽を聴き終わり、幼い友のことを思いやる余裕ができると、心から詫びてロビンにとても優しくしてくれた。喧嘩の仲直りができた時、わたしはさっきの音楽への感想を訊いてみた。「美しい《ベロ》」と答えた。しかしイタリア語のこの語は気軽に始終使うもので、曖昧である。

「どこが一番気に入ったの？」また尋ねた。グイードがとても楽しんだようだったので、どこにもっとも強い印象を受けたのか、わたしとしては知りたかった。

しばらく黙って、考えるように顔をしかめていたが、ようやく言った。「こんなふうなところが気に入ったんです」と言い、長い楽句を口ずさんだ。「それから、同時に歌っている別のもあったでしょ？　でも、あんなふうに歌うもの、一体何ですか？」

「ヴァイオリンだよ」

「ヴァイオリンか」彼は頷いた。「別のヴァイオリンはこんなふうだった」また口ずさんだ。「両方を同時に歌うことはできないのかな？　それから、あの箱の中はどうなっているの？」グイードはどんどん質問してきた。

わたしは、レコードについている渦巻きの線やレコード針、共鳴板を見せながら、できるだけ質問に答えた。ギターの弦をはじくとぶるぶると震えるだろうと言ったり、さらに音というのは空気の振動で、その震えが黒いレコードの表面に刻まれることなど、できるだけわかりやすく説明しようとした。グイードはとても熱心に耳を傾け、時々頷いた。わたしの言ったことをすべて完璧に理解したようだった。

しかし、この時までに、可哀そうなことに、ロビンがすっかり退屈しきっていたので、二人の子供に一緒に庭で遊びなさいと命じた。グイードは素直に従ったものの、本当は室内に残ってもっと音楽を聴いていたいようだった。その後しばらくしてわたしが外を見ると、グイードは大きな月桂樹の暗い窪みに隠れてライオンのように唸っていた。ロビンは笑っていたが、こわい唸り声はもしかすると本物のライオンなのかもしれないと少し恐れてびくびくしていた。灌木を棒でたたき、「出てこい、出てこい！　撃ってやるぞ」と喚いていた。

昼食後、ロビンが昼寝で二階の寝室に上がってしまうと、グイードがやってきた。「また音楽を聴いてもいい？」そう言って、彼は蓄音機の前に座りこんで、わたしが次々にかけるレコードを、頭をちょっと傾けながら一時間ずっと聴いていた。

それからというもの、午後になると決まってやってきた。すぐにわたしの持っているレコードを全部聴いてしまった。好きなのも嫌いなのもあり、自分が聴きたい曲の主旋律を口ずさんで注文することができるようにまでなった。

「ぼく、それは好きじゃない」とシュトラウスの『ティル・オイレンシュピーゲルの愉快な悪戯』について言った。「家で歌っているのと似ている。そっくりっていうほどじゃないけどね。でも似てるなあ。ぼくが何のことを言ってるのか分かる？」わたしたちを困ったような、懇願するような目で見た。わたしたちが彼の言いたいことを理解して、それ以上説明しなくて済むようにしてください、と。妻とわたしが頷いたので、グイードは言葉を続けた。「それから、終わりが初めからちゃんとつながっていないよ。ほら、最初にかけてくれたものと違う」彼はバッハの『協奏曲ニ短調』のゆったりした楽章の冒頭の一、二小節を口ずさんだ。

「つながらないっていうのは、こういう意味だろう？　『子供は皆遊びが好き、グイードは子供、だからグイードは遊びが好き』のようになっていないっていうのだろう？」わたしは言ってみた。

少年は顔をしかめた。「うん、そういうことだろうな」しばらくして言った。「最初におじさんがかけたのは、そうなっているね。でもねえ」彼はばかにこだわって言い添えた。「ぼく、ロビンみたいには遊びは好きじゃあないよ」

ワグナーは彼の嫌いな音楽の一つであり、ドビュッシーもそうだった。ドビュッシーのアラベスクの一つをかけた時、グイードは「何だってこの人は同じことを何度も何度も言うのかな？　何か新しいことを言うか、先に進むか、ものを成長させるか、したらいいのに！　別のものを考えつかないのかな？」と言った。でも『牧神の午後』についてはそれほど手厳しくなかった。「色んなものが結構きれいな声を持っていますね」と言った。

モーツァルトにはすっかり感激し大喜びだった。『ドン・ジョヴァンニ』からの二重唱についても、カルロは自分の胸を震わせないというので嫌ったけれど、グイードは魅了された。しかし、四重奏や交響曲のほうがもっと気に入った。

「ぼくは歌より器楽曲のほうが好きです」と言った。

考えてみると大部分の人間は、器楽曲より歌が好きだ。そして演奏者に、演奏された音楽より興味を抱く。演奏者一人一人の個性の出ない交響曲よりも独唱や独奏を感動的だと思う。ピアニストのタッチは人間のタッチであり、ソプラノの高いハ音は個人の音調である。聴衆がコンサートホールを満たすのは、このタッチ、この音調を聴くためなのだ。

しかし、グイードは器楽曲のほうが好きなのだ。彼も作品によっては歌も好きだった。「お手をどうぞ」は好きだし、「窓辺においでよ」も好きだ。「そよ風」などは大好きで、わが家でのレコード鑑賞会では最初にこれをかけてほしいといつも頼んだくらいだ。それでもグイードは器楽曲のほうをより好んだ。『フィガロ』の序曲は大好きだった。曲の冒頭から遠くない箇所で第一ヴァイオリンが突如として美しさの頂点まで高まってゆく楽節がある。音楽がこの部分に近づくと、グイードの顔に微笑が広がり、徐々に明るさを増していき、時間通りにそこが始まると、拍手し嬉しそうに声を上げて笑った。そういう様子をわたしは何度も目撃した。

同じレコードの裏面には、たまたまベートーヴェンの『エグモント序曲』が入っていた。グイードはこの曲を『フィガロ』以上と言えるくらいに好んだ。

「この曲のほうがもっと多くの声を持っているもの」と彼は理由を説明した。それを聞いて、この子の鋭い批評に感心した。というのも『エグモント』が『フィガロ』を凌駕するのは、まさに管弦楽構成の豊かさだったからだ。

けれども彼の心を他のどの曲よりも揺さぶったのは、ベートーヴェンの『コリオラン序曲』だった。第五交響曲の第三楽章、第七交響曲の第二楽章、皇帝協奏曲の緩徐楽章なども大好きだったが、いずれも『コリオラン序曲』ほど彼を興奮させはしなかった。ある日てしまった。

など、連続して三、四回も聴かせてと頼んだくらいだ。だが、その後はレコードを片づけ

「ぼくもうこの曲聴きたくない」

「どうしてだい？」

「だって、あまりにも……あまりにも……」彼は躊躇っていた、「あまりにも大きいもの」ようやく言った。「ぼく、本当には理解できていないの。ねえ、この曲かけて」彼はバッハの『協奏曲ニ短調』を口ずさんだ。

「こっちのほうが好きかい？」

彼は頭を横に振った。「そういうわけじゃあないんだけど、こっちなら易しいもの」

「易しい？」わたしにはバッハについての形容詞としては奇妙な語に思えた。

「よく理解できるんだ」グイードが答えた。

ある午後のこと、レコードを聴いている最中に、ボンディ夫人がやってきた。夫人はすぐさま、グイードに過度な愛情を示し出した。キスしたり、頭を撫でたり、服装について奇妙極まるお世辞を言ったりした。グイードは夫人から少しずつ離れていった。

「坊や、音楽が好きなの？」夫人が尋ねた。

子供は頷いた。

「天分があると思います」わたしが言った。「とにかく素晴らしい耳と聴解力と批評力

――この年齢の子供では出会ったことのない能力を持っています。ピアノを借りて、習わせたらどうかと思っているところです」

こう言ってから一分後に、夫人相手にグイードを称賛したのを後悔した。というのは、夫人はすぐさま、あたしがグイードを育てていればすぐに最上の先生に付けて才能を引きだし、音楽の大家にしあげてみせる、差しあたって天才児にしてみせる、と言いだしたのだ。その瞬間、夫人は大きなスタインウエイのピアノの側に母親のような顔で座っている自分自身の姿を思い浮かべていたに違いない。彼女の想像の中では、小公子のような衣装を着た天使のように可愛いグイードが、リストやショパンを難なく奏でて、満員の聴衆を魅了している。夫人には花束や凝った花の贈物が見え、拍手喝采の音が聞こえるのだ。また、老練の批評家先生が、天才児の出現を喜び、むせび泣き、よく選んだ言葉で簡潔に褒めるのを、すでに聞いたのだ。この子を養子にしようという欲望がいやが上にも高まった。

「何が何でもグイードを自分の子にするのだという気持ちにさせてしまったんじゃないの」エリザベスは夫人がひきあげると言った。「今度顔を合わせた時には、間違いでした、あの子には音楽の天分はありません、と訂正したほうがいいわ」

やがてピアノが届いた。最小限の手ほどきをしただけで、あとは自由にさせた。彼は聴いたことのあるメロディーを自分で選び、その中に潜む和音を再現することを最初に試みた。数回のレッスンで、音符の基本を覚えて、簡単な楽節なら、ゆっくりではあるが、楽譜を読めるようになった。全体を読むのはまだ無理だった。どうにか音符を拾い読みしたけれど、楽譜全体を読む方法は誰も教えていなかったのだ。

次にボンディ夫人に会った時、グイードには失望しましたよ、音楽の天分はまるでないのです、と言った。それは残念ですわ、と夫人は言ったものの、一瞬もわたしの言葉を信じなかった。彼女が地主の権利として入手する前に、わたしたちもグイードを狙い天才児を自分らのものにしようとしていると多分思ったのだろう。だってグイードとその親はわたしの小作人じゃあありませんか？　子供を養子にして得をするのは、地主じゃありませんか！　夫人はそう言いたかったのだろう。

夫人は巧みに外交手腕を発揮して、カルロとの交渉を再開した。あの子には天分がある。イギリス人からそう聞いたし、その紳士は音楽に通じている人物だ。もしカルロが子供をわたしの養子にするのに同意すれば、あの子にレッスンを受けさせるわ。必ずいずれ巨匠になって、アルゼンチンだのアメリカだの、あるいはロンドンやパリで契約を結ぶことになるでしょう。巨万の富がえられるわ。カルーソーみたいに。そのうちの何百万かがカルロの手元に入る。でも金銭が転がり込んでくるに先立って、レッスンが要ります。レッスン料は高額です。息子のためだけでなく、自分自身のために、わたしに任せなさいよ。それに対してカルロは考えてみると答え、再度わたしたちの所に相談にきた。そこでわたしは、とにかく少し待って少年の進歩ぶりをみるのがベストだと思いますよ、と返事をした。

ボンディ夫人にわたしが言ったことはむろん真実ではなく、グイードは目覚ましい進歩を遂げた。毎午後、彼はレコード鑑賞とピアノのレッスンのために、ロビンが昼寝している間にやってきた。楽譜を読むほうも格段に進歩したし、小さな指は力強さと巧みさを獲得していった。だが、わたしにとってより興味があったのは、彼が自分で作曲を始めたことだった。いくつかは演奏中に書き取っておいたので、今も残っている。奇妙だなとその当時思ったのだが、大部分がカノンだった。彼はカノンがとても気に入った。カノン作曲の原理を説明してやった時に、魅了されたのだ。

「カノンって美しいなあ」感嘆して言った。「美しい、美しい。しかも簡単だ」

簡単という語にもわたしはまた驚いた。カノンはどうみても簡単だとは言えない。これ以後、彼は自分の楽しみのために小カノンをいくつか作曲することで、ピアノを弾く時間の大部分を費やした。驚くほど見事な出来だった。しかし、これ以外の種類の音楽の創作では、期待したほど多くの成果はあげなかった。讃美歌のような厳粛な小曲をいくつか作曲したし、軍隊行進曲のような元気のよい作品も創作した。むろん、どの曲も子供の作品としては驚嘆すべきものだった。しかし、世間には驚嘆すべきことをやってのける子供というものは、結構数多く存在するものだ。わたしが期待したのは、グイードが成長して四十歳になっても天才であるようにということだった。「モーツァルトの再来だとはどうも言えないね」妻とわたしはグイードの作曲した小品を演奏しながら同意した。告白すれば、わたしはちょっと裏切られたような気がした。もしモーツァルトに及ばないというのであれば、もう考慮に価いしないと思ってしまったのだ。

音楽の天分ではグイードはモーツァルトではなかった。それは確かにそうだ。だが、まもなく分かったのだが、別の面でモーツァルトにも匹敵する天才であった。それを発見したのは初夏のある朝のことで、わたしは西に面したバルコニーの暖かい日陰に座って仕事をしていた。グイードとロビンは下の囲いのある小さな庭で遊んでいた。子供たちがいつになく静かなのがふと気になった。仕事に夢中になっていたのですぐには気づかず、静寂はしばらく前から続いていたのだろう。叫び声も聞こえないし、走り回る音もなく、小声で話し合っているだけだ。一般に子供が静かな場合、何か楽しい悪戯に夢中なのだというのを経験から知っていたので、椅子から立ち上がって欄干から下を見て、二人が何をしているのかを探った。水遊びか、たき火か、それとも体にコールタールを塗りつけたりして遊んでいるのだろうと予想した。ところが実際に目にしたのは、グイードが燃えさしの棒を手にして、通路のなめらかな敷石の上で、直角三角形の斜辺の上の正方形は、他の二辺の上の正方形の和に等しいことを証明しているところだった。

敷石の上にしゃがみこんで、グイードは黒くなった棒の先で図形を描いていた。ロビンは隣で真似して膝をついていたけれど、このテンポのゆっくりしたゲームに次第に退屈してきた様子だった。

「グイード！　ねぇ」そう言われてもグイードは知らん顔している。考え込みながらしかめ面するだけで、作図を続けている。ロビンはしゃがみこみ、グイードの首に手をまわして、下から相手の顔を見上げた。「どうして汽車の絵を描かないの？」

「後でね」グイードが答えた。「でもまずこれを見てほしいな」それから気を引くように「とっても美しいのだよ」と付け足した。

「でもぼく、やっぱり汽車がいいな」ロビンが言った。

「後でね。ちょっとだけ待ってよ」その口調は懇願のようだった。ロビンはもう一度だけ我慢しようとした。一分後、グイードは二つの図を完成した。

「ほらできた！」勝ち誇るように言った。それから体をまっすぐのばして、図形を眺めた。

　そう言ったかと思うと、さっそく、彼はピタゴラスの定理の証明に取りかかった。普通のユークリッドの方法ではなく、もっと簡単で、もっと納得のいく方法によってだった。多分ピタゴラス自身が用いたものだと推定される。まず一つの正方形を描き、それを直角に交差する二本の垂線によって、二つの大小の正方形と二つの相等しい矩形とに分割する。その相等しい矩形を、それぞれに対角線を引くことで四つの相等しい直角三角形に分割した。そうすると図中の二つの正方形は、四つの直角三角形それぞれの、斜辺でなく他の二辺に接する正方形であると分かる。ここまでが第一の図である。第二の図では、グイードは第一の図で矩形を分割して作った四つの直角三角形を取りあげて、直角の部分が正方形の四隅になり、斜辺が内側にむき、大きい辺と小さい辺が正方形の辺に連続するようにして、元の正方形の周囲に並べた（元の正方形の四つの辺の長さの合計は四つの三角形の二辺の総和に等しい）。こうして元の正方形は、第二の図では、四つの直角三角形とその斜辺に接する正方形とに再分割される。四つの三角形は、最初に分割した二つの矩形に相等しい。それ故、斜辺に接する正方形は、第一の図における大小二つの正方形を合わせたものに等しい。

第一図

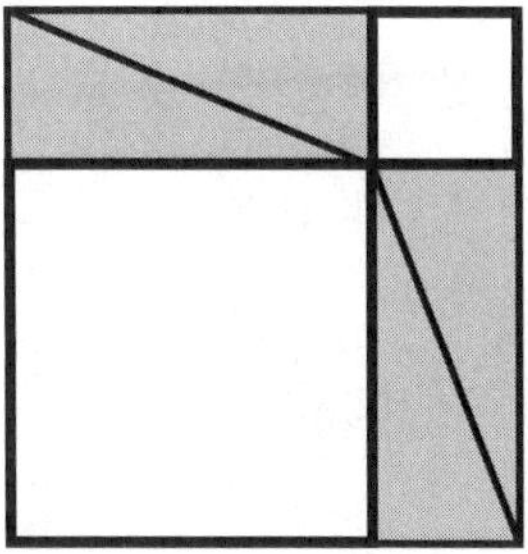

第二図

非学問的な言葉ではあるが、非常に明晰に、仮借ない論理を用いて、グイードは証明を説明した。ロビンも聞いていたけれど、そばかすのある元気な顔に浮かんだのは、ぼくには何にもわからないよ、という表情だった。

「汽車だい！　汽車を描いてよ」ロビンは繰り返し頼んだ。

「すぐに描くからさ」グイードは頼むように言った。「ちょっと待ってね。でもさ、この図もちょっと見てよ。お願いだ」彼はロビンをなだめすかすように言った。「とても美しい。とても易しいよ」

とても易しい……ピタゴラスの定理はグイードの音楽の偏好を説明するようにわたしには思えた。わたしたちが可愛がってきたのは子供のモーツァルトでなく、子供のアルキメデスだったのだ。そして、この種の子供にはよくあることだが、たまたま音楽の才能も持ち合わせていたのだ。

「汽車がいいよう！」図形の説明が終わらないので、ロビンは我慢できなくなってきて、グイードが証明を続けると、もう堪忍袋の緒が切れた。「グイード、意地悪！」と叫んで殴り掛かった。

「分かったよ」グイードは諦めて言った。「汽車を描いてあげよう」焦げた棒の先で敷石の上に汽車を描きだした。

わたしは黙って見ていた。あまり上等な汽車ではなかった。グイードはピタゴラスの定理を自力で考えだして証明できる天才児かもしれないが、絵描きとしては凡庸だった。「グイード！」わたしが声を掛けた。子供たちは振り返って上を見た。「その正方形を描くの、誰に習ったの？」誰かが彼に教えたということも十分にありえたので、念のために尋ねた。

「誰にも教わらないよ」彼は首を横に振った。それから、正方形を描いたりするのは何かいけないことかもしれないと気にしている様子で、弁解したり説明したりした。「だってぼくにはすごく美しいと思えたんだもの。あの二個の四角は――第一図の中の小さな正方形二つを指さした――この四角一個と大きさがまったく同じだよ」彼は第二図の斜辺の上の正方形を指しながら、照れ臭そうにわたしを見上げた。

わたしは頷いた。「そうだね、きれいだ。とてもきれいだ」わたしが言った。「実に、まったくきれいだよ」

わたしがそう言うのを聞いて、ほっとして嬉しそうな表情が少年の顔に浮かんだ。さも嬉しそうに笑い声をあげた。「あのねえ、こうなんです」自分が発見した素晴らしい秘密をわたしに教えようと熱心になった。「この二個の長い四角を切るとね」――彼は矩形のことをそう呼んでいた――「二切れになるんだ。すると同じ大きさの四切れができることになる。だってさ、あ、先に言っておくべきだったけど、長い四角は同じだもの、だって、同じ線だからね、おじさん……」

「ねぇ、汽車描いてよ！」ロビンが文句を言った。

わたしはバルコニーの欄干にもたれて、下にいる子供たちを見た。今さっき目撃してしまった驚嘆すべきこと、これはいったいどう解釈すべきだろう。

人間同士の間に存在する余りに大きな差異を思った。世間では、目や髪の毛の色だの、頭の形だので人間を分類する。だが知能の種類で分けるほうがよいのではなかろうか？　知性最高の人と最低の人との差は、北欧人とアフリカのブッシュマンとの差より大きいだろう。グイードが大人になった時、知能の点では、もし彼が「人」ならわたしは「犬」ぐらいであろう。しかも世間にはわたしが人なら、犬であるような普通人が恐らく大勢存在しているだろう。

もしかすると天才だけが唯一の本当の人間なのかもしれない。人類の歴史を振り返ってみて、本当の人間は数千人しかいなかったのだ。ではそれ以外のわたしのような普通の人は何なのだろうか？　教育可能な動物といったところだろうか。人類は、もし天才の援助がなかったなら、ほとんど何も発見できずに今日まできたであろう。我々が慣れっこになっている知識にしてもそのほとんどすべてが、普通人の頭には浮かぶことさえなかったであろう。種を蒔けば育つ。でも普通人は自分では種を生み出すことはできない。

歴史上、一つの国民全体が犬ばかりという国もあった、とわたしは思った。本当の人間、言い替えれば天才がひとりもいなかった時代もあったのだ。凡庸なエジプト人からギリシャ人は素朴な経験主義を引き継いで、そこから諸科学を作った。アルキメデスが生まれてから彼に匹敵する後継者が現れるまで、長い年月が経った。仏陀はただひとりだけだし、イエス・キリストもそうだし、知る限りバッハもただひとりだし、ミケランジェロもひとりしかいない。

本当の人間が時々現れるのは偶然によるのだろうか？　本当の人間が綺羅星のように多数同時に同じ国民の中から現れるという現象はどう説明できるのだろうか？　レオナルド、ミケランジェロ、ラファエロがルネッサンスに生まれたのは、偉大な画家を迎え入れるべく時代が円熟し、イタリアという風土が適していたからだとテーヌは説いた。この十九世紀の合理主義のフランスの批評家が説くと何だか眉唾のように聞こえなくもないが、それでも真実かもしれない。しかし、それでは、例えばブレイクのような、時代が熟さないのに現れた天才についてはどう説明するのか？

グイードは幸運にも、自分の能力を最大限に生かしうる時代に生まれたものだなと、わたしは考えた。彼は非常に精密な分析的な方法をいくらでも活用できるのを知るだろうし、また、自分の背後には先人の膨大な業績があって頼ることもできる。もし彼がストーンヘンジが作られた石器時代に生まれたらどうだったか？　初歩的なことを発見し、今なら証明できる機会のある領域でやみくもに臆測することばかりして、一生を費やしたかもしれない。一〇六六年のノルマン人によるイギリス征服の時代に生まれたら、数の記号化が不十分だったためにあらゆる初歩的な困難と取り組まねばならなかったであろう。例えば、MMMCCCLXXXVIIIをMCMXIXで割る技術——今なら3488÷1919と記号化させている——を覚えるだけでも長い歳月を要したであろう。以前は数世代の天才たちがやっと発見したことを、今なら五年もあれば学ぶことができる。

絶望的なほどに時を得ず生まれた天才の運命のことも考えてみた。彼らは価値あることをほとんど、あるいはまったくできずに終わったのだ。もしベートーヴェンがギリシャで生まれたとしたら、フルートか竪琴で安直なメロディーを演奏するだけで満足しなければならなかったであろう。ああいう知的環境では、和音の本質を想像することさえ不可能であったろう。

ロビンとグイードは汽車の絵から汽車ごっこに移っていた。ぐるぐる走り回っている。まるい頬を膨らませ、口をとがらせている姿は風の小天使《ケルビム》のようだった。ロビンが汽車ポッポと言いながら進み、その上着の裾をつかんだグイードは汽笛を鳴らして小刻みについてゆく。二人は前進し、バックし、空想の駅で停車し、車両の入れ替えをし、橋の上をごうごうと渡り、すさまじい音をあげてトンネルを走り抜け、時々追突したり脱線したりした。少年アルキメデスは我が家の亜麻色の髪の幼い野蛮人と変わらず汽車ごっこを楽しんでいるようだった。つい数分前にはピタゴラスの定理に夢中だったのに、今は空想のレールの上で飽きもせずに汽笛を鳴らし、花壇の中を行きつ戻りつし、涼み廊下《ロッジア》の柱の間を往復し、月桂樹の暗いトンネルを抜けたり入ったりして満足している。将来アルキメデスになるという事実は、それまでの間は明朗な普通の子供である事実と矛盾しないのだ。この神秘的な天分は頭脳の他の部分から切り離されたもので、経験ともほぼ無関係なのだ。典型的な天才児は音楽と数学に現れる。それ以外の能力は感情面の経験や成長の影響を受けて徐々に成熟し開花してゆく。文学の天才バルザックは、三十歳になるまでは、愚鈍以外の何の兆しもみせなかった。一方、モーツァルトは四歳にして音楽家だったし、数学者としてのパスカルの重要な業績の一部は十代の時のものである。

それからの数週間、わたしは日々のピアノのレッスンと数学のレッスンを交代で行った。レッスンというよりヒントを与えるというほうが正確だ。わたしがしたのは、彼にヒントをいくつか与え、数学の方法を教えて、後はグイード自身が詳しく考えて解答を見つけるのに任せた。このようにして、ピタゴラスの定理を彼とは違うもう一つのやり方でやってみせて、代数の手ほどきをした。直角の頂点から斜辺に垂線を引く。こうしてできた二つの三角形は、互いに相似形であり、さらに元の三角形とも相似形である。従って、対応する辺の相互の比例は等しい。この事実から証明してゆくと、代数方程式によって、c^2+d^2（他の二辺の平方）は、a^2+b^2（二つに分かれた斜辺の各々の平方）$+2ab$に等しいという式で表すことができる。この右の式は、幾何で示すのは易しく、$(a+b)^2$に等しい。即ち斜辺の上の正方形に等しいことになる。グイードはこの代数の初歩に心を奪われた。その喜びようは、熱した変性アルコールでボイラーを熱して動く玩具の蒸気機関車をもらった時と同じくらいだった。それ以上だったかもしれない。蒸気機関車ならいずれ壊れるものだし、機関車以上に発展しないので、そのうち魅力が薄れるのだが、一方、代数の初歩は彼の頭の中で成長し続け、見事に開花したのだから。

代数をユークリッド幾何学の第二巻に当てはめる学習の合間に円の実験も行った。竹を数本地面に突き刺し、一日の異なる時間ごとの竹の影を測定して、その観察から実に興味深い結論を引きだした。時には、面白半分に紙を折って立方体やピラミッド形を作ることもあった。ある日の午後、グイードは、薄汚れた小さな両手に載せて、今にも壊れそうな十二面体を大事そうに運んできた。

「すごくきれいでしょう！」見せながら彼はそう言った。わたしがどうやって作れたのかを尋ねると、彼はちょっとほほえんで「とっても簡単にできたよ」とこともなげに言った。わたしと妻は驚きのあまり、思わず笑ってしまった。しかし、本当は、わたしがすぐその場で四つん這いになり、昔は存在した尻尾を振り、ワンワンと吠えれば、驚嘆と敬意を表すのにもっとふさわしかったであろう。知能の面でグイードが人ならわたしは犬だったのだから。

例年になく暑い夏だった。七月の初めまでの高温に慣れていなかったロビンは顔が青ざめ、疲れた様子を見せ始めた。食欲はなくなり、体力が落ちた。医者は転地療養を勧めた。そこでそれからの十週間から十二週間をスイスで過ごすことにした。グイードへの置き土産はイタリア語で書かれたユークリッド幾何学の最初の六巻にした。彼は頁を繰って、図表をうっとりとした目で眺めた。

「ちゃんと字が読めるといいんだけどな。ぼく馬鹿だから。でもこれからうんと勉強するね」

わたしたち一家はスイスに移動して、グリンデルバルト近くのホテルからグイード宛てに、ロビンの名前で色んな絵葉書を送った。牧場の牛、アルプスの角笛、スイスの山小屋、エーデルヴァイスなどの絵葉書だった。返事はなかった。仕方がないと思った。グイードはまだ字を書けないし、忙しい父親や姉たちが代わって書いてくれるはずもなかった。かえって、便りがないのはよい便り、だと思って安心していた。ところが少しして九月の初めのある日、奇妙な手紙がホテルに届いた。支配人がホールにある、ガラスぶたの掲示板ケースに入れていた。宿泊客の中に心当たりのある方がいらしたら申し出てくださいという内容だった。食堂に行く途中でエリザベスがそれに気づいた。

「あら、これグイードからに違いないわ」彼女が言った。

わたしも妻の肩越しに封筒をみた。切手はなく、消印がいくつもあって黒くなっている。鉛筆で写したらしく、おぼつかない大文字が表一面にのたくってあった。一行目には「ロビンのパパへ」とあり、その下にホテルの名前と所在地が、まるでふざけて真似たような文字で記されている。文字の周囲には、困惑した郵便局員が当て推量の修正を施していた。結果として手紙は少なくとも二週間ヨーロッパ中をあっちこっち回ってからここに届いたのだった。

「ロビンのパパへか」わたしは笑った、「とにかく正確にここに届いたなんて、郵便局員もなかなかやるなあ」支配人室に行き、自分宛てのものだと事情を説明し、切手がないので超過料金として五十サンチーム支払った。そして、やっと掲示板のケースから鍵で取り出してもらった。

「字はものすごいね」妻とわたしは封筒の宛先の字を近くであらためて見て笑いながら同意した。「ユークリッドのせいだ。好きなことだけやっていると、こんな結果になるんだね」わたしは言った。

しかし封筒を開いて中を見たとたん、笑いは止まった。短い手紙で、電文のようだった。「おくさんのところにいる　ちっともうれしくない　ほんをとられた　ピアノはいやうちにかえりたい　すぐきて　グイードより」

「何ですって?」

わたしはエリザベスに手紙を渡した。「あの女め、遂にグイードを手に入れたな」わたしが言った。

＊　＊　＊

イタリアの墓地はイギリスの墓地とひどく違う。ホンブルグ帽をかぶった男たちの胸像、松明をも消しそうな大理石の涙にむせぶ天使たち、幼女の像、天童たち、ヴェールをかぶった婦人像、寓意的な像もあればひどく写実的な像もある。実に異様で実に多種類な像の数々が、通っていく我々を手招いたり、奇妙な格好を見せたりする。写真があった。ブリキに焼き付け、自然石にはめ込まれた茶色の写真が、粗末な十字架や墓石や壊れた柱などから、ガラス越しに外を見ている。三十年前に流行した立体幾何学様式の衣装――胴体の部分は黒色の繻子の上下の円錐をウエストの所で結び、腕は肘までが丸く膨らみ、そこから下はまるで磨いたボンベに見える衣装――を着た亡くなった淑女が大理石の枠の中からこちらに向かって哀れっぽく微笑んでいる。微笑む顔と白い手だけがその奇妙な衣装から外に出ている、僅かに人間的だと認められる部分だ。黒い口ひげの男、白い口ひげの男、ひげのない若者などが正面を向いたり、あるいは、古代ローマ人のような横顔を見せたりしている。晴着を着た子供の像もいろいろある。皆大きく目を見開いて微笑しているが、カメラの口から小鳥が飛び出すのを待っているのも、飛び出してくるはずはないと諦めているのも、微笑しなさいと命じられたので素直に微笑しているのもある。裕福な死者は、先端が細くなったゴチック様式の大理石の小部屋の中で、個々に休んでいる。小部屋の格子ドアから覗くと泣いている青白い遺族や、墓の秘密を守っている悲嘆にくれた守護神がちらっと見える。それほど金のない大多数の人々は個室でなく集団で休んでいる。一面に敷きつめられた、なめらかな大理石の床の下で、混み合いながらも快適に休んでいて、床の一つ一つの敷石が各人の墓の入口になっている。

カルロと共にこうして死者の間を通っていきながら、大陸の墓地は怖いなと感じた。大陸の人はイギリス人と較べると、死者に多くの関心を寄せているからだろう、と思った。古代人は死者を崇拝し、死者の物質的な安寧に気を使う優しさがあったので、自分らは草ぶき屋根の住居で暮らしているのに、死者は石の中に葬った。この態度がこの地では、イギリスにおけるよりもずっと強く残っている。生者に向かってさまざまな身振りをしてみせている彫像が、イギリスの墓地より百倍多くある。一族全体のための地下墓地——ホテルや定期船についてでも言うような「豪華な設備を誇る」墓地の数もイギリスよりずっと多い。そしてどの墓石にも写真が埋め込まれている。すでに遺骨になった死者が、最後の審判の日に自分がどういう姿で蘇るべきか、それを見て思い出すためだそうだ。さらにどの墓石の傍らにも小さな灯明がぶらさがっていて、これは万霊節の日に威勢よく火をともすためである。大陸の人々は、我々イギリス人に比べて、ピラミッドを建造した天才により近いのだと思わざるをえなかった。

「分かってさえいたら」カルロは何度も同じことを言った、「もし分かってさえいたらですなあ」考え込んでいるわたしの耳に、彼の声はどこか遠くのほうから聞こえてきた。「最初はグイードも平気だったんですよ。後になってからひどく辛かったなんて、どうしても分かんなかった。それにあの女、おれに嘘をついて騙したんだ」

父親の責任じゃない、とまた慰めた。しかし、もちろん、カルロに責任があったし、わたしにも部分的に責任がある。養子にされたらどんなことになるか、予想して何か手を打つべきだったのだ。カルロは、たとえあの女が圧力を加えてきても、一時的にせよ息子を手放すべきでなかった。とはいえ、圧力は並たいていなものでなかった。カルロ一家は代々百年以上もここで小作人をやってきたのだ。それなのに、夫人は老人の夫を使って脅して追い出そうとしてきた。この土地を去るのはとても辛いし、別の土地を探すのも困難だ。でも、子供を渡さないなら、出ていってもらうと、はっきり申し渡された。最初は短期間でいいわ、グイードが気に入るかどうか見ましょう。もし嫌なら、留まり続ける義務はないの。養子になればグイードの得になるし、結局、グイードのお父さんにも得になる。家を借りていたイギリス人が、グイードは最初思ったほど音楽の才能がないと言ったけど、あれは明らかに嘘よ。単なる嫉妬心と狭量のせいでそう言っただけ。あのイギリス人は自分がグイードの天分を発見したと誇りたいだけ。それにグイードがあの人から学ぶものは何もない。偉いプロの先生についてピアノを学ぶのが一番いいのよ。

もし物理学者が研究対象を誤らなければ取り出していたはずの、余暇を持て余すボンディ夫人の中に溜まっていたエネルギーが、グイードを養子にする作戦に向けられた。我々が当地からスイスに移動した瞬間から猛烈な勢いで作戦が開始された。我々が留守の時なら成功率が高いと夫人は考えたのだった。我々の留守という好機を逃さないのが肝要だと思ったのだろう。夫人に劣らず、我々もグイードを自分のものにしようと思っていると彼女は決め込んでいた。

来る日も来る日も、夫人は新しい攻撃をしかけてきた。一週間後には、彼女の指示で、老人の夫がブドウの収穫に関して文句を言いに来た。ひどい出来栄えじゃないか、カルロには小作人をやめてもらうと決めた、あるいはほぼ決めたところだ。老人は自分より強い夫人からの指示に弱々しく照れ臭そうに従って、この脅しを伝えに来た。その翌日、夫人自身が攻撃にやってきた。曰く、主人はひどく怒っているけど、まあ、わたしがなだめておいてあげましょう。そこで意味ありげに間をおいてから、グイードのことを話し出した。

とうとうカルロは根負けした。夫人はあまりにも執拗で、あまりにも多くの切り札を手にしている。抵抗できるはずがない。試しに一、二ヵ月滞在させてみればいいのよ。そしてグイード本人がずっと住みたいと言ったら、正式に養子縁組を決めればいいわ。このように口説いた。

休みには海岸に行くという話にグイードは飛び付いた。事実、ボンディ夫人は海岸行きを提案したのだ。グイードは以前、ロビンから海についてたっぷり聞かされていた——「ものすごくたくさん水があるんだよ」そう聞いても、夢のような話で信じられなかったのに、今その不思議な「海」を見に連れていってもらえるのだ！　少年はすっかり感激し、心を高鳴らせた。家族に「行ってきます」と告げた時には、嬉しそうだった。

しかし海辺での休日が終わって夫人のフィレンツェの家に戻った後、グイードはホームシックになった。夫人はとても親切にしてくれ、新しい服を買ってくれ、トルナブオーニ通りの喫茶店でケーキ、いちごアイスクリーム、泡立てクリーム、チョコレートなどをいくらでも食べさせてくれた。その一方、夫人はグイードが嫌がるほど長時間ピアノの練習を強要し、さらに悪いことには、無駄な時間を費やしているからと言って、ユークリッドの本を取り上げてしまった。そして家に帰りたいというと、嘘の約束をしたり、言いわけをしたり、真っ赤な嘘をついたりしてごまかした。すぐには無理だけど、あんたがピアノの稽古を一生懸命にやれば、来週にはきっと……そして来週になると、お父さんがあんたに帰ってきてほしくないって言っています、と告げた。そうして一層可愛がり、高価なプレゼントを与え、体に悪いお菓子を食べさせた。それでもグイードには無駄だった。子供は新しい生活を好まず、ピアノの稽古も嫌がり、ユークリッドの本を返してと言い、兄や姉たちに会いたいと懇願した。それでも、夫人は、時が経ち、美味しいお菓子を食べ慣れれば、いずれ彼も自分の子になるものと期待し続けた。さらにカルロ一家を遠ざけておく目的で、まだ海岸から戻ってきてないと思わせようとして数日に一回、海岸の住所から（わざわざ、その土地に住む友人に手紙を送って、そこから投函してもらった）届くように取り計らった。そして海岸でグイードがすごく楽しんでいるようなことを書いた。

グイードがスイスにいるわたしに手紙を出したのはこの頃だった。父さんや兄姉が近くに住んでいるのに迎えに来てくれない、これは家族がぼくのことを棄てたんだ、とグイードは思い込んだ。そのため最後で唯一の希望としてわたしにすがったのだ。しかし宛先が滅茶苦茶だったので、わたしの手元に着くまでおよそ二週間かかった。二週間はグイードには何百年、何世紀にも思えたに違いない。いくら待っても返事がないので、グイードはわたしもまた彼を棄てたという確信を次第に深めていったに相違ない。希望は断たれた。

「ここです」カルロが言った。

見上げると巨大な石碑が目の前に立っていた。灰色の砂岩の一枚石の真ん中あたりがくり抜かれて洞窟のようになっていて、そこに青銅の「聖愛」の像が置かれ、骨壺を抱いていた。石碑には青銅の文字で碑銘が書かれていた。読んでみると、「愛する妻アヌンチアータの思い出のため、悲しみに沈むエルネスト・ボンディがこの石碑を立てる。その早すぎる死により、最愛の妻を奪われた夫の不滅の愛のしるしである。いずれまもなくこの石の下で妻と共になることをこいねがう」などと長々と続いている。最初の妻は一九一二年に亡くなっていた。白犬に引っ張られた老人を思い出したが、彼は昔から大変な恐妻家だったようだ。

「あの子をあの人たちはここに埋葬したのです」

カルロとわたしは長いこと無言でそこに立ち尽くした。グイードがこの墓の下で横たわっているのを思い、涙が浮かんできた。あの子のキラキラ光る真面目な目、美しい額の曲線、沈鬱そうな口元の垂れ方、それから、好きな曲を聴いたり、気に入った新しい考えを学んだ時などに顔が輝いた様子など次々に頭に蘇ってきた。この美しい少年が亡くなり、それと共に、肉体に宿っていた精神、あの驚嘆すべき精神も、この世に現れたかと思った瞬間に消え去ってしまった。

さらに、命を断とうと決断する前の惨めな気持ち、絶望感、すべての人に見捨てられたという確信――これらは考えるのもひどく、辛いものだったに違いない。

「さあ、もう行こうじゃないか」ようやくわたしが言い、カルロの肩に手を触れた。彼は盲人のように立ったままだった。目は閉じ、顔はかすかに上からの光にむいている。閉じた瞼の間から涙があふれ出てきて、一瞬まつ毛の間に留まっていたが、やがて頬を流れ落ちていった。唇は震えていた。震わせまいと頑張っているのが分かった。「さあ、もう行こう」わたしはまた言った。

それまで悲嘆にくれていた顔が突然痙攣したように震えだした。大きく開いた目は激しい怒りでらんらんと輝いた。「殺してやる、あの女。殺してやるぞ。グイードが自分で自分の身を投げ空を切って落下していったのを思うと……」両手をはげしく動かした。頭の上から振りおろし、胸の高さのところで急に止めた。「最後はドシンと叩きつけられた」

カルロは身震いした。「あの女があの子を突き落としたも同然だ。責任を取らせてやる」そう言って歯を食いしばった。

腹を立てるのは悲しむより楽だし、苦痛が少ない。復讐を考えるだけでいっときの慰めにはなる。でもわたしは「そんなことは言わないで」と言った。「無駄だし、馬鹿げている。それに役に立たない」この日以前にもカルロは、悲しみがあまりに苦痛になり、そこから逃れようとした時、怒りの発作を起こしたことがあった。怒りが悲しみからのもっとも楽な逃げ方だった。そういう時、彼を説いて、怒りよりも辛い道へと引き戻したことが何度もあった。「そんなことは言わないで」と今また繰り返し、墓がずらりと並び、死が実際以上に恐ろしく感じられる不気味な迷路を通って外に連れ出した。

墓地を出て、サン・ミニアート教会からミケランジェロ小広場へと坂を下りていくにつれて、やっとカルロは冷静になってきた。怒りはおさまり、また悲しみに暮れた。この深い悲しみこそ、あの激怒の源だったのだ。ミケランジェロ小広場でしばらく立ち止まり、眼下の谷間のフィレンツェの市街を見下ろした。雲の多い日で、白、金色、灰色の大きな形の雲が浮かんでいた。雲間に透き通るような青空があちこちに顔を出している。大聖堂の壮大な丸屋根が堂々と、崇高に、空中に聳えるように力強く見える。丸屋根の天辺にある小塔が我々の目の高さとほぼ同じくらいにある。数えきれぬほどの茶色やバラ色の建物の屋根の上に、午後の日射しがやわらかく燦然と光を投げかけていた。あちこちに聳え立つ塔は、まるで古びた黄金を用いてニスを塗り、エナメルで飾ったように見える。この市街に住み、その精神力によって目に見える文化遺産を数多く残し、非凡な思想を育んだ、この土地のすべての天才たち、「本当の」人間たち、に思いを馳せた。同時に亡くなった少年のことを思った。

小さなメキシコ帽

店の主人はその帽子を、親しみをこめて小さなメキシコ帽と呼んだ。確かに、メキシコ帽にしてはこぶりだったろう。でもここヨーロッパでは、土地は狭いし、すべてがこぢんまりしているので、小さくてもメキシコ帽はよく目立ち、帽子の中の巨人だった。帽子屋のショーウインドーの中央にぶらさがっていて、大きな黒いつばが後光のようなので、悪魔の王様がかぶるのにふさわしく見えた。しかしその朝ラヴェンナの通りを歩く悪魔などいない。いたのは、気弱で文学好きの旅行者のぼくだけだった。その頃のぼくは大きい帽子が大好きだったので、その黒いつば広の帽子は、悪魔の資格のないぼくの頭にのっかる成り行きになった。帽子が目にとまるや否や、店に飛び込み、サイズが合うと知るや、観光客相手の高値を値切りもせずに、買ってしまったのだ。こうして小さなメキシコ帽をかぶって店を後にした。ラヴェンナの通りに映るぼくの影はイタリア笠松の影にそっくりだった。

この小さなメキシコ帽も今ではすっかり古くなり、虫に食われ、黒が変色して緑になった。でもちゃんと保存している。昔を懐かしんでかぶることもある。懐かしいメキシコ帽よ！　ぼくの生涯のある時期を象徴しているのだ。自由を謳歌した年、大学入学の年を表す。多くの新しい事物、新しい概念、新しい感動の発見を象徴する。フランス文学、飲酒、近代絵画、ニーチェ、恋愛、形而上学、マラルメ、象徴主義など実に多くの発見の象徴になっている。だが、とりわけこの帽子が大切なのは、イタリア発見を想起させるからだ。一九一二年初秋の最初のイタリア旅行の興奮と驚異とうぶな歓喜のすべてを呼び覚ましてくれる。ウルビノ、リミニ、ラヴェンナ、フェララ、モデナ、マントヴァ、ヴェローナ、ヴィチェンツァ、パドヴァ、ヴェネチア——こういう夢に見るような地名を初めて聞いた時の第一印象は、帽子いっぱいの宝石のように、小さなメキシコ帽の中に詰まっている。捨てる気にならないのは当然ではないか！

それにまた、もちろん、ティラバッシィ伯爵のこともある。小さなメキシコ帽がなかったら、けっして彼と知り合うことはなかったに違いない。もしぼくが地味なイギリスの帽子をかぶっていたら、彼はぼくを画家だなどと思い込むことはなかったろう。その結果、あの壁画を見ることも、彼の父の老伯爵と話すことも、あるいは「小鳩」夫人の噂を聞くこともなかったろう。そう、絶対になかったろう。それを思うと、小さなメキシコ帽はさらに貴重なものに思えてくる。

帽子の大きさからぼくのことを画家だと判断するのは、いかにもティラバッシィらしかった。彼は軍人らしく単純明快さを好み、世間の曖昧な無秩序を認めるのを拒んだ。自分の世界にあるすべてのものを明確に分類し、レッテルを貼って整理し、整理箱に入れる。分類したものが、レッテルが剝がれて、分類箱から飛び出してしまうと、彼は混乱し、途方に暮れるのだ。とにかく、彼がパドヴァのレストランでぼくを見た瞬間にぼくを画家だと分類したのは明白だった。すべての画家は大きな黒い帽子をかぶっている。この男はメキシコ帽をかぶっている。故にこの男は画家である。揺るがぬ三段論法だった。

ボーイを通じて、自分のテーブルでコーヒーをご一緒していただけないかと訊いてきたのだ。告白してしまうと、ぼくは最初少しぎょっとした。颯爽とした青年騎兵中尉が、ぼくごときに一体何の用事があるというのか？　ぼくの心は途方もない馬鹿げた空想に満たされた。きっと知らず知らずに何かひどく無礼なことをしてしまったのだ。中尉の名誉を傷つけてしまったので、ぼくに決闘を申し入れようというつもりなのだ。武器を何にするかはこちらが選んでよいのだ、と急いで考えた。だが、一体全体何を選ぶべきか？　刀剣？　フェンシングを習ったことはない。ピストル？　以前瓶を狙って六発撃ったことがあったが、全部外れた。決闘の前に数通手紙を書いたり、自分の所持品に関する遺言状を書いたりする時間はあるのだろうか？　注文したタコ料理が届いた時、運んできたボーイが、この心痛から救ってくれた。内緒話をするように小声で教えてくれたところでは、あの中尉は伯爵という身分であり、ストラからそう遠くないブレンタ河沿いに別荘をお持ちでしてね。その別荘は——ボーイは大袈裟な身振りで両手を広げた——無数の絵で埋まっております。ええ、どこもかしこも絵でいっぱいです。伯爵様がおっしゃいますには、その絵をあなた様に見ていただきたい。お見受けしたところ画家でいらっしゃり、きっと絵画に興味がおありでしょう、ということでございます。

ああ、もちろん、絵画には興味があるとも、とぼくは照れくさそうに微笑して答えた。ボーイはぼくが相槌を打つのを期待していたようだった。それでしたら、伯爵様は喜んでご案内なさいましょう。ボーイが去った後もぼくはまだ当惑したままだったが、同時に安心もした。とにかく、刀剣かピストルかというような迷惑千万な選択から免れたのだ。

伯爵である中尉の様子を、彼がこちらを見ていない隙を狙って観察した。見たところでは典型的なイタリア人ではない（もっとも典型的なイタリア人がどういうものか、必ずしもはっきりしないけれど）。つまり、彼はけっして、剃り痕の青いあご、きらきら光る目、浅黒く、鷲鼻というのではない。むしろ正反対で、髪は淡い赤色、目はグレイ、獅子鼻で、顔にはそばかすがあった。イギリスの青年で、ティラバッシィ伯爵ほど活気はないけれど、その兄弟だといってもおかしくない者がぼくの仲間には大勢いた。

約束の時間になると、伯爵はぼくを丁重に迎えてくれ、ぶしつけな方法でお近づきを願ったことを詫びた。「あなたが絵画に興味をお持ちなのは確実だと思いまして、いずれお見せする作品群が見事なので許してくださると存じたのです」ぼくが絵画に興味があると、どうして彼が確信したのか不思議だったが、レストランを出る時になって謎が解けた。小さなメキシコ帽をかぶろうとした時、彼はにこにこして帽子を指さした。「その帽子であなたが本物の画家だとわかりましたよ」どう答えたものかぼくは言葉に窮した。

初対面の挨拶が済むと、伯爵はすぐに絵画の話題に集中したが、画家であるぼくへの配慮のためだった。「近頃は、わたしどもイタリア人は芸術にあまり興味を示さなくなってきましてね。現代国家ではそうなのです……」彼は肩をすくめた。「だが、わたしは反対でしてね。芸術は素晴らしい。大好きです。外国の方が案内書を手にして美術館を巡り、たった一枚の絵の前で三十分立ち止まり、まず案内書を読み、ついで絵を眺める様子を見ると……」ここで彼はマンテーニャの絵画を飾った礼拝堂を律儀に見学している英国国教会牧師の真似を見事にやった。まず両手に広げた案内書をちらっと眺め、それから水を飲むひよこのような動作で、顔をそこにあるつもりの壁画に向け、目を細めてじっと見つめ、口をポカンと開け、最後にベデカー案内書の印象的な解説に目を落とすのだ。「こういう外国人の様子を眺めますとね、自分らイタリア人が恥ずかしくなりますよ。外国人見物者が一枚の絵の前で三十分立っているなら、わたしは一時間立ちます。それが優れた芸術の鑑賞法です。唯一の方法ですよ」彼は椅子に反り返ってコーヒーをすすった。「遺憾ながら、わたしにはゆっくり鑑賞する暇があまりないんですがね」

ぼくは同意した。「わたしも一ヵ月以上の滞在はできないのです……」

「あなたのように世界中を旅することができたらどんなにいいでしょう！」伯爵はため息をついた。「わたしなど、この土地から一歩も出られないのです。その一方で、自宅の壁に巨万の富がぶらさがっているのを思うと……」彼は頭を左右に振りながら口をつぐんだ。それから口調を変えて、ブレンタ河畔の邸について語り始めた。真実とは思えぬほど素敵な話だった。カルピオーニの壁画があるというのは、そう、まあ所有していることはありうると信じられる。だが、ヴェロネーゼの広間だの、ティエポロの部屋だの、それがすべて同じ邸にあるというのは、とうてい信じがたかった。伯爵の絵画への情熱故に、話がほら話になったのだと推察した。いずれにせよ、明日になれば真実が確認できるだろう。伯爵はあす一緒にランチでもと誘ってくれていた。

レストランを出た。小さなメキシコ帽について伯爵が勘違いしているのが気になったまま、アーケードになっている通りを一緒に黙ったまま進んだ。

「これから父にご紹介しますよ。父も大の芸術好きです」

ぼくは自分がペテン師のようだとますます感じた。帽子のせいでぼくを画家だと思い込ませているのだ。誤解を解くために何か言おうとした。ところが伯爵は父親について不満を語りはじめてしまい、口を挟む機会を失った。その不満については、正直言うと、ぼくは注意して聞かなかった。というのも、オックスフォード大学での最初の一年間に非常に多くの青年が自分の父親についてこぼすのを聞いてうんざりしていたのだ。やれ、金をちゃんとくれないだの、干渉がうるさいだの、よくある不満だった。当時のぼくはこの種のことには超然たる態度をとっていた。人間には興味がない、書物と思想にしか関心がないようなふりをしていた。その年代では人はどんなに愚かしくなりうるものだろう！「ここです」伯爵が言った。カフェ・ペドロッキーの前で立ち止まった。「父はいつもこの店でコーヒーを飲んでいます」

だが、この店以外にどこにコーヒーを飲みに行けるだろうか？　パドヴァではここ以外に行くところはない。

父親は大きな店の奥にあるテラスに座っていた。一目見て、これほど陽気そうな紳士に出会ったことはないと思った。老伯爵は日焼けした赤ら顔で、白い口ひげは小粋にはねあがり、下方の白い先のとがったあごひげは、解放統一時代のヴィットーリオ・エマヌエーレ二世風の威厳のあるものだった。ふさふさした白い眉の下で、蜘蛛の巣のような細かい皺に囲まれて、茶色の目がコマドリのように輝いている。長い鼻は普通の人の鼻よりも実用に役立つように見える。微妙に嗅ぎ分けたり、そっと穴を掘ったり、穴に突っ込んで探ったりできそうだ。体つきはずんぐりして頑丈そうだった。膝を開いてどっしりと座り、両手をステッキの握りの上にのせ、太鼓腹を堂々と——気高くと言いたいくらいだ——突き出している。服装は上下とも真っ白の麻服だった——天気はまだ暑かったので——グレイのつば広の帽子を左の目のほうに粋にかしげてかぶっている。眺めていると、こちらまで妙に満足感を覚える。洒落たイタリア老紳士の典型だ。

　若い伯爵がぼくを紹介した。「こちらはイギリスの方で、お名前は……」彼はぼくの顔を見やった。

「ウースレイと申します」これがぼくの名前らしく発音できるイタリア人の限界だと経験から知っていた。

「ウースレイさんは画家です」若い伯爵が言った。

「必ずしも画家というのではないので……」ぼくは言いかけたのだが、若い伯爵は最後まで言わせてくれなかった。

「古い絵画に造詣が深くて」若い伯爵は続けた、「明日壁画を見にドーローにお連れします。きっと気に入ってくださるでしょう」

　老伯爵のテーブルに座った。老伯爵はぼくを品定めするように眺めて頷いた。

「それは結構《ベニシモ》だ」と言った。それから、「壁画を売るのに力を貸してくださいますかな?」と付け加えた。

　これには驚いた。ちょっと困惑して若い伯爵を見た。彼は、しかめ面で父親を怒ったように見た。どうやら老伯爵が口を滑らせてしまったようだ。まだ早すぎたのだろう。老伯爵は息子の無言の抗議に気づくと話題をそらせた。

「ティエポロの熱っぽい幻想に対して」老伯爵は朗々とした口調ではじめた、「ヴェロネーゼの冷静な華麗さ――ドーローで両者を対比してごらんになれましょう」明らかに何度も繰り返してきた口上を名調子で大声で語り、ぼくは謹んで承った。父親の話がようやく終わると、若い伯爵は立ち上がった。二時半までに兵営に戻らねばならない。ぼくも失礼しようとしたが、老伯爵はぼくの腕を押さえた。「もう少しいいでしょう。あなたとの会話は実に楽しい」老伯爵とさっき初めて会ってから自分だけずっと喋りまくっていたのだから、本当に楽しいのだろう。一方、若い伯爵は、泥道でスカートを引き上げるご婦人のようなしぐさで（当時は長いスカートの裾を泥で汚れぬようにつまみあげねばならなかった）、長いサーベルを拾い上げ、ふんぞり返って立ち去った。舞台でみる軍人のように、勇ましく、きらびやかに、堂々と陽光の中に出て、見えなくなった。

その様子を鳥のようにきらきらする目で追っていた老伯爵は、ようやくぼくを見た。「ファビオは良い子ですよ」と言った。愛情深くそう言ったのだが、どこか皮肉な口調、面白がっているように感じられた。「良い子というのは結局愚かだからさ」とでも言いたそうだった。ぼくは人間に興味がないと言っていたにもかかわらず、ふと気づいてみると、この老紳士に強い好奇心を覚えてしまった。老伯爵のほうも、人に興味を覚えさせずにはおかぬような態度を取った。自分から積極的に私的な事柄を喋るのだ。呆れるほどあからさまに内緒事を打ち明ける。秘密を告白するのに最適の相手は、信頼できる親友の次は赤の他人だと、よく言われる。ほどほどに愛想のよいセールスマンなら、昼間は汽車の中で、夜はホテルの談話室で、数知れぬ個人的な秘密の聞き役になった経験があるだろう。イギリスでさえそうなのだから、イタリアでは、セールスマンがどんな話を聞かされるか、まさに神のみぞ知るである。ぼくのように外国人で、イタリア語も下手で、聞き上手とも言えない者でも、イタリアの汽車の二等車の中では奇妙な話をよく聞かされたことがある。そして、今、ここカフェ・ペドロッキーのテラスでも変わった話を聞くことになった。人生の扉が少し開かれ、その隙間から珍しい人生を覗き見ることになったのだ。「彼がいなかったなら、どうしたらいいか分かりませんな」と老伯爵は言った。「彼が土地を管理するやり方はですなあ、それはたいしたものですよ」それからいろいろな話題を取りあげて脱線に脱線を重ねた。農民の愚かさ、管理人の無能と不正直、天候不順、ブドウ虫の蔓延、肥料の高騰などなど。話の結末は、息子が土地を引きついでからは、万事が順調に運び、天候さえ改善したということだった。「ほっとしますな、信用して任せることのできる者がいるというのは！　彼なら絶対に信用できますからな。おかげで、わたしはもっと大切だと考えることどもに時間を使えます」

もっと大切なことって何ですか、と訝ったけれど、質問するのは失礼に思えた。そこで、もっと身近な質問をしてみた。「軍務のためにご令息がもしパドヴァから離れることになったら、どうなりますか？」

老伯爵は片目をつぶり、長い鼻のわきに人差し指をゆっくりと当てた。しぐさは意味深長だった。「そういう事態にはならんのです。手を打ってあります。ちょっとしたコネってやつですよ。陸軍省に友人がいます。息子は軍務でパドヴァから離れられません」また片目をつぶって、にっこりした。

　ぼくは吹きださずにいられなかった。老伯爵も一緒に愉快そうに大声で笑った。深い満足の表現であり、自画自賛の爆発のようなものだった。自分がちょっとしたコネをきかせたのが得意だったのだ。しかしもっと得意になれる他の事情もあったようで、テーブル越しに身体を乗り出し、話しはじめた。それは一層手の込んだものだった。

「事情は軍務以外にもありましてね」老伯爵は、先程鼻のわきに当てていた部厚い、爪が黄ばんだ人差し指をぼくに向けて振りながら言った。「息子がパドヴァを離れられないのは軍務のせいだけではない。家庭の事情もあります。結婚しておりますからな。わたしが結婚させました」老伯爵は椅子に反り返り、微笑を浮かべてこちらを見た。目の周りの小皺が元気づいてきたようだった。「彼にはやく身を固めさせなくてはならぬ、と思ったのです。巣を持たないと、どこかに飛んでいってしまう。根を生やさぬと、逃げてしまう。そうなったら哀れな父親は困ってしまいますよ。彼はまだ若いけれど、ぜひ結婚させなくては、と思いました。ぜひ結婚だ、それもすぐに」そこで老人は人差し指をさかんに振った。長い話になりますがね。旧友のモナデスキ神父には子供が十二人いて、男の子が三人、女の子が九人（ここで脱線して、神父一家と、敬虔なカトリックの家庭での子供の数を論じた)。長女はファビオの相手としてちょうど良い年齢でした。むろん、金はないが、良い娘だし顔もきれいで、しっかりしつけられていて信仰心がある。信仰心、これが重要なのです。ファビオはこの土地を離れぬために、子供が多くなければならないのだから、嫁の信仰心が篤いことが大事です。教会と無縁で育った近頃の娘だと、たくさん子供を産んでくれるかどうも信頼できないのです。そう、結婚相手の信仰は重要です。彼女を選ぶ前にわたし自身で慎重に調べましたよ。で、その次にはファビオに彼女を選ばせなければならない。馬を川辺まで連れてゆき、さらに水を飲ませなければなりません。これが微妙で難しいのです。ファビオは自立心を誇っていましたし、時にロバのように頑固なのです。自分のことには誰にも口出しをさせないし、自分が嫌なことは誰にも強制されたくないのです。とても怒りっぽく、また天邪鬼《あまのじゃく》で、他人に勧められたからというので、自分でもやりたいと思っていたくせに、断るのですよ。ですから、あの娘を選ばせるのは、想像はつくでしょうが――老伯爵はぼくの目の前で両手を広げた――実に骨の折れる仕事でした。老練の外交官にしかできないことです。わたしはまず二人を始終一緒にいるように仕向けまして、その一方、早婚はいかんとか、貧しい娘との結婚は無意味だとか、貴族出身でない妻は望ましくないとか、さかんに言い聞かせました。これがおまじないのように効果的でした。四ヵ月でファビオは婚約し、その二ヵ月後に結婚し、十ヵ月後に跡取り息子が誕生しました。これで、ファビオは土地に定着し、動けませんな。老伯爵はくすくすと笑った。それを聞いて、ぼくは十五世紀の白髪の専制君主が特に巧みな政略で成功――例えば、裕福な都市を詐欺で征服したとか、危険なライバルを甘言で檻におびき寄せて捕まえたとか――して喜んでいるのを聞くような気がした。ファビオも気の毒に！　老伯爵については、なんという才能の浪費だろう、と思った。

そうなんですよ、これで息子はけっして出ていきません、と老伯爵は言った。彼は次男のルーチョとは違います。ルーチョは悪賢いならず者で、良心がない。だがファビオは義務感があり、それに従って行動します。一度約束すれば、生まれつきの性格で頑固に守り通します。今は、ドーローの壁画のある大きな邸に住み、土地の管理をしています。週に三回軍務でパドヴァに出てきますが、他の日は農業の監督です。これまで以上の収益を挙げています。でもそれがたいした額にならんのは遺憾ですよ。パンとオリーヴオイル、ワインと牛乳、鶏肉と牛肉――こういうものはたっぷり有り余るほどある。しかし現金収入はあまりないのです。「その点、イギリスの方は豊かです」と老伯爵は最後に言った。「イギリスと違い、イタリアはどうも……」老人は頭を横に振った。

それからの十五分間、ぼくはイギリス人が全部金持ちというわけではないと老人を説得しようとしたが、無駄だった。ウエッブ夫妻の研究による、半ば忘れてしまった統計を持ち出して説明したのだが、だめだった。とうとうぼくは説得を諦めた。

翌朝ファビオは、とても古くて、音のやかましい大きなフィアットに乗って、ホテルの玄関に現れた。家庭用に何の用途にも使う車で、長年の使用であちこちへこみ、傷つき、汚れていた。彼は見事なほど乱暴に運転した。狭い道を端から端へ大きくカーブしながら、町を通り抜けた。交通法規を完全に無視した運転で、これが規則にうるさいイギリスでなら五ポンドの罰金と免許証の裏への書き込みを免れられないだろう。しかし、イタリアでは、アーケードの下を二人一組で巡回する警官も平気で通してくれた。右に曲がろうが左へ折れようがどうでもいいではないか、という調子である。

「消音器をどうして使わないんですか？」エンジンがあまりうるさいので言った。

「だって、このほうが気分がいいから」ファビオはちょっと肩をすくめて言った。

ぼくはそれ以上もう言わなかった。騒音を好み、不便さえ楽しむこの逞しい民族から、神経の繊細なイギリス人が多くの共感を得ようとしても所詮無理なのだ。

まもなく町を出た。白い航跡のようにもうもうと土煙を巻きあげ、エンジンは機関銃の一斉射撃のような爆音をたてながら、フシナ街道を突っ走った。道のどちら側にも耕地が広がっている。街道の端に沿って溝があり、その向こうの土手には、垣根の代わりに、幾列もの刈り込んだ低い木が並び、実をつけたブドウの蔓が、まるで花綱のように木から木へと絡まっている。埃で白茶けた葉と蔓と実は、艶消し金属に彫刻した金細工師の作品のようでもあるし、大きな銀鉢の横腹に彫りめぐらされた果実と葉の花綱飾りのようにも見える。車はどんどん先を急いだ。やがて右手にブレンタ河が運河の土手の下で流れているのが見えた。ようやくストラまで来たのだ。車の窓から左右を眺めると、幻想的な化粧漆喰細工で飾られた門から常緑樹のトンネルに沿って、大庭園の中心部が時々ちらりと見えた。次には一瞬、別荘の屋根の上の彫像が大空を背景に人を招いているように思えたが、すぐ通り過ぎた。車はどんどん走った。道のどちら側にも、河の土手の上にも、荒廃しても昔の華やかさを保つ魅力的な邸宅が時々見える。小さなバロック様式の東屋《あずまや》が塀越しにそっと姿を見せたりする。あるいは大きな門を通して、埃で白くなった糸杉の並木道のはずれに、いやに立派で、軽薄な感じの建物の正面が、あらゆる建築の約束事を無視して聳え立っている。どこか滑稽な印象を与える。できるものなら、もっとゆっくり移動し、ときどき車を停めて、こういう建築を鑑賞したかった。だが、ファビオは時速五十キロ以下にはけっしてスピードを落とさないので、時々ちらと見るだけで我慢するしかなかった。

土煙の先頭を切って走る車の中で、ひどく揺れながら、ぼくはあのカサノヴァのことを思っていた。あの色事師はここで見た別荘のどこかで避暑にきては、小間使いを口説いたり、雷雨の中の馬車で侯爵夫人が怯えているのにつけこんだり、ヴェネチアの耄碌した上院議員どもを運勢占いや黒魔術で騙したりしたのだ。豪勢で運のいい悪党め！　ぼくは超然を売り物にしていたが、実はカサノヴァが羨ましかった。ぼくに限らず、「超然たる姿勢」というのは、カサノヴァのような男の成功と大胆さが小心な臆病者の心に引き起こす嫉妬を隠す表現にすぎない。ぼくの場合も、あの「栄光ある」孤立の中で生きているのは、人と争う——それどころか人と面倒な関係を結ぶだけの勇気を持たないからにすぎない。このような楽しい、自分で自分をこきおろすような思いに耽っているうちに、車は徐行しはじめ、大きい堂々たる門の前で止まった。ファビオはせっかちに警笛を鳴らした。慌てて走る足音と金属音がして、門が大きく開かれた。短い車道の奥に、非常に大きく厳めしい、清楚な邸が立っていた。途中に見てきたどの邸よりも古びている。正面には軽薄さも風変わりな仰々しさもない。化粧漆喰で飾った大きなレンガ建築で、中央の柱廊式玄関は階段で上がってゆくようになっていて、大きな三角の切妻壁が上部にある。軒蛇腹の上の欄干には堂々たる像が並んでいる。端正で冷たいところも、まさにパラディオ式の建築だった。ファビオはポーチの前で車を止め、車から出た。階段の上に赤毛の子供を抱いた若い女性が立っていた。後継ぎの息子を抱いたファビオの妻たる伯爵夫人だった。

夫人からはとてもよい印象を受けた。長身でほっそりしている。夫より数インチ背が高い。黒髪を、額から後ろになでつけ、うなじのところで束ねている。黒い目は、おとなしい動物の目に似ている。穏やかで、きらきら光っていて、どこか憂鬱そうでもある。肌は薄茶で色の濃い琥珀《アンバー》のように透きとおっている。物腰は穏やかで控え目だ。話し方も穏やかで、手を振りまわして喋ることはまずない。大きな声を出すのを聞いたこともない。本当に口数のすくない人だ。老伯爵は、嫁は信仰心が篤いと言ったが、確かにそんな雰囲気だ。夫人の落ち着いた、どこか遠くを見ているような目つきで見られると、この女性はいつも心中で神と相対しているのだと感じられる。

ファビオは妻にキスし、それから身をかがめて子供に向かい、しかめ面をしてライオンのように唸った。愛情表現のつもりだが、子供は怯えてちぢみ上がった。ファビオは笑って、子供の耳をつまんだ。

「からかうのはおよしなさい。泣いてしまいますわ」夫人が穏やかな口調で言った。

ファビオはぼくのほうを向いた。「子供のしつけを女に任せると、こうなります。この子はすぐ泣き出すのです。さあ、家の中へどうぞ。今は一階の二、三部屋だけ使い、台所は地下にあります。他の部屋は使っていません。先祖の連中がどんなふうにして邸を維持していたのかわかりませんな。わたしにすべてを使いこなすのは無理です」彼は肩をすくめた。柱廊式玄関の右手の扉から家の中に入った。「ここは居間兼食堂です」

よく調和のとれた風格のある華麗な部屋だった。入口は彫刻を施した大理石造りだ。入ると巨大な暖炉があり、両側には対となる妖精《ニンフ》が立ち、かがめた肩で傾斜した暖炉飾りを支えている。暖炉飾りには見事な紋章と葉群の花綱が彫刻されている。四面の壁には、上部一面に浮彫の帯状装飾がめぐらされている。装飾には、花や果物や穀物が中からあふれ出ている「豊饒の角」や鎧兜などがいくつも華麗にちりばめられ、その間に豊満な姿態の女神たちがくつろぎ小天使《ケルビム》たちが体をくねらせて飛んでいる様が描かれていた。

一方、その部屋の調度品の組み合わせは奇妙だった。十六世紀のパラディオ式の木製食卓の周りに、一九〇五年のウィーン分離派様式の椅子が八脚並んでいる有様だ。壁には、スイス山地の田舎家をかたどったベルン製の大きな鳩時計が二つ並んだ胡桃材の飾り箪笥の間に掛かっている。ところがこの飾り箪笥は、小さな寺院らしく見えるように柱や破風があり、さらに、柱と柱の間の壁龕《へきがん》に黄色い黄楊《つげ》材の戦士小像が立っている奇妙な家具なのだ。壁に掛かった絵画や、安楽椅子を覆っているクレトン更紗も全体として不調和だ。それでも、ぼくは如才なく、古い物、新しい物の区別なく、部屋のすべての装飾品を褒めた。

「では、壁画を見ていただきます」伯爵が言った。

大理石の戸口の一つを通ると、すぐ邸の中央の大広間に出た。ファビオはぼくのほうを向くと、「ほらごらんなさい！」と得意そうに笑顔で言った。手品師が帽子からウサギを取り出す時の口上に似ていた。

大広間の四つの壁は全部壁画で覆われていた。それが正真正銘のヴェロネーゼであるのは、絵画の知識や鑑賞力がない者でもすぐに分かる。このように調和を保ちながらも多種多様の姿態の群像を、壁間の額縁に収めうる画家がヴェロネーゼをおいて他に存在するだろうか？　他のどの画家が、このような華麗さと冷静さを、このような豊満さと絶妙な上品さを、調和させ得るだろうか？

「何と豪華なのでしょう《エ・グランディオーソ》！」ぼくは伯爵に言った。

実際その通りだった。豪華《グランディオーソ》、それ以外に適切な言葉はない。広間全体にぐるりと堂々たる凱旋門風の回廊が描かれていて、それぞれの壁面にアーチがあり、アーチを通してさまざまな場面が展開する構図なのだ。あるアーチの向こうに庭園が広がり、そこには糸杉と彫像とかなたの青々とした山々を背景に数組のヴェネチアの紳士淑女が真面目な表情のまま戯れていた。別のアーチの近くでは音楽が演奏されていた。あるアーチの向こうでは、紳士淑女がテーブルを囲み赤ワインの杯を上げて互いの健康を祝しあい、緑と黄色のお仕着せを着た黒人の少年が銀の酒瓶で給仕をしている。あるアーチの奥では猿と猫の喧嘩を人々が眺めている。その向かいの壁では、詩人が集まった人々に自作の詩を朗読しており、その詩人の横ではヴェロネーゼ自身――自画像であるのは明白だった――が画架に向かって立ち、バラ色の繻子をまとった豊満な金髪女性を描いている。画家の足元には彼の愛犬がうずくまっている。中景にある大理石の欄干には二羽のオウムと一匹の猿が座っている。

ぼくは感激して見とれた。「何とみごとな傑作をお持ちなのでしょう！　お羨ましい」うっとりと我を忘れて声を高めた。

伯爵はちょっと顔をしかめて笑った。「次にティエポロを見ましょうか」と言った。

わたしたちはカルピオーニの壁画のある陽気な部屋を通りぬけた。この二つの部屋の壁画には、ロマンチックな森の中で半人半獣《サテュロス》の森の神が妖精を追いかけたり、海景色の端では半人半馬《ケンタウロス》の怪物が人魚を犯している妖しい場面などが描かれていた。ここを抜けると、ティエポロの輝かしい世界が開けていた。それは繊細であると同時に激しく自由奔放で、野性的でありながら微妙な秩序のある絵画で、イタリア絵画の末期にあって、巨匠ならではの魔法の筆を振るって描いたものだった。それはエロスとサイキの物語で、三つの大きな部屋に連続していて、壁から天井にまで伸びていた。白や金色の雲が点々と浮かぶ青白い空を背景にして、物語にふさわしい神々が虚空を巧みにバランスをとって舞い上がったり、舞い降りたりして自由気ままに動き回っている。周囲の自然と溶け込んで自在に動く様子は、水に遊ぶ魚や飛びまわる小鳥、あるいは羽をもつ昆虫さながらだ。

ファビオ伯爵は自分がどんな外国人にも負けぬほど長く絵画を鑑賞していると誇っていたが、今のぼくが、幻想的な絵画に圧倒されてあまりにも長く動かないので、さすがに彼もしびれを切らせた。

「昼食前に農場を見ていただこうと思っています」伯爵は時計を見ながら言った。「ぎりぎりの時間しかありませんが」ぼくはしぶしぶ彼の後に従った。

牝牛、馬、共進会で入賞した牡牛、七面鳥を見た。大きな葉巻を垂直に置いたような丈が高くて細い乾し草の山を見た。小屋に収められた小麦の袋を見た。特にコメントすることもないので、イギリスの納屋に収めた小麦の袋を思い出すと言ったら、ファビオは喜んだ。

農場付属の建物は広い中庭をかこんで立っていた。すでに三ヵ所見学し、四つ目に来たが、これは長く低い建物で、あちこちにアーチがあり、中を通り抜けることができる。驚いたことに建物の中はからだった。

「ここは何なのですか？」

「目下のところは何でもありません」伯爵は答えた。「でもいつの日か、どうなるかは神のみぞ知るです」彼はふと黙ってしまい、考え込むように眉をひそめ、セント・ヘレナに流されたナポレオンのような表情を浮かべて立ち止まった。未来を夢み、永遠に失われた過去を悔やんでいるようだった。そばかすのある顔は、いつもは陽気なのに、急に不釣合いに暗くなった。それから唐突に、堰を切ったように喋り出した。人生をののしり、運命を呪い、こんなところで埋もれていないで広い世界に出ていけたらいいのだが、と言うのだ。ぼくは時々相槌を打ちながら、耳を傾けていた。ぼくでは何の助けにもなれないと思った。ところが、困ったことに、ぼくが役立つ、役に立ってほしいと彼が期待しているのが分かってきた。壁画を売るのに力を貸してほしいというのだった。画家だから富裕なパトロン、美術館、百万長者などとコネがあるだろう。もう壁画は見たのだから、うそいつわりなく推薦できるはずだ。壁画をキャンバスに移すについては、今では問題はない。絵は壁から容易に剥ぎ取れ、キャンバスは丸めてヴェネチアに送れる。そこから船でひそかに国外に持ち出すのは、訳はない。百五十万リラで売れれば御の字だが、百万でもいい。なんなら七十五万でも結構。あなたには手数料として一割さしあげよう。

だが壁画が売れたら、その後何をするつもりなのか？　手始めに――伯爵はこちらを見てにやりとした――今わたしたちが立っているからっぽの建物を最新式のチーズ工場にするつもりだ。五十万リラあれば十分始められますからね。近隣の安価な女性労働を利用すれば、じきに利益が上がります。数年で、チーズ製造で八万ないし十万の純益が得られると想定しています。そうなったら、わたしも自由に土地を離れて、世界を見に行くのです。ブラジルとアルゼンチンに行きますよ。資本を持つ企業家ならきっと成功します。ニューヨーク、ロンドン、ベルリン、パリにも行きます。わたしもようやく何でもできる境遇になりますよ。

しかし、壁画はまだ壁に収まったままだ。美しいのは間違いない（自分は芸術の賛美者ですからな、とそこで念を押した）、でも役立たずだ。莫大な資本が漆喰の中に閉じ込められ、経費ばかり掛かって、全然役に立っていない。チーズ工場なら……

わたしたちはゆっくりと家に戻った。

翌年、一九一三年の九月、ぼくはまたヴェネチアに来た。だがその秋は、従来見られなかったほど多くのドイツ人の新婚旅行客や、リュックサックを背負った徒歩旅行者がいたような気がする。とにかく、ぼくには人で混みすぎていると思い、早々に荷物をまとめて、パドヴァ行きの汽車に乗った。

最初は若い伯爵に会う予定はなかった。ぼくとの再会を彼が望むかどうかさえ分からなかった。ぼくの知っている限り、壁画はまだ壁に収まったままだし、チーズ工場は計画中のままだった。それまでに一度ならず彼に手紙を書き、ぼくとしては一生懸命に探しているけれど、今のところ買い手が……

最初から多大な期待はもたれないようにしていたつもりだった。金持ちとの付き合いはぼくには限られているし、アメリカの美術館の館長などひとりも知らないし、国際的に手広く商売している画商との付き合いもない、と前もって断っておいたのだ。それでも、伯爵のぼくへの信頼は揺るがなかった。小さなメキシコ帽のせいで信頼されてしまったのであろう。しかし、こんなに年月が経過したのに、何もしてあげなかったので、ぼくが彼を失望させた、あるいは欺いたとさえ、思っているかもしれない。それ故、彼と会おうとしなかったのだ。けれどある偶然から、予定が変わった。滞在しはじめて三日目に通りで出くわしたのだった。正確に言えば、彼がぼくを見つけたのだ。

夕方六時頃だった。ぼくはサント広場に向かって歩いていた。その時刻には、斜めの光線が色彩に富み、影は長くのび深みを増し、大聖堂は、丸屋根や塔や鐘楼があるせいか、一段と幻想的で東洋風に見えた。聖堂の周囲を回り、ドナテッロの彫像——厳めしい青銅の男と堂々と歩をすすめる馬の像——を見上げていると、突然背後に誰かがいるのに気づいた。一歩横によって振り向くと、そこにファビオがいた。芸術品に感心している観光客の表情を真似て、ポカンと口を開けて像を見詰めている。ぼくは吹きだして、「ぼくがそんなふうに見えましたか？」と訊いた。

「まさにこうしていましたよ！　さっきから十分ほど、教会の周りを歩いているあなたを観察していました。まったくあなた方イギリス人はたいしたものですねえ」彼は感心したように頭を振った。

一緒にサント通りをお喋りしながらぶらぶら歩いた。

「壁画のこと、お力になれず申し訳ありません。でも本当に……」ぼくは弁解しだした。

「まあ、大丈夫、そのうちには……」彼は楽観的だった。

「で、奥さんはお元気ですか？」

「ええ、元気ですがね。まあまあというところでしょう。この前いらしてから、三、四ヵ月してまた男の子が生まれました」

「ほう、そうでしたか」

「まもなくもうひとり生まれます」ファビオはやや憂鬱そうに言った。ぼくは老伯爵の抜け目なさに今更ながら感心した。しかしその抜け目なさを公的な場面で行使しないのを、ファビオのために遺憾に思った。

「父上は？　相変わらずカフェ・ペドロッキーにいらしていますか？」

ファビオは笑った。「今はあの店にいません。飛び立ちましたから」意味ありげな言い方だった。

「飛び立った?」

「飛び立った、見えなくなった、消えた、というわけです」

「でもどこへ?」

「それがまったくわからないのですよ」ファビオが答えた。「父は燕みたいに、やってきては、また去るのです。毎年のことです。ただ燕と違い、父の移動は不定期で、春のこともあれば、時には夏だったり秋だったりです。ある快晴の日に、召使がいつものように父を起こしに行くと、いない、消えているのです。死んだのかもしれない。いや、死んでないのですよ」ファビオは笑った。「数ヵ月後、植物園での散歩から戻ったように、『ただいま、ただいま』といって帰宅します」ファビオは軍馬のように鼻を鳴らし、口ひげの両端をひねって、老伯爵の声と態度を真似た。さらに「『お母さんは元気かね? 女の子はどうだ? 今年のブドウの出来はどうだ?』ふん、ふん。『ルーチョはどうしてる? わしの書斎にこんなガラクタを置いたのは一体誰だ?』」ファビオが突如どなったので、ローマ通りの通行人は、驚いてぼくらのほうを見た。

「父上は一体どこに行かれるのですか?」

「神のみぞ知るです。昔は母がよく尋ねたものでした。『あなた、どこに行っていらしたの?』って。父の答えは『ねえお前、今年のオリーヴの出来は良くないみたいだな』です。母がもっと尋ねようものなら、父は癇癪をおこしてドアを乱暴に閉めてしまいます……ところで、アペリティフを一杯いかがですか?」カフェ・ペドロッキーの開いたドアに誘われて、中に入り、奥まったテーブルを探して、座った。

「父上は家を留守にしている間、一体何をなさっているのでしょうか?」

「それですがね」彼は、ぼくが以前に老伯爵がするのを見て感心した意味深長なしぐさをした。人差し指を鼻に当て、真面目くさってゆっくり左の目をつぶって見せた。

「というと……?」

ファビオは頷いた。「パドヴァに小柄な未亡人がいましてね」指を伸ばして、空中に指でカーブを描いた。「ぽっちゃりしたきれいな人で、黒目です。父が渡り鳥のように去ると、この人が同じ時にいなくなるんですよ。もちろん、偶然にすぎないのかもしれません」ボーイがベルモットを運んできた。若い伯爵は浮かない顔ですすった。ランプのように明るい顔から陽気さが消えた。「一方、わたしは父が『可愛い小鳩』と世界中を旅行できるように、土地の管理をしているのです」彼はゆっくりと、語調を変えて言った(「可愛い小鳩」という表現は言い得て妙だと思った)。「面白い話には違いないですがね」ファビオは言葉を続けた。「でもけしからぬ話ですよ! わたしだって、もし結婚していなければ、ここから飛び出して他の土地で運試しがしたい。面倒な仕事は全部父に任せます。

でも妻と二人の子供が——まもなく三人になります——いたのでは、大胆なことは無理です。とにかく、ここにいれば食うには困りませんからね。唯一の頼みは壁画です」

　ということは、ぼくが頼みの綱ということになるな、と思った。援助できずで、申し訳ない気がした。

　一九一四年の春、ぼくはようやく二人の金持ちのアメリカ人に勧めてファビオの別荘を見に行かせることができた。だが、どちらも壁画を買おうとは申し出なかった。もっとも、もし買うと言いだしたら、ぼくが驚いただろう。でもファビオは二人が見に来たことを喜んだ。「これでよい糸口になります。あの二人が帰国し、知り合いに吹聴してくれましょう。やがて億万長者が壁画を見るために、次々に訪問してくるでしょう。ところで、こちらは相変わらずの日々です。というか、悪化しています。また娘が、エミリアと名付けましたが、先月誕生しました。難産でしたから、妻はいまだに体が衰弱していまして、厄介です（厄介というのは冷たい言い方のようだが、ファビオ自身は並外れて頑健なので、人の病気はすべて不可解で、とりわけ、厄介で面倒で腹立たしいものなのだ）。一昨日、父がまた消えました。可愛い小鳩も消えたかどうかは、まだ探っていません。弟のルーチョが父からオートバイを入手しました。こういうことにわたしは成功したことがありません。大体、わたしは人にお追従を言って頼んだりする性質じゃあないのです……チーズ工場の件は、最近あれこれ注意深く検討してきましたが、どうも絹織物工場のほうが儲かりそうだと分かってきました。次回こちらにいらした時、詳しいことをお話ししましょう」そんな趣旨の手紙をよこした。

しかしパドヴァを再訪し彼に会うまでには、それからかなりの時間があった。……戦争により毎年行くのは不可能になり、さらに終戦後も、さまざまな理由で、行きたいと思いつつも実行できないでいた。結局一九二一年の秋になってようやくヴェネチア行きの特急に乗り込むことになった。

イタリアに入ったものの、それはわたしの知っているイタリアではなかった。暴力と流血の溢れるイタリアだったのだ。ファシストと共産主義者がまださかんに争っていた。砂塵の先頭を轟音を立てて、高らかに歌う若者を満載したトラックが、冒険をもとめて、潜伏するボルシェヴィキ主義者を追って国中を走り回っていた。トラックが通り過ぎる間、人々は道路わきの溝へ降りて恭しく見送る。すると、エンジンの騒音を通して、歌声の一節が飛び込んでくる――「青春《ジョヴィネッツア》よ、青春よ、麗しい春《プリマヴェーラ》よ」――イタリア以外のどこの国でこんな歌詞を政党の歌にするだろうか？　声明、宣言、弾劾、アピールなどが、そこら中の板塀や壁に、べたべたと張り出されていた。鉄道の駅からカフェ・ペドロッキーまで、看板の間を通っている感じだった。「市民諸君！」どのビラも同じ文句で始まっていた。「ボルシェヴィキ主義の毒気に当てられ、国際連盟の足元に不名誉な屈辱の中に呻吟する、不幸な祖国イタリアの魂を、今や一陣の薫風が蘇らせようとしている」などと記されていて、結びにはダンテからの引用がある。ぼくはそのすべてを面白く読んだ。

カフェ・ペドロッキーに着いた。テラスに、何年も前の初対面の時と同じ隅に、老伯爵が座っていた。ぼくが挨拶しても、ぼんやりとこちらを見詰めるばかりで、何の表情も浮かばない。ぼくだと分からない。名前を言って自己紹介をはじめると、すぐにじれったそうに、「思い出した、よく覚えています」と言った。本当に覚えているのか怪しいと思ったけれど、老伯爵は自尊心が強く、忘れたと言えなかったようだ。同じテーブルに座るように勧められた。

遠方からちらっと見た時は、老伯爵は以前と少しも変わっていないような気がしたが、間違いだった。通りからでは、粋にかぶった帽子、白い口ひげと皇帝ひげ、開いた膝、品よく突き出た腹しか見えなかった。いま間近でじっくり見ると、実際はすっかり別人に見えた。曲げてかぶった帽子の下の顔は不健康に蒼く、肉はたるみ袋状になっている。目の白い部分は変色し、高齢で汚れたようだが、そこに小さな切れ切れの静脈が赤く浮かんでいる。目は輝きを失い、何を見ても関心が湧かないようだった。肩は重い物を背負って曲がっているかのようで、カップを持つ手は震えるため、コーヒーがテーブルにこぼれる。以前よりもはるかに年老いて、衰えていた。

「ファビオ君はどうしていますか?」ぼくは一九一六年以来その消息を聞いていなかった。

「ああ、ファビオは元気にしていますよ。今では六人の子持ちです」老伯爵は頷き、こちらを向いてにっこりした。したり気な様子はまったくうかがえない。息子の嫁に善良なカトリック信者を選ぶよう気を配ったのをすっかり忘れてしまったようだ。「六人です。それから戦功を立てました。ティラバッシィ伯爵家は皆勇士なのです」老伯爵は息子の手柄と苦労を自慢げに語った。「二度の負傷、戦場での特別昇進、見事な勲章の数々。今は陸軍少佐です」

「では軍務のためにパドヴァを離れられないままですね?」

老紳士はそうだと頷いたが、その時突然、昔のにやりとする表情が戻ったように見えた。「わしにはちょっとしたコネがありましてね」そう言って、くすりと笑った。

「農地は?」と訊いた。

「あれこれ事情を考慮すれば、まあ、順調といえますな。ファビオが前線にいる間はむろん手が回らなかったのですがね。それに、その後も小作人との対応が問題でした。でもファビオと仲間のファシストたちがうまく処理しましてね。ファビオが農地に戻れば、何の心配もありません」それから再度、息子の戦功を繰り返し語り出した。

翌日、ドーローにファビオ伯爵を訪ねた。まず電車でストラへ行き、別荘や公園で楽しく一時間ほどすごしてからドーローへとゆっくり歩いていった。かなりの時間を要したが、それはこの前と違い、途中の別荘などを好きなだけ時間をかけて見物したからだった。この前ここを通過した時は、この土地でいい思いをたくさんしたカサノヴァのことを羨ましく思ったものだ。だが、今は自分の内面を覗いてみると、もう羨ましく思っていないのに気づいた。あれから九年経ったのだ。

門が開いていたので、中へ入っていった。邸は以前と変わらず厳めしく堂々としていたが、少し薄汚れていた。鎧戸はペンキが剝げ、化粧漆喰があちこちで剝げ落ちていた。家に近づくと、中から子供たちの笑い声や叫び声がにぎやかに聞こえた。隠れん坊や汽車ごっこ、もしかすると、時局がらファシストと共産主義者の喧嘩などの「ごっこ遊び」に夢中なのかもしれない。ポーチの階段を上がると、タイル張りの床を走り回る小さな足音が聞こえた。がらんとした部屋で足音と叫び声が妙に反響して聞こえた。その時突然、ファビオのどなり声が右の居間から響いてきた。「頼むからガキどもを静かにさせてくれ！」それから苛立った口調で、「こんなにうるさくては、計算ができないじゃないか！」とたんに不自然に静かになった。小さな足音が爪先だって遠ざかり、ささやき声や不安そうな笑い声が聞こえた。ベルを鳴らした。

扉を開けたのは伯爵夫人だった。ぼくが誰か分からず、躊躇していたが、やがて思い出して、にっこりと握手の手を差し出した。夫人は随分痩せたようだった。顔がやつれたため、目がやけに大きくみえた。だが目の表情は相変わらず優しく穏やかだった。こちらを見る時は、どこか遠くから見ているような感じだった。

「主人が喜びますわ」と言いながら、ぼくをポーチの右のドアから直に居間へと案内してくれた。ファビオは山のような書類を前にしてパラディオ式のテーブルに向かい、鉛筆の先端を噛んでいた。

灰緑色の軍服を着ていてもファビオは舞台でみる軍人然として堂々としていた。いまだに顔には少年のようにそばかすがあるけれど、肌には深い皺があった。前に会った時よりずっと老けていた。あけっぴろげの陽気さが消えていた。獅子鼻の顔には、滑稽なほど不釣り合いな陰鬱な表情が浮かんでいた。ぼくの訪問をとても喜んでくれたようで、一瞬、明るい表情が戻った。

「たまげた《カスピータ》!」彼は何度も言った。「たまげた!」(彼の驚いた時の口癖で、奇妙な昔風の言葉だった)「こんなことってあるだろうか? 本当に久しぶりだもの」

「それにいつ終わるともしれない戦争もありましたしね」ぼくが言った。

しかし、最初の驚きの興奮と喜びが収まると、彼には憂鬱そうな表情が舞い戻っていた。

「あなたがまた旅をしていらっしゃるのを見ると、こちらはむしゃくしゃしますよ。好きな土地に自由に行けるなんて羨ましい。わたしがここに縛り付けられているのに……」

「それはとにかく」ぼくは伯爵夫人のためにも何か彼に反論しなくてはと感じた。「戦争は終わったのだし、本格的な革命も逃れたじゃありませんか。よいこともあったじゃありませんか！」

「あなたは家内と同じですな」伯爵はじれったそうに言った。夫人のほうに目を向けたが、彼女は何も言わず、刺繍を続け、目を上げさえしない。彼は、ぼくの腕をとり、「さあ、行きましょう」と言った。何だか怒ったような言い方だった。「外に出ましょう」夫人の宗教的な諦念、忍耐、落ち着きに腹を立てているようだった。叱られているような気がしたのだろう。夫人には叱る気などないし、沈黙しているだけなのだが、それだけ一層彼には腹立たしかったのだ。

華やかな頃は庭園だったところを通ると、小道には雑草が生い茂っていた。その小道を農場に向かってゆっくりと歩いていった。道の縁には、葉も枝も伸び放題の黄楊《つげ》の木があった。昔はきちんと刈り込んだ生垣があったのだ。水の涸れた水盤では、海神トリトンの吹くほら貝から水は出ていない。道のつきあたりでは二組の略奪婚の像（プルートーとプロセルピナ、アポロンとダフネ）が、青空を背景に必死で体をねじまげていた。

「昨日父上とお会いしました。老けられましたね」ぼくが言った。

「当たり前ですよ」ファビオが憎々しげに言った。「もう六十九ですから」

話題が軽い世間話には不向きな深刻なものになりそうだと感じた。父上の「小鳩」について聞きたかったのだが、どうやら彼女のことは話題にしないほうがよさそうだった。しかたなく好奇心を押し殺した。もう農場の建物の下手まで来ていた。

いるだけだった。

「牝牛はとても元気そうですね」戸口から中を覗いて、愛想よく言った。薄暗いところに、乾いた糞のこびりついた灰色の尻が六つ、二列に並んでいるのが見えた。六本の革のような尾が忙しく右に左に動いている。ファビオは何も答えず、口の中でぶつぶつ言っていた。

彼はしばらく沈黙していたが、やがて喋りはじめた。「ともかく父はもうながくはないでしょう。そうなったら、わたしは遺産の相続分を現金にして南米に移住します。家族が一緒でもわたしひとりでも構いません」これは自分の運命への抵抗だったが、それが空しいことは彼も心得ていた。自分を引き立たせるために自分を欺いているのだ。

「でも、結局工場を始めたのですね」ぼくは話題をかえる切っ掛けを見つけたので、それに飛びついた。広場をぐるりと回って、反対側まで来ていた。この前に来た時はがらんとしていた長くて低い建物の窓を覗くと、複雑な格好の機械が二列、建物の端から端までずらりと並んでいた。「機織りですね。チーズはやめたのですか。じゃあ、壁画はどうなりましたか?」尋ねながら伯爵の顔を見た。急に心配になった——邸に行ったら大広間ではヴェロネーゼの壁画が剝ぎ取られ、カルピオーニの部屋ではエロスとサイキの物語があった場所にただ真っ白な漆喰だけを見出すのではないかと。

「ああ、壁画はまだあります。運よく残った分だけですが」そう聞いて、伯爵は暗い顔のままであったが、ぼくは嬉しくなった。「工場の資金は、父にせっついてパドヴァの家作を数軒売り、二年前に織物工場を始めました。運の悪いことに、ちょうどすぐ後に共産党革命が起こったのです」

気の毒なことに、ファビオはついてなかった。小作人が彼の工場を奪い、彼の農地を自分らのものにしようと試みた。三週間、彼は包囲された邸に立てこもり、二十人のファシスト党員の味方を得て、この地方全部の小作人を相手にして邸を守ったのだ。今は危機は去った。しかし機械は破壊されてしまったし、いずれにせよ、工場再開は論外だった。まだ資本家への反感が根強かったのだ。そしてファビオにとって、さらに腹立たしいことに、弟のルーチョが、やはり父から資金を得てブルガリアに行き、靴紐工場に投資したところ、当地には他に同じ品の工場がなかったため、面白いように儲かっていた。ルーチョは空気のように自由で、いくらでも金があり、おまけに可愛いトルコ娘を愛人にしていた。ファビオはトルコ娘のことがどうにも羨ましくてたまらなかったらしい。「本物のトルコ娘ですよ！」と彼は頭を振りながら何度も悔しそうに言った。トルコ娘は彼には、異国的で、伝統に縛られない、家庭生活から遊離した、すべてのものを象徴していた。パドヴァから遠く離れた一切のものの象徴だった。

「立派な機械なのですよ」彼はずっと並んだ窓の最後のところまで来ると、立ち止まり、中を覗いて言った。「売ってしまうか、それとも、今の騒動がおさまるのを待って、修理して工場を再開するか、迷いますな」諦めたように肩をすくめた。「それともおやじが死ぬまで手をつけないでおくか」広場の角を曲がって、邸に向かっていた。「時々思うのですが、おやじは死ぬことなんてないのかもしれません」

彼の子供たちがヴェロネーゼの壁画のある大広間で遊んでいた。回廊玄関に通じる大きな観音開きの扉が少しあいていて、その隙間から、わたしたちは、気づかれずにしばらく観察した。子供たちは戦争ごっこをやっていて、戦闘隊形を取り、十歳か十一歳くらいの赤毛の少年が先頭に立ち、つづいて茶色の髪の少年、それから三人の少女が、大きさの順に並べた真珠のネックレスのように背の高い順に続く。最後に、青いリネンのロンパースをつけたよちよち歩く幼児もいた。六人とも肩に竹竿をかついでいて、三拍子の集合ラッパの拍子に合わせ、不揃いながら声を合わせて「ファシストよ、武器を取れ、コミュニストを殺せ、ソーシャリストを倒せ」と歌い、何回も繰り返した。歌いながら、いつまでも、真剣に、飽きもせず行進している。がらんとした広間は屋内プールのように反響した。壁画では、凱旋門風のアーチの奥遠方で、幻想的な美の静寂な世界が開け、優雅な紳士淑女が音楽を奏で、酒を飲んでいる。詩人が吟じ、画家はキャンバスの前で絵筆を構えている。猿たちがローマの廃墟によじ登り、オウムは欄干の上で眠っている。「ファシストよ、武器を取れ、コミュニストを殺せ、ソーシャリストを倒せ」と歌いながら、子供たちがいつまで愛国的な行進を続けるかを見届けるためだけでも、ぼくはそこに黙って立っていたかった。だが、ファビオは、子供に関してぼくのような好奇心を持たなかった。かつては持っていたにせよ、末の子が生まれる以前から失くしていた。ぼくに一瞬だけ観察の楽しみを味わわせてから、すぐに扉を押しあけて中に入った。子供たちは父を見て、急に静かになった。父はいつも不機嫌で、すぐ叱りつけるので、子供たちは父を怖がっていた。

「続けなさい」と伯爵は言ったけれど、子供たちはしなかった。父親が怖くてできないようだった。そして父から隠れるようにして大広間から逃げ出した。

ファビオが先に立って壁画の部屋をぐるりと案内して回った。「ここをごらんなさい、あ、ここも」大広間の壁には弾痕が六つあった。壁画のある軒蛇腹の一部が欠けていた。貴婦人のひとりが顔に傷を負っていた。風景にも二、三ヵ所穴が開いていた。一匹の猿の尻尾が切れていた。「味方のはずの小作人の仕業です」とファビオが説明した。

カルピオーニの部屋はすべて無事だった。半人半獣の森の神は相変わらず妖精を追いかけていたし、半人半馬の怪物と人魚の部屋では、下半身は馬の男が、下半身が魚の女を犯そうと、前に見た時と同じ勢いで海中に駈けこんでいた。しかしティエポロの部屋は悲惨だった。エロスとサイキの物語はさんざんな目に遭っていた。不可解な恋人の顔を見ようとして高くランプを掲げるサイキの絶妙な場面はかすかな白カビのしみになっていた。さらにエロスが憤然としてオリンポスの神々（幸い、この神々は天井の雲の間で、以前の姿のまま今も泳ぎ回っていた）のもとに戻ろうとして舞い上がる場面は、昇天するキューピッドのごくうっすらとした影があるだけであり、地上で泣くサイキの姿はもうない。「これは味方のはずのフランス人の仕業です」ファビオが説明した。「一九一八年にここに宿営し、雨が降っても窓を閉めるのを怠ったのです」

可哀そうなファビオ！　まったくすべてに彼はついていない。慰めようがなかった。その秋、彼のところにひとりの美術批評家と三人のアメリカ人を送った。だが、何の成果もなかった。不成功の理由は、売るべきものが多すぎたためだ。一枚の絵なら、買い手がつくかもしれないのだが、邸一杯の絵ではどうしようもないではないか！

数ヵ月が過ぎた。翌年のイースターの頃、若い伯爵からまた手紙をもらった。オリーヴが不作だった。伯爵夫人はまた妊娠して、そのため体調がまた不良だ。上の二人の子は麻疹《はしか》で寝ているし、下から二番目の子はイタリアで「ロバ風邪」と呼ばれている病気に罹った。まもなく全部の子供がこのどちらかの病気になるものと予想される。機織りを再開することに意義があるかどうか、疑問に思えてきた。絹取引が一九一九年の末の頃ほど有望でなくなってきている。最初考えていたように、チーズ工場をやっていればよかったと後悔している。ルーチョは最近、投機に成功して五万リラ儲けた。ところが、例のトルコ娘がルーマニアの男と駆け落ちした。おやじは急速にボケてきて、この間会った時には、同じ話を十分間に三回聞かされた。この二つの吉報——暗い状況の中でこの二つだけが明るい出来事だったに違いない——で手紙は終わっていた。読み終わって、どうして伯爵がぼくにこんな手紙をわざわざ書いてよこしたのか分からなかった。自分の悩みを数え上げることで自虐的な満足を得ていたのかもしれない。

その八月、ザルツブルクで音楽祭があった。オーストリアにはまだ行ったことがなかったので、よい機会だと思い、出かけて大いに楽しんできた。当時のザルツブルクはあらゆる面で時代の流行に乗っていた。バロック様式の教会がいくつもあるし、イタリア風の噴水もあるし、ローマの庭園や宮殿をひどく重厚なチュートン民族らしい仕方で模倣したようなものもあった。だが一番の傑作はトンネルだ。険しい岩山を切り開いて作った天井まで四十フィートもある代物で、十七世紀の君主兼大主教でもなければ、作ろうなどと夢想することもあり得なかったろう。トンネルの両端は凱旋門風のアーチになっていて、付け柱、三角形の切妻飾り、彫像、盾形の紋章などが自然のままの岩肌に刻み込んである。トンネル中の傑作だ。この町は、本当に傑出したものはないものの、あらゆるものが愉快であるが、その中でもこのトンネルは最高に面白い。まったくザルツブルクという町は時代の先端を切っていた。

ある午後、ぼくはケーブルカーで城へ行った。城壁の下にビアガーデンのテラスがあり、そこからベデカー案内書で星印をもらっている景色が見渡せる。テラスの端から下を眺めると、ザルツブルクの町が横たわり、曲線を描く谷間へと広がっているのが見える。町の中を川が貫通しているので、フィレンツェの小型ドイツ版という感じがする。もう一方の端からの展望は、イタリアとは類似点がなく、ウエーバーの『魔弾の射手』のアリアのように甘美でロマンチックでドイツ的である。地平線には絵本でよく見るような、頂上が尖った青い山々が連なり、前景には、ビアガーデンと城がちょこんと載っている、うそのような岩山があり、その麓まで緑の平野が広がってきている。平野は何マイルも続くみずみずしい牧場で、牝牛が点在し、ところどころに整然とした農場があり、数は少ないが、人形の家のような家々もかたまっていて、その真ん中からきらきら光る尖塔が聳えている。

この甘美で、少々滑稽な風景を前にして、金色にかがやくビールを飲みながら、何事も考えず、ぼんやりとしていた。急に背後で、「まあきれい《ベロ》、まあきれい《ベロ》！」とうっとりしたような歓声が聞こえた。ぼくは好奇心に駆られて振り返った。ここでイタリア語を聞くのは場違いに思えたのだ。そこには南国で尊重されるような派手な婦人が立っていた。いわゆる「豊満美人」で、もうちょっとで太りすぎと言われそうだし、年齢ももう一歩で中年だが、ある種の魅力のある女性だった。顔は氷山の割合――五分の一は水面上、五分の四は水面下――をしていた。目から下はゆったりと華やかだが、額はないも同然で、眉のすぐ上にはもう頭髪が迫っている。目は黒くて大きく、少なくともぼくの好みでは、あでやかすぎた。すぐに正体がつかめたので、目をそらそうとしたちょうどその時、反対側の景色を眺めていた彼女の連れがこちらを向いた。老伯爵だった！

　ぼくのほうが面食らったと思う。目が合った時、ぼくは自分が赤面するのを感じた。まるで「小鳩」を連れて各地を旅しているのはぼくで、その現場をおさえたのが老伯爵であるかのようだった。どうしてよいのか迷った。にっこりして話しかけるべきか、それとも遠くから頷いて、そっと消えるべきか。だが、老伯爵がぼくの躊躇に終止符を打った。老人はぼくの名を大声で呼び、走り寄ってきて、手を握りしめた。旧友に会えるのは嬉しいですな。それもこんな所で！　神に見捨てられたこんな国で！　もっとも物価が安いのは好都合ですな。あなたにイタリアの魅力的な同胞、ウィーンからの列車で知り合ったイタリア婦人を紹介しましょう。こんな調子だった。

「小鳩」を紹介され、三人でぼくのテーブルに座った。老伯爵は断固としてイタリア語を使ってビールを二つ注文した。こうして会話が始まった。というか、老伯爵が語り出した。会話というより独白だった。五十年前のイタリアの逸話を話しだした。知り合いの奇人変人の物真似をしてみせた。時にはロバの鳴き声の真似をした。これがどういうきっかけだったか忘れたけれど、鳴き声は今でもはっきり覚えている。言葉の切れ目で、鼻をくんくんいわせながら、老伯爵は独特の女性観を披瀝した。「小鳩」は嬌声を上げて抗議したものの、面白がって笑いくずれた。老伯爵は口ひげをひねり、網の目のような皺を寄せ、きらきらする目で女を見た。時々ぼくのほうを振り返り、ちょっとウインクした。

　ぼくはただただ驚いて聞いていた。これが同じ話を十分間に三回繰り返した老人だろうか？　じっと観察していると、「小鳩」のほうに寄りかかり、耳もとに何かささやいていた。とたんに女は吹きだして涙を拭かねばならなかった。老伯爵は、女から体を離した時、ぼくと視線が合い、微笑を浮かべ肩をすくめた。「女ってものは、まあ、たわいないものですよ！　だが、可愛いし、必要欠くべからざるものですなあ」とでも言っているかのようだった。これが、一年前にカフェ・ペドロッキーのテラスで疲れ果ててぐったり椅子に座りこんでいた老人と同一人物だろうか？　信じられない思いだった。

「では失礼します。またお会いするまで」二人にはまた町に戻る用事があった。

ケーブルカーが二人を待っていた。

「お目にかかれてよかった」老伯爵は愛想よくぼくと握手した。

「こちらこそ」ぼくも負けずに言った。「とりわけ、とてもお元気なご様子を拝見できまして」

「ええ、大いに元気ですよ」老人は胸を張って答えた。

「それにお若い。ぼくよりお若いくらいです。何か秘訣でも？」

「ふ、ふ、ふ」老伯爵はいわくありげに首を傾けた。

「ウィーンのスタイナッハ博士の診療所にいらしたのでしょう。若返りの手術で」ぼくは半ば冗談で言った。

返事の代わりに、老伯爵は右手の人差し指をあげ、それをまず唇に、それから鼻のわきに当て、それと同時にウインクした。さらに拳骨を作り、親指を突き立てた。イタリア人同士なら理解できる何か深い意味でもある複雑なしぐさなのだろうが、そういう暗号にうといぼくには分からなかった。老人は言葉では説明してくれない。それから沈黙したまま、帽子をあげた。再度唇に指を当てたと思うと、くるりと振り返り、驚くほどのスピードで急な坂を駆け下りてケーブルカーに向かった。「小鳩」はすでに乗り込んでいた。

半休日

一

　よく晴れた土曜日の午後だった。霞んだ春の光に映えるロンドンは、まるで夢に見る都会のようにきれいだった。光は金色で、影は青と菫色だ。ハイドパークの煤《すす》けた木々は、性懲りもなくまた希望を抱いて若葉を吹きだしている。新緑の葉は信じがたいほど鮮やかで、明るく軽やかだ。まるで虹の真ん中のエメラルドの縞から切り取ってきたようだ。奇跡はその午後に公園を散歩しているすべての人々にも明瞭だった。死んでいたものが蘇り、煤が芽を吹いて虹の緑色に変わったのだ。そう、明瞭だった。その上、この死から生への奇跡的な変貌に気づいた人々自身も変貌を遂げている。春の奇跡にはどこか伝染性がある。木々の下を散歩しているカップルはいつもより愛情を深めて、一層幸福に――あるいは一層痛切に不幸になった。肥った男は、帽子を脱いで、太陽に禿げた頭をキスしてもらっているうちに、殊勝な決心をした――ウィスキーや、会社の可愛いタイピストや、早起きについて。春に酔った青年に誘われると、若い娘は、日頃の警戒心と親のしつけを忘れて、散歩するのに同意した。公園をゆっくり歩いて帰宅する中年の紳士は、日々の仕事で汚れ硬直した心に、公園の木々同様に、親切心と寛容の芽が萌え出るのを覚えた。妻のことを思った。結婚して二十年になるにもかかわらず、突然愛情をこめて思った。「帰り道にどこかの店へ寄って妻に何かプレゼントを買わなくては」と考えた。何がいいかな？　砂糖漬けのフルーツはどうかな、彼女はあれが好きだから。それともツツジの鉢はどうかな？　それとも……その時、土曜日の午後であるのを思い出した。どの店も閉まっている。それに、多分妻たちの心も、芽が出始めた木々の下を歩いたわけでないから、閉じたままだろう。人生とはそういうものさ、と彼らは周囲を眺めながら考えた。キラキラ輝く蛇池や、遊ぶ子供たちや、緑の芝生に手を取り合って座る恋人たちを、悲しそうな目で眺めた。心が開けば、店は閉じる――それが人生だ。それでも、これからは、あまり癇癪をおこしたりしないようにと決心した。

この明るい春の日差しと新芽の出た木々は、影響の及ぶ範囲内に来たすべての人と同じく、ピーター・ブレットにも深く作用した。急に、これまで感じたこともないほど、孤独に、惨めに感じた。周囲の明るさとの比較で、自分の心が一段と暗く感じられる。木々は芽を吹いたけれど、自分は死んだままだ。恋人たちは連れだって歩いているが、自分はひとりぼっちだ。春なのに、気持ちよい陽光なのに、今日は土曜日で明日は日曜日なのに

――ピーターを幸福にしてもいいはずなのに、実際、他の人を皆幸福にしたのに――彼だけはひどく惨めな気分でハイドパークの奇跡の中を歩いていった。

例によって、彼は空想の世界に慰めを求めようとした。例えば、美しい女性が自分の真ん前で石ころに躓いて足首を捻挫したとしよう。実際よりも背が高く、ハンサムになったピーターが、駆け寄って応急の手当てをする。タクシーに乗せて（代金は彼が払って）家まで送り届ける。女性の家はグロヴナー広場にあり、貴族の令嬢だと分かる。二人は愛し合い、そして……

あるいは、公園の丸池に落ちて溺れている子を救って、若い裕福な未亡人から永遠の感謝と、感謝以上のものを得る。ピーターは絶対に未亡人でなければならぬといつも決めていた。彼の頭には道から外れた関係などというものはまったく存在しない。まだ若いし、きちんとしたしつけを親から受けたからだ。

あるいは、きっかけとなる出来事は何もない。若い娘がただひとりしょんぼりベンチに座っているのを見かける。礼節を守りながらも、思い切って近づき帽子を脱ぎ、微笑を浮かべる。「お淋しそうですね」と言う。ランカシャー訛りが少しもなく、物を言うのをあれほど苦痛にしている吃音さえ少しもなく上品に言うのだ。「お淋しそうですね。ぼくもそうなのです。ここに座ってもよろしいですか?」彼女はにっこりし、彼は座る。それから、彼女に、ぼくは孤児で身内はロッチデールに住む結婚した姉だけですと話す。すると彼女は、「あたしも孤児なのです」と告げ、これが二人の強い絆になる。相互に身の不幸を語り合う。彼女が泣きだすと、彼は「泣かないで。ぼくがいるじゃありませんか」と言う。彼女は少し元気になる。それから一緒に映画を見に行く。最後に多分結婚するのだが、そこまで来ると彼の空想はぼんやりしたものになるのだ。

しかしもちろん、実際には何も起こらないし、誰に向かっても自分の孤独を打ち明ける勇気などピーターにはなかった。加えて、彼の吃音はかなりひどいものだった。背は低いし、眼鏡はかけているし、顔にはほとんどいつもニキビがある。ダークグレイのスーツはみすぼらしくなってきたし、袖が短くなってきた。おまけに靴が、丁寧に磨いてあったものの、値段通りの安物に見える。

その日の午後、空想を台無しにしたのはこの靴だった。下を向いてしょんぼり歩きながら、足を挫いた令嬢をグロヴナー広場の邸まで送り届ける途中のタクシーの中でどんな会話をしたものかと思案していた。すると、その時突然、交互に踏み出す自分の靴に気づいた。楽しい空想の中に黒々と侵入してきた。何と醜いのだろう！　金持ちの足を包む上品で豪華に輝く靴とは、何という差があるのだろう！　新しい時でも十分に醜かったのが、古くなった今では見るも無残だ。靴型で手入れをしたことがないので、爪先の飾り皮のすぐ上の甲皮には、深く醜い皺ができている。艶出しクリームは塗ってあるが、それを通して、干からびた粗悪な皮に、無数の細かい亀裂が網の目のように走っているのが見える。

左の靴の外側は、爪先の飾り皮が綻びて乱暴に縫い合わせてあった。その傷痕はよく目立った。紐穴は、紐を何度も結んだり解いたりしたので、すり減り、黒いエナメルが剝げて真鍮がむき出しになっている。

ああ、何とおぞましい靴だ！　胸が悪くなる。でもまだ当分これを履くしかない。ピーターはこれまで何回も繰り返した計算を、また繰り返した。毎日のランチ代を一ペニー半節約すれば、天気のよい季節には会社までバスに乗らずに歩いていけば……しかしいくら注意深く、何度計算してみても、週給二十七シリング六ペンスはやはり二十七シリング六ペンスでしかなかった。靴は高価だ。それにたとえ新しい靴を買うだけの金を貯めてみても、スーツの問題が残る。しかも、生憎なことに今は春だ。若葉が萌え、太陽は輝き、仲睦まじいカップルの間で彼だけひとりで歩いている。今日の彼にとって現実は耐えがたい。しかも逃れられない。逃れようにも靴が追いかけてきて、彼を引き戻し、我が身の惨めさを直視させるのだ。

二

その二人の若い女は、蛇池の縁に沿った混雑する散歩道から曲がって、ワッツ像のある方角に、小道の坂を登っていった。ピーターはその後をつけた。二人の通った後に極上の芳香が漂っている。それを貪るように吸いこむと、彼の心臓は異常に激しく動悸を打ちはじめた。何とも素敵な女性で、普通の人間とは思えなかった。まさに高嶺の花だ。二人を見かけたのは、彼女たちが蛇池のそばでこちらに向かって歩いてきた時だった。豪華で誇らかな美しさを一目見て圧倒され、すぐ踵を返して後を追いかけたのだ。どうして?と問われても彼自身にも分からなかった。単に二人の近くにいたいというだけなのか、それとも、ひょっとして奇跡みたいなことが起こって、二人の生活の中に入りこめるかもしれないという夢想が抑えがたかったからなのか。

貪欲にほのかな香りを吸いこんだ。あたかも自分の命がそれに懸かっているかのように、必死になって二人を見、よく観察した。いずれも背がすらりとしている。ひとりはダークグレイの縁飾りのついたグレイのウールのコートを着ている。もう一方は毛皮のコートだった——この春の午後の肌寒い日陰で彼女を暖めるために、一ダースか二ダースの赤狐が犠牲になったのだろう。ストッキングの色は、一方はグレイで、もう一方は淡黄色だ。靴は一方はグレイの山羊皮、もう一方は蛇皮だ。帽子は二人とも小さく、頭にぴったり合っている。小さな黒色のフレンチブルドッグが、前になり後になりしてお伴をしている。犬の首輪はぶちの狼の毛皮で縁どられていて、黒い頭の周りに襞襟のように突き出ている。

ピーターはすぐ後ろを歩いていたので、人ごみから抜け出すと、二人の会話が途切れ途切れに聞こえてきた。一方は甘え声、もう一方はハスキーボイスだ。

「とっても素晴らしい人なの」ハスキーが語っていた。「本当に素晴らしいわ！」

「エリザベスもそう言っていたわ」甘え声が言った。

「パーティーも楽しかったじゃない？」ハスキーが続けた。「あの人ね、一晩中皆を笑わせていたのよ。あのパーティーじゃあ、誰もがほろ酔い加減になったわ。お開きになった時、あたしが、『歩いていって、運が良ければ途中でタクシーを拾う』って言ったらね、『ぼくの心の中のタクシーをどうぞ』って言うの。何台もあって、皆空車なのですって」

二人は声を上げて笑った。ちょうどその時、後ろからやってきて追い越していった数人の子供たちのやかましい声に妨げられて、ピーターは会話の続きを聞き取れなかった。心の中で子供たちを罵った。癪にさわるガキどもだ。おかげで女神たちの大事なお言葉を聞きそこなったじゃないか。何と素晴らしいお言葉だろう！　何と不思議な、未知の豪華な生活だろう！　ピーターの夢は常に田園的で牧歌的なものばかりだった。貴族令嬢との結婚にしても郊外で静かに、家庭的に暮らすつもりだった。素晴らしいパーティーがあって、出席者の誰もがほろ酔い加減になるだの、素敵な青年が女神たちにぼくの心の中のタクシーを探すように誘うだの、そんな世界は彼には想像も及ばなかった。それを生まれて初めて垣間見たのだ。異国的な情熱的な物珍しさにすっかり魅了された。いまや彼の唯一の願望は、この華麗な世界に入り、何とかして、どんな犠牲を払ってでも、この若い女神の人生と自分を結びつけることだった。あそこに突き出ている木の根っこに二人が同時に躓いて足首を捻挫したとしたら……しかし二人とも無事に通り越してしまった。すると突然、一つの希望が見えてきた。フレンチブルドッグの中に見えてきた。

ブルは道から外れて、右手数ヤードにある楡の木の根元をくんくん嗅いでいた。嗅いでから、うなり声をあげたと思ったら、そこに有難くないお土産を残した。ちょうど今は憤然と木に向かって土と小枝を後足で蹴り上げている。そこに黄色のアイルランドテリアが小走りにやってきて、まず木の根元、つぎにブルを嗅ぎ始めた。二匹は用心深く嗅いだり唸ったりしながら、互いの周りをまわり出した。最初のうち、ピーターはぼんやりと、あまり好奇心もなく二匹を眺めているだけだった。心は他にあったので、犬などどうでもよかった。しかし、突然、名案が閃いた。犬が喧嘩を始めるかもしれない、もしそうなれば、しめたものだ！　勇敢に二匹の間に飛び込んでいって、引き分けてやるのだ。咬まれるかもしれないが、そんなことは問題ではない。それどころか、そのほうがいい。女神たちに余計感謝してもらえるだろう。熱心に、犬が喧嘩をするようにと祈った。万一、喧嘩が始まる前に、女神たちか、あるいはテリアの飼い主が、犬の喧嘩の気配に気づいて邪魔をしたらすべてはご破算になってしまう、それが心配になった。「神様、飼い主が犬を離れ離れにさせないでください。犬に喧嘩させてください。イエス・キリストの御名においてお願いいたします。アーメン」ピーターは信心深く育てられていた。

子供たちは先に行ってしまい、女神たちの会話がまた聞こえてきた。

「……すごくいやな人なのよ」甘え声が話していた。「どこへ行っても必ず出くわすの。鉄面皮なの！　ユダヤ人は嫌い、あなたは醜男で頭が悪くて、気が利かないし、図々しいし、退屈だって、面と向かって言ったのに、蛙の面に何とかなのよ！」

「ほどほどに利用すればいいじゃない、どっちみち」ハスキーが言った。

「そうね、そうしているわ」と甘え声。

「それならいいじゃないの」とハスキー。

「少しは役立つけど、たいしたこともないわ」と甘え声。

間があった。「ああ、神様、二人に犬のほうを見させないでください！」ピーターはひたすら祈った。

「男の人に分かってほしいと思うのはね……」甘え声が考えこむように話し出した。恐ろしい唸り声と吠え声で急に話が中断した。二人は犬のほうを振り向いた。

「ポンゴ！　やめなさい！」二人は同時に大声を出して、心配そうに、命じるように言った。それからもっと促すように、「ポンゴ！　こっちよ」と言った。

しかし彼女らの声は役に立たなかった。ポンゴと黄色いテリアはすでにものすごい勢いで喧嘩を始めていて、飼い主の声など、耳に入らない。

「ポンゴ！　ポンゴ！」

「ベニー！　ベニー！」黄色のテリアの飼い主の少女とその肥った乳母とが叫んだ。やはり無駄だった。「ベニー、こっちにいらっしゃい」

今だ！　待ちに待った瞬間が来た。喜び勇んでピーターは犬どもに飛びかかった。「あっちへ行け、こん畜生！」どなりつけて、テリアを蹴った。テリアは敵で、フレンチブルドッグは味方だ。美女たちの飼い犬なのだから。『イリアッド』に描かれたオリンポス山の神々のように彼が援助に来たのだ。「あっちへ行け《ゴウ・アウェイ》」興奮のあまり自分はどもりだというのを忘れてしまった。G音は、いつもだったら発音できないのだが、この時ばかりは何の苦もなく「ゴウ」と言えた。犬どものずんぐりした尻尾あるいは首筋をつかんで二匹を引き離そうとした。時どきテリアを蹴飛ばした。だが、彼に咬みついたのはフレンチブルのほうだった。ブルはアイアスよりも愚か者で、神様が自分に味方して助けてくださっているのが分からないのだ。でもピーターは怒りを覚えず、瞬間の興奮に紛れて痛みすらほとんど感じなかった。血が左手の鋸歯状に並んだ傷口からにじみ出てきた。

「あらまあ！」甘え声が自分の手が咬まれたかのような悲鳴をあげた。

「気を付けて」ハスキーが心配して注意した。「気を付けて」

二人の声に元気づいて、彼はますます頑張った。一層激しく引っ張り、蹴飛ばした。ようやく、一秒の何分の一ほどの間、どちらの犬も相手の体のどの部分からも口を離した。その機を逃さず、ピーターは、まだものすごい勢いで咬んだり、唸ったり、もがいているブルを捕らえ、首筋のたるんだ皮をつかんで、高々と宙に吊るし上げた。黄色いテリアは前に立ちはだかって吠え続け、ブルの垂れ下がった黒い足を咬もうとして必死でピョンピョン跳び上がっている。しかしピーターは、英雄ペルセウスが切り取ったゴルゴンの首を高々と掲げたように、もがくポンゴを腕の伸びるぎりぎりまで高く持ち上げて、危険から守った。テリアは足で近づけないようにした。テリアの持ち主の少女と乳母は、この時までに冷静さを取り戻し、暴れる犬に背後から近づいて首輪に革紐をつけることに成功した。かくして、テリアは四本の脚を頑固に踏ん張ったまま、草の上を滑るようにして、無理やり引きずられていった。まだ吠えていたけれど、逃げようともがくと喉がしまって苦しいので、だんだん声は弱くなった。一方、なめし革のような黒い首筋の皮をつかまれて、地上六フィートの高さに吊るし上げられたポンゴはもがくだけだった。

ピーターは振り向いて、女神たちに近寄った。ハスキーは目が細く、口元は淋しそうだった。細面で、悲劇のヒロインのような顔だった。甘え声は丸顔で血色がよく、色白で、青い目だった。彼は二人を代わる代わる眺めて、どっちのほうが美しいか決めかねた。

もがいているポンゴを地面に下ろした。「さあ、あなた方の犬をどうぞ」と言おうと思った。しかし輝くばかりの二人の美女を見て、急に自意識が戻ってきて、それと共に吃音も戻った。「さあ、あなた方の……」と言い出したものの、犬《ドッグ》と言えなくなった。D音はピーターには発音しにくかったのだ。

自分が発音しにくいすべての日常よく使う単語の代わりに、ピーターは発音しやすい同意語をいくつか用意してあった。だから、キャットという代わりにプッシー（にゃんにゃん）と言った。子供の真似をするつもりでなく、絶対に無理なC音に較べてP音なら何とか発音可能だったからだ。同じくコール（石炭）は不可能だから、意味は曖昧になるけれど、発音しやすいフュール（燃料）を使った。ダート（ごみ）の代わりにマック（汚物）を使った。

同意語を見つけることでは、古代のアングロサクソンの詩人並みに巧妙になった。古代詩人は脚韻でなく頭韻を使っていたので、例えば、「シー」（海）を「ウェイブズ」（波）や「ビロウズ」（大波）と同じ音で始めねばならなかった。苦心して、海の代わりに「ウエイル・ロード」（鯨の道）とか「バス・オブ・ザ・スオンズ」（白鳥の水浴場）とか呼んだのだ。しかし詩人でないピーターは、古代の詩人のように、詩だから表現は自由でよいというわけにもいかない。それ故、散文で適切な同意語が見つからない場合は、綴りを言うしかないのだ。例えば、「カップ」と言いたい場合、「マグ」（取っ手付の大型コップ）と言うか、それとも「シー・ユー・ピー」と綴りを言うか、いつも迷った。「エッグ」の同意語は「オウバム」（卵子）しかないようだから、常に「イー・ジー・ジー」と言っていた。

麗人を前にしてピーターが困り果てているのは、たかが「ドッグ」というけちな単語だった。ドッグの同意語はいくつか知っていた。P音ならD音よりまだ言いやすいので、緊張していなければ、「パップ」（子犬）と言えた。もしP音が出なければ、滑稽に聞こえるかもしれないし、擬似英雄詩風になるだろうが、「ハウンド」（猟犬）となら言えた。けれども、女神の前ですっかりあがってしまったピーターは、P音もH音も、D音同様に発音不能だった。「ドッグ」、「パップ」、「ハウンド」の順に、代わる代わる言おうと必死に頑張ってみた。顔が真っ赤になり、痛々しかった。

最後にやっと「さあ、あなた方の『ウェルプ』です」と言うことができた。この古い単語がシェイクスピアの時代ならともかく、日常語として今では使われないのは知っていたけれど、犬の言い換え語として彼に発音可能なのはこれしかなかった。

「本当に有難うございます！」甘え声が言った。

「すてきでした。本当にすごいわ」ハスキーが言った。「でもお怪我なさったのじゃないかしら？」

「いえ、な、なんでもないです」ピーターが強がった。そして咬まれた手にハンカチを巻いてポケットにつっこんだ。

その間に甘え声がポンゴの首輪に革紐の端をつけた。「もう下ろしても大丈夫よ」

ピーターは言われた通りにした。するとポンゴは、さっそく、しぶしぶ引き下がってゆくテリアのほうに突進した。だが革紐の長さだけ駆け出したとたん、ぐいっと引き戻されて、後足で突っ立った。紋章の「競い獅子」の形になって吠えていた。

た。


「でも本当に大丈夫なの？　見せてごらんなさい」ハスキーが言った。

ピーターは言われた通り、ハンカチを外して手を差し出した。万事が願ったように運んだと思った。その時、爪が汚いのに気づいた。ああ、外出前に洗ってくればよかった！どう思われるかな？　真っ赤になり、手をひっこめようとしたが、ハスキーが離さなかった。

「ちょっと待って。ひどい傷だわ」彼女が言った。

「まあ、すごく痛そう！」甘え声も傷を覗き込んで言った。「本当にご免なさい、あたしの馬鹿な犬が……」

ハスキーが甘え声の言葉を遮り、「すぐに薬屋に行って消毒して、包帯を巻いてもらわなくてはいけないわ」と言った。

そう言いながら目を上げ、彼の顔を覗き込んだ。

「薬屋さんよ」甘え声が同じことを言い、やはり顔を上げた。

ピーターは二人の顔を交互に見た。甘え声の大きな青い目も、ハスキーの細い神秘的な緑の目もどちらも眩しかった。彼は曖昧に微笑み、曖昧に頭を振った。目立たぬように手をハンカチで包み、見えないように隠した。

「な、なんでもないんですよ」

「でも、ぜひそうなさらなければ」ハスキーがやや強い口調で言った。

「いけませんわ、ほんとうに」甘え声も声を高めた。

「な、なんでもないんです」ピーターは繰り返した。薬局には行きたくない。女神と一緒にいたいのだ。

甘え声がハスキーのほうを向いた。「この人にいくら渡したらいいかしら?《ケス・コン・ドンヌ・ア・ス・プティ・ボンノム》」早口に、小声で訊いた。

ハスキーは肩をすくめ、分からないというようにちょっと顔をしかめた。

「この人、気を悪くするかもしれないわよ《イル・スレ・オファンセ・プテートル》」

「そう思う?《チュ・クロウ》」

ハスキーがピーターに素早く視線を走らせた。安物のフェルトの帽子から安物の靴、青白いニキビだらけの顔から汚れた手、鉄縁の眼鏡から懐中時計の革紐まで、値踏みした。ピーターは見られているのに気づいて、恥ずかしかったが、何となく嬉しくもあって、彼女に微笑みかけた。何てきれいな人だろう! さっきは二人で何を話していたのかな? もしかすると、ぼくをお茶に誘うかどうかを相談していたのかもしれないという考えが頭に浮かぶと、彼はもうそれに違いないと思い込んだ。奇跡的にも、夢見た通りに事態が運んでいる! ぼくの心の中でタクシーを探してくださいと、会ったばかりの二人に言うだけの大胆さが自分にあるかな、と思案した。

ハスキーが、連れのほうを向いた。もう一度肩をすくめた。「本当に分かんないわ《ヴレマン・ジュ・ヌ・セ・パ》」小声で言った。

「ねえ、一ポンドではどうかしら？《シ・オン・リュイ・ドネ・アン・リーヴル》」甘え声が提案した。

ハスキーが頷いた。「いいようになさいよ《コム・チュ・ヴードラ》」そう言ってから、甘え声がこそこそと財布を手探りしている間、ピーターに話しかけた。

「すごく勇敢だったわ」微笑みながら言った。

ピーターはただ頭を振り、赤くなり、こちらをじっと見つめる、落ち着いた冷たい視線に対して、目を下にそらすことしかできなかった。相手を見たかったのだが、たじろがずに見る彼女の目に自分の視線を合わせるのは不可能だった。

「ひょっとすると犬に慣れていらっしゃるのかしら？　飼っていらっしゃるの？」

「い、いいえ」ピーターはやっとのことでそう答えた。

「まあ、そうなの。なおさら偉いわ」ハスキーが言った。それから、甘え声が探していたお金を見つけたのに気づき、彼の手を取って心をこめて握った。「じゃあ、さようなら」、彼女は一段とやさしく微笑んだ。「わたしたち、本当にすごく感謝していますわ」とまた言った。そう言いながら、彼女は自分がどうして何度も「すごく」と言うのかなと思った。普段は滅多に使わないのに。この青年と話している時は、何となく適切に思えたのだ。下層階級の人と話している時はいつも心をこめて、時に学生っぽい俗語もまじえて力強く話すのだった。

「さ、さ、さよう……」ピーターは言い出した。急に快適なバラ色の夢から目覚め、二人は行ってしまうのだろうかと胸がとても痛んだ。ぼくをお茶に誘うとか、住所を書いて渡してくれるとか、何もしないで本当に行ってしまうのか？　もうしばらくここにいてくださいとか、またお目にかからせてくださいとか、お願いしたかったのに！　でも、それに必要な言葉が正確に出てこないのは分かっている。ハスキーに「さようなら」と言われて、大災害が身近に迫ってくるのに、それを阻止するために何もできないと覚った。「さ、さ、さよう……」弱々しくどもった。しかし、運命的な「さようなら」を最後まで言い終わらぬうちに、甘え声と握手を交わしていた。

甘え声が「ほんとにご立派だったわ」と握手しながら言った。「ほんとうに。それでね、きっと薬屋さんに行ってくださいね。傷口をすぐに消毒してもらってください。さようなら、有難うございました」彼女は御礼を言いながら、きれいに折りたたんだ紙幣を彼の手のひらにのせ、自分の両手で彼の指を折りたたむようにして紙幣を握らせた。「有難うございました」もう一度言った。

ピーターは真っ赤になり、「い、い、いけま……」と言いながら頭を横に振り、紙幣を彼女に返そうとした。

しかし彼女は一段とやさしく微笑むだけだった。「よろしいのよ。お願いですから、取っておいて」と言い張り、彼の返答を待つこともなく、くるりと背を向けて、道の向こうを歩いているハスキーを速足で追いかけた。ハスキーの後から、ポンゴがいまだに吠え、「競い獅子」のように後足で立ち上がりながら、しぶしぶ革紐に引っ張られた。

「これでいいわね」甘え声は連れに追いついて言った。

「受け取った？」ハスキーが訊いた。

「ええ、もちろん」彼女は頷いた。それから口調を変えて、「あのね、このやんちゃな犬が邪魔した時、あたしたち何の話をしていたかしら？」と言った。

「い、いけません」ピーターはようやくどうにか言った。でも甘え声はくるりと向こうを向いて、速足で歩いていた。彼は大股で追いかけたが、とつぜん、止まった。無駄だ。説明しようとすれば、恥をかさねるだけだ。言葉を口からだそうと頑張って突っ立っている彼を見たら、もっと金をよこせと追いかけてきたと思われるかもしれない。もう一枚紙幣をよこして、一層足早に立ち去ってゆくだろう。彼は二人の女性が丘を登り詰めて、見えなくなるまでじっと見送った。それから蛇池のほうへ引き返した。

　頭の中で、女神たちとのやり取りを再現した。実際に起きたようにではなく、起きてほしかったように再現してみた。甘え声が手にお札を握らせた時、にっこり笑って礼儀正しく返してこう言うのだ。「お間違えのようですね。まあ、無理からぬことでしょうけど。ぼくは貧乏に見えますし、実際貧乏ですから。でも紳士なのですよ。父はロッチデールで医者をしていましたし、母は医者の娘でした。両親が亡くなるまでぼくはよい学校に行っていました。十六歳の時、両親が数ヵ月の間に相次いで亡くなりましてね。それで学業を終えるまえに働きに出なくてはなりませんでした。でもお金を頂くわけにはいかないのは、これでお分かりでしょう」それからさらに男らしく慇懃に、親しみをこめ、秘密を打ち明けるように、「あのいまいましい二匹の犬を引き離したのは、あなたとお連れの方のためにお役に立ちたかったからです。とても美しく、素晴らしい方だと思ったからなのです。ですから、たとえ紳士でないとしても、お金など頂けません」と言う。甘え声はこの話にすっかり感動する。握手を求め、申し訳なかったと詫びる。彼は、誤解なさったのも当然ですと言って、安心させる。彼女は、よろしかったらご一緒にいらしてお茶でもいかがですかと誘う。ここから先はピーターの空想は漠然とバラ色になっていく。貴族の娘、感謝する未亡人、孤独な孤児の女性についてのいつもの夢になっていく。でも今回は二人の女神の登場で、顔かたちが、曖昧な空想の産物でなく、現実のはっきりしたものとなった。

しかし、空想の最中でも、現実にはこのように運ばないことは分かっていた。彼が発言する前に彼女は立ち去ってしまったのだし、仮に追いついて説明を試みたとしても無駄なのだ。まず自分の父は「ドクター」でなく「メディコ」（藪医者）だと言わねばならない。M音ならD音より発音しやすいからだ。さらに両親が「ダイド」（亡くなった）というのも「ペリッシュト」（滅びた）と言うことになる。これでは滑稽で、彼がふざけているようにとられるだろう。これではいけない。現実を直視すべきだ。彼は金を受け取ってしまったのだし、彼女たちは、彼が浮浪者か何かで、チップをもらうためなら犬に咬まれるのも厭わなかったと考えて、立ち去ったのだ。対等な人間として扱うことなど夢にも思わなかった。彼をお茶に誘うとか、友人にするとかいうのは……

その一方で、彼の空想はまだ活発だった。説明など要らない、という考えが頭に浮かんだ。そうだ、一言も言わずに、紙幣を彼女の手に突き返せばよかった。どうしてそうしなかったのだろう？　失敗だったが、仕方がなかったのだ。女があまりにも素早く行ってしまったのがいけなかったのだ。

あるいは、こういう方法もあった。二人の前をさっさと歩いていき、最初に出会った浮浪児にこれ見よがしに金を渡してしまうのだ。名案だが、残念なことにあの時は思いつかなかった。

その午後、ピーターは、実際に起きたことを思い出したり、自分の面目をつぶさずに満足のゆく、他の成り行きを空想したりしながら、ひたすら歩き続けた。その間も、他の成り行きなど妄想だと覚っていた。時には屈辱の思い出があまりにも切実で、身がすくみ、震えるほどだった。

日が暮れ始めた。灰色や青紫色になずむ黄昏の中を歩きながら、恋人たちは一段とぴったり寄り添い、木陰では一層大胆に抱き合った。深まる暗さのなかで、黄色い街灯の行列が花開いた。頭上の薄暗い空高くに三日月が見える。ピーターはさらに痛切に我が身の不幸と孤独を感じた。

　犬に咬まれた手がこの頃までにひどく痛みだした。公園を出て、オックスフォード通りを歩いて薬屋を見つけた。薬屋で傷口を消毒し包帯を巻いてもらってから、喫茶店に入って、「イー・ジー・ジー」と「ロールパン」と「ア・マグ・オブ・モカ」を注文した。ウエイトレスが察しが悪いので、最後の注文は「ア・シー・ユー・ピー・オブ・シー・オー・エフ・エフ・イー・イー」と「ア・カップ・オブ・コーヒー」の綴りを全部言わなくてはならなかった。

「ぼくを浮浪者かポン引きだと思っているのでしょう」と、憤然として堂々と言ってやればよかった。「失礼じゃありませんか！　あなたが男ならぶん殴ってやるところですよ。さあ、けがらわしい金は引き取ってください」もっとも、これではとても友人にはなってもらえないな、と彼は思い返した。よく考えれば、憤慨したところで、何の役にも立たなかったのだ、と結論せざるをえなかった。

「手を怪我したのですか？」ウエイトレスが卵とコーヒーを運んできて親切に尋ねた。

　ピーターは頷いた。「か、かまれたんだ。い、い……り、りょう犬に」ようやく最後に「猟犬」という単語が口から爆発したように飛び出した。

　屈辱を思い出し、喋っている間に顔が真っ赤になった。そうだ、ぼくのことをポン引きだと思ったのだ。ぼくを一個の人間として扱わなかった。金を払って雇い、金を払えば、後はどうなっても知ったことではない、といった道具並みに扱ったのだ。屈辱の記憶はあまりに生々しく、その実感はあまりに深くすさまじかったので、精神のみならず肉体まで影響を受けた。心臓が異常に速く脈打って気分が悪くなった。やっとの思いで卵を食べコーヒーを飲んだ。

苦しい現実を思い出し、またぞろ熱心にその修正版を空想しながら、ピーターは喫茶店を出て、疲れきっていたが、当てもなくまた歩き出した。オックスフォード通りを円形広場まで歩き、リージェント通りへと曲がり、ピカデリーで立ち止まり、痙攣の発作のように点滅するネオンサインを見上げた。そこからシャフツベリー通りに入り南方向に曲がり、いくつもの裏通りを経てストランド街に向かった。

コヴェント・ガーデン劇場近くの通りで、ひとりの女がすり寄ってきた。「元気だしなよ。そんな不景気な顔しないでさ」

ピーターは驚いて女を見た。女がぼくに話しかけてくるなんてありうるだろうか？　女が話しかけるなんて。もちろん、彼女がいわゆる商売女だと、彼も気づかぬではなかったが、それでも女が自分に話しかけるというのは驚くべきことだった。何となく「商売」と、結びつけて考えなかったのだ。

「さあ、一緒にいらっしゃい」女が媚びるように言った。

ピーターは頷いた。とても信じられなかった。女は彼の腕をとった。

「お金はあるわね？」女は気懸りのように訊いた。

ピーターはまた頷いた。

「あんた、葬式にでも行ってきたみたい」

「さ、さびしいんだ」彼が説明した。今にも泣きだしそうになった。泣きたい気持ちだった——泣いて、慰めてほしかった。喋ると声が震えた。

「淋しい？　そんなの可笑しいわ。あんたみたいなハンサムな兄さんが淋しがることないわよ」女は意味ありげに笑ったが、お世辞笑いだった。

彼女の寝室は薄暗くピンク色の照明がついていた。安物の香水と不潔な肌着の匂いが漂っている。

「ちょっと待ってね」そう言ってドアを通って奥の部屋に消えた。

ピーターは座って待っていた。女はガウンと寝室用のスリッパ姿でじきに戻ってきた。彼の膝に座り、首に手をまわして、彼にキスし始めた。「可愛いわ」彼女はかすれた声でささやいた。目はきつく冷たかった。息は酒くさかった。側でみるとぞっとするような女だった。

ピーターは初めて——これまでろくに見ていなかったような気がした——女をしっかり見て、正体がはっきり分かった。顔をそむけた。足首を捻挫した貴族の令嬢や、孤独な孤児の娘や、子供が丸池に落ちた未亡人を思い出し、さらに甘え声やハスキーを思い出し、彼は女の絡みついた腕をほどき、女の体を押しのけて、さっと椅子から立ち上がった。「す、すまないけど、か、かえらなくては。わ、わすれたことがあるもんで」そう言って帽子を取り、ドアに向かった。

女は追いかけてきて、腕をつかんだ。「こん畜生!」女は喚きだし、ありとあらゆる罵声を浴びせかけた。「遊ぶっていっておきながら、金を払わずにずらかろうたって、そうはさせるもんか! 大体、あんたはねえ……」

また悪態をつき始めた。

ピーターはポケットに手を入れて、甘え声が渡した丁寧に折りたたんだ紙幣を引っ張り出した。「は、はなしてくれ」札を女に渡しながら言った。

女が疑わしげに札を開いているすきに、彼は急いで逃げ出し、ドアを後ろ手でバタンと閉め、暗い階段を駆け下りて通りに出た。

チョードロン

　タイムズ紙を拡げて読みながらティルニーに声をかけた。「君の友人のチョードロンが亡くなったね」

「え、亡くなったって？」彼は半ば信じられぬという口調だった。「チョードロンが亡くなったか」

「『心臓麻痺による急死。セント・ジェイムズ・スクエアの自宅にて』」わたしは死亡欄を読み上げた。

「うん、奴は昔から心臓に問題が……」ティルニーは思い出に耽りながら言った。「いくつだったかな？　六十かな？」

「五十九だ」わたしが答えた。「あの男がそんなに長く豪勢な暮らしをしていたとは知らなかったよ。『……驚嘆すべき実業の才と、生粋のスコット人らしい頑固さと決断力とにより、三十五歳までに無名、貧困の状態から資産家にまで昇りつめた』こんなきれいごとは、ぼくには書けないな。うちのおやじなんか、四半世紀の貯蓄を奴の会社の一つで失ってしまったのだから」

「貯蓄なんかするからいけないんだ！　ざまぁみろ！」ティルニーは急に乱暴な口調になった。わたしは驚いてタイムズ紙から目をあげて彼を見た。ごつごつして日焼けした顔には、むっとしたような沈んだ表情が浮かんでいる。チョードロン死亡のニュースで気落ちしたのは確かだ。加えて朝食の時、彼はいつも不機嫌だった。うちのおやじは、そのとばっちりを受けたのだ。

「君のそばにあるのは何のジャムだ？」彼が食ってかかるような調子で訊いた。

「イチゴだ」

「じゃあ、マーマレードがいい」

わたしはマーマレードを渡し、不機嫌を無視して喋った。「うちのおやじ、それにもちろん、他の多数の株主が八十パーセント丸損で株を売り払った後、チョードロンがこっそり手をまわした。とたんに株価はぐんぐん値上がりし始めたが、その時には、あいつが事実上全株式の所有者になっていたってわけだ」

「おれはいつも悪者の味方だ。主義として」ティルニーが言った。

「ぼくだってそうだ。でもあの一万二千ポンドは惜しいな」

ティルニーは無言だった。わたしは死亡欄に戻った。

「ニューギニア石油会社事件に関してはどう書いてある？」しばらく間をおいて彼が訊い

た。

「あまり触れてない。見事なほど、あっさりだ。『チョードロン氏がいささか無思慮に行動したという噂が当時流れたものの、英国王立委員会の調査結果で無罪放免になった』とあるな」

ティルニーは声を出して笑った。「『いささか無思慮に』とはよかったな！　無思慮に振る舞う度に百四十万ポンド儲かったら、素晴らしいだろうなあ！」

「ニューギニア石油事件でそれだけ儲けたの？」

「ああ、そう言ってた。別に吹いたわけじゃなかろう。面白がって嘘をつくことなどない男だから。仕事のこと以外では極めて正直だった」

「君は彼をとてもよく知っていたんだろうな？」

「彼の邸にずっと滞在していた。うん、親密だった」ティルニーはそう言うと、皿を押しのけてパイプにタバコを詰め出した。

「羨ましいな！　チョードロンは人間収集の素晴らしい標本だもの。だが、博物館の内部というか、動物園の見られる側というか、そういう所で暮らすのもうんざりしなかったか？　標本と親密なんて腹が立つことがあったんじゃないか？」

「標本なるものが巨万の富の所有者ならば、飽きないし腹も立たないよ」ティルニーが答えた。「おれはナポレオン・ブランデーだのコロナ・コロナスなどが大好きだからな。居候していれば報いがある。それに上手に振る舞いさえすれば、不愉快な目にあうこともあまりない。たとえ自分が寄生するシラミであっても高潔な精神を維持できるし、条虫であっても自尊心を保つことは可能だ。しかし、おれにとってチョードロンの魅力は、ナポレオン・ブランデーとコロナ・コロナスだけじゃなかった。億万長者について、学問的関心というか、自分の損得を越えた興味がおれにはある。年収五万ポンド以上の人間は、奇想天外で現実離れした存在なのだ。チョードロンがとりわけ興味深いのは、自分一代で全財産を築き、それも不正の手段で稼いだからだ。そこが奇想天外だ。ナポレオン的とも言える大悪党だった。実際、外見もいかにもそれらしく見えた。ところで、君は彼を見たことがあるかい？」

わたしは頭を横に振った。

「ロンブローゾ教授の犯罪者研究の書物に出ている挿絵にそっくりだよ。だが、チョードロンが犯したのは知的犯罪で暴力犯罪じゃない。彼には暴力的なところはなかった」

「でもチンパンジーに似ていると聞いていたが……」

「そう、似ていたよ」ティルニーが答えた。「だが、よく見れば、チンパンジーっていうのは暴力的ではない。チンパンジーで目立つのは、ほとんど人に近い外見だ。とても知的で、ほぼ人間と言ってもいい。チョードロンの顔はまさにあれだな。だが違いもある。チンパンジーは穏やかで真面目だが、ユーモア感覚がないように見える。一方、チョードロンの知的で人間に近い顔は、狡猾で、ひょうきんな微笑をいつも浮かべている。さらに残忍さも秘められている。まったく、奇妙な面白い人間だった。あの男をつぶさに観察するのはとても楽しかった。だが、もちろん、最後には飽き飽きしたよ。死ぬほどうんざりした。なぜって、ぞっとするほど無学なのだ。誰でも知っていることすら知らない。抽象的な話は理解できない。理論とか芸術の面では小学生並みだ」

「でも死亡欄には違うことが書いてあったぞ」そう言ってわたしはタイムズ紙にまた戻った。「どこだったかな？　ああ、ここだ。『チョードロン氏が実業界に入った時、ひとりのすぐれた作家が失われた。しかし、完全に失われたのではなかった。一九二一年刊行の『自伝』は、文章家、語り手としての氏の才能が惜しみなく発揮された、永遠に残る作品である』こう書いてあるじゃないか」

ティルニーは謎めいた笑みを浮かべた。「その通りだよ」

「実はぼくは読んでないのだが、いい本なのかい？」

「傑作だ」こちらを嘲笑しているようだが、彼の態度は意味不明だった。

「ぼくをからかっているのか？」

「いいや、あの本は本当に、嘘偽りなくすぐれた本だ」

「じゃあ、チョードロンは、君が言うような芸術面での愚か者のはずがないじゃないか！」

「はずがないって？」ティルニーは、わたしの言葉を繰り返した。それから、少し間をおいてから、急に声をあげて笑い出した。「だが、真の愚か者だった」突然、打ち明けてしまいたいという衝動にかられて、慎重な抑制心が吹き飛んだらしい。「しかも本は見事だった。あいつが執筆したのではないから、という立派な理由でね。書いたのはおれさ」

「え⁉」彼が冗談を言っているのだろうかと、顔を見つめた。だが笑いで一瞬明るくなった顔は、また真面目というか、少し暗くなってしまった。奇妙な顔だ、とわたしは思った。それなりにハンサムで、知的で、鋭敏そうだが、どこか陰険で、反感を誘うと言えなくもない顔だ。表面の魅力と穏やかさの下に、生来の気難しさ、冷淡さ、敵意とも言えるものが潜んでいる。その上、長年極端に贅沢な生活を送ったために、その痕跡が残っている。皮膚は数ヵ所赤くなり、凹凸がある。生来繊細だった目鼻立ちは多少粗野になってしまっている。生来は上品なのに、粗野なものが混じっている。わたしがティルニーを好きかどうか、自分自身に問いかけても答えられない。もしかするとそれは不適切な問いなのかもしれない。人間として好きか嫌いかを問題にするよりも、彼の演技が気に入るか否かを問うべきかもしれない。彼の会話は大好きだった。笑えるし、興味深いし、教わることも多かった。しかし人物が好きかどうかとなると、問うのは見当外れだ、としか言えない。

ティルニーはテーブルから立ち上がり、パイプを口にくわえて、部屋の中をあちこち歩きだした。「チョードロンも死んだことだし、もう隠す理由はないかも……」途中で言葉を切ってしまった。数秒沈黙した。窓のそばに立って、雨で曇ったガラス越しに緑色と灰色のケント州の景色を眺めていた。「イングランドはブルームズベリーの下宿屋の夕食に出る野菜に似ているな」ゆっくりした口調で言った。「ぞっとするよ。こんなひどい国にどうして住んでいるのかねえ？　嫌になる」彼は身震いして顔をそむけ、また黙り込んだ。

ドアが開きメイドが朝食の後片づけに入ってきた。メイドと言ったが、この短い一般的な語では不足だ。我が家のホートリーを説明する言葉としてまったくもって不十分で不正確だ。ドアが開いて入ってきたのは、「能率の権化」、「怖い女」、「冷酷な醜女」、「社会の主柱」、「歩く十戒」だった。この家庭内の怪物をティルニーは知らないので、わたしの恐怖心を共有していない。彼女は無言のまま、激しい批判を周囲にまき散らしながら（というのももう午前十時を過ぎていて、わたしたちの朝寝坊のせいで仕事の手順が完全に狂ったからだ）食卓の周りで働いた。だがティルニーは、一向に気づかぬまま歩き回っていた。

彼は唐突に笑い出した。「チョードロンの『自伝』はおれが金儲けできた唯一の著作だ」ホートリーを怒らせたりショックを与えたりするようなことを彼が言い出さないかと、ハラハラしながらわたしは耳を傾けた。「印税は全額よこしたよ」彼は続けた。「あの

『自伝』ではほぼ三千ポンドは稼いだ。代筆料として予めもらった五百ポンドは別にして」（このような高額の金の話を、わたしたちよりずっと真面目で勤勉だが、はるかに貧乏な人間の前で口にするのは思慮に欠けるのではなかろうか？）幸い、ティルニーは話題を変えた。

「ぜひ読みたまえ。君がまだ読んでいなかったとは、けしからん話だ。ピーブルズで送った下層中産階級の子供時代の描写なんかまったく名人芸だ」（「下層中産階級」だなんて！わたしは身震いした。ホートリーの父は以前商店を一軒所有していたのだが、破産したのだ）「ベネットの『クレイハンガー』とフロベールの『感情教育』とディケンズの『デイビッド・コパーフィールド』という三大長編小説の長所を併せ持つ傑作だ。本当に素晴らしい出来栄えだ。実業界への初登場の描写などは、バルザックの『ゴリオ爺さん』の模倣だから迫力十分だ」彼はまた笑った。今度は苦笑でなく、楽しそうに笑った。話に熱中してきた証拠だ。「聖パウロ大聖堂の円天井の天辺からロンドンのシティーを見下ろし、ラスティニャック青年ばりに『お前らなんかに負けずに頑張るぞ！』と拳を振りながら独白する場面まで設けてやった。そこを読んだ時、チョードロンはひどく喜んだよ。『わしがこんなわくわくする青年時代を送ったのを知っていたら、さぞ楽しかっただろうに！　それも進行している最中に』とよく言ったものだ」（わくわくする楽しい人生という言葉に怒っているのではないかとホートリーの様子をうかがったが、無表情を装っていた。聞こえぬふりだ）「おれは言ってやったよ。『そりゃ無理だな。面白さの発見は芸術家にお任せください』とね」そこでまたティルニーは口を閉ざした。

ホートリーは最後のスプーンを盆に載せて、ドアに向かった。ああ、よかった。「そう、芸術家にね」とティルニーはまたもや憂鬱そうな声で言った。「おれは本当に芸術家だったのだよ」（部屋を去りつつあったホートリーはこの許しがたい告白を聞いたに違いない。もっとも、彼女はわたしと仲間はけしからぬ人間だと前から知っていたのだが）

「皇帝ネロは『何と立派な芸術家が予の死と共に失われることか！』と言って死んだが、誰も死ぬのは避けられない。振り返ってみれば、おれはいつだって死んでばかりいたよ！怠惰だからでもあるが、まだたっぷり時間があるといつも安心していたせいでもある。だが、おれもこんどの六月で四十八歳になる。四十八歳だ！　もう残された時間はない！それでも、怠惰から抜けだすのは不可能だ。怠惰が癖になっているから。喋るのも癖だ。喋るのは容易だ。その上面白い。とにかく喋る本人には面白いな」

「聞く者にも面白いよ」わたしが言った。お世辞ではない。わたしがティルニーを好きかどうかは、必ずしも明確ではないかもしれないが、彼の饒舌は疑いもなく好きだった。時には、語り手としてのプロ意識が目立ちすぎることがないではない。だが芸術家というものは、本来プロであるべきだ。

「おれの饒舌はアイルランド人の血が濃いせいだろう。饒舌はアイルランド民族の悪癖だ。中国人のアヘン吸飲みたいなものだな」（ホートリーはパン屑を拭き取り、テーブルクロスを片づけるためにまた部屋に入ってきた）「晩餐の席で、葉巻やウィスキーをやりながら、蒸発させてしまった傑作の数々を君に教えたいなあ！」（葉巻とウィスキーを「社会の主柱」は道徳面で批判していた）「書斎一杯になるほどだ。その気になって文筆業に打ち込んでいさえすれば、おれは……何になっていたかな？　そう、最終的には、ぞっとするほど退屈な老人になっていただろうよ」と彼は無理に自嘲的になって自問自答した。「『エドモンド・ティルニー全集』全三十八巻、八つ折り判を出せたかもしれん。読者はそんな代物を見ないで済んでよかったとおれに感謝していい。とはいえ、『木曜評論』のバックナンバーをひっくり返して、おれの書いたつまらぬ週刊評論を読むと気が滅入るのも確かだ。泰山鳴動するもネズミ一匹というが、おれの仕事はネズミ一匹みたいなものだ……」

「いや、君の評論はどれも立派だよ」わたしは反論した。もっと正直に言うなら、立派なことも時々あった、と言うべきだった。つまり彼が本腰を入れて執筆した場合は立派だったのだ。時には、そうではなく……

「いやどうも有難う！」彼は皮肉な口調で言った。「しかし週刊評論は真鍮ほどの寿命はない。木材パルプの山だ。失敗者だというのは気が滅入る。とりわけ、その気になりさえすれば成功者になりえたのだからな」

わたしは慰めるようなことを曖昧に口にした。だが、何を言えばいいのか？　プロの講演者、談話者として以外、ティルニーは失敗者なのだ。並外れた才能があるのに、世間では、たまに優れた記事を書く文芸ジャーナリストと見られているにすぎない。気が滅入るのも当然だ。

「その上、滑稽で皮肉なことに、おれが書いた唯一の傑作が他人の自伝だというわけさ！　おれが著者だと、たとえ主張したくとも、それは不可能なのだ。チョードロンの奴、証拠はすべて慎重に隠滅したからな。執筆交渉はすべて口頭だけだったから、おれが執筆したという証拠は皆無だ。原稿は、そう、おれの原稿はな、奴が買い上げて、仕事が済むと焼却処分さ」

わたしは笑った。「相手が君だから、彼も危ない橋を渡らなかったのだ」有難いことにホートリーはこれを最後に部屋から出てゆくところだった。

「その通りさ。あいつは、自分が名誉の月桂冠をつけるのだと頑張っていたから、他に冠を自分のものと主張する者がいるのを絶対に許さなかった。あの当時は、もちろん、おれだってそんなことはどうでもよかったんだ。名声なんてくそ食らえだと思っていた。優れた芸術作品を完成すれば──あの『自伝』は確かに優れた作品、超一流の作品だ──それだけで報いられるってわけさ」（ホートリーのこれに対する批判は、部屋を出ていく時ドアをやや乱暴に閉めることで表明した）「徳はそれ自体が報いだというが、この場合には、精神的なものに留まらず、大金を得たわけだがね。即金で五百ポンド、それに印税のすべて。あの時はたまたまひどい金欠だった。そうでもなければ、引き受けなかっただろう。もしかするとその点がおれの短所かもしれない。つまり、収入はあまりないくせに、趣味は贅沢だってことさ。チョードロンから執筆依頼が来た時、おれは金のかかる若い女に恋していたのだ。年収五百ポンドじゃあ、ダンスに行ってシャンパンを飲むこともできない。チョードロンのくれた小切手は時宜を得たものだった。そういう次第で、彼の自伝を書く羽目になったのさ。むろん、退屈な仕事だ。でもその女にまもなく振られたので、時間はたっぷりあった。チョードロンには厳しく仕事をさせられた。それに、いったん書きだすと、結構楽しかった。しかし今、本は完成し、金は使い果たし、おれの年齢も、あの時は四十前だったが五十に届こうという今、一冊くらい、自分自身の立派な業績として誇れるものが欲しい。『ベンジャミン・チョードロンの自伝』という優れた小説の著者として世間に知られたいのだ。だが、それはできないな」彼はため息をついた。

「イギリス文学史の一隅を占めるのは、ベンジャミン・チョードロンであって、エドモンド・ティルニーではない。文学史の一隅を占めることなど、あまり関心はない。でも、いずれ将来において一隅を占めるという評判に付随する現在の利益には、正直言うと、大いに関心が深い。パーティーで噂されるとか、新聞に名前が出るとか、若者に尊敬されるとか、女性の共感をこめた好奇心の対象になるなど、すべて有名作家に付随する利益だ。こういうものすべてをチョードロンに売り渡してしまった。結構な値段だったのだから、文句は言えない。だが文句を言いたい。パイプのタバコがあるかい？　自分のは切らしてしまった」

わたしのタバコ入れを渡した。「おれに元気があれば」彼はタバコをパイプに詰めながら言った。「あるいは、よほど金に困っていれば――有難くもあり、残念でもあるが、どちらでもないのだが――もう一冊、チョードロンをネタにした小説を書くところだ。前作よりもっといいのを。もっといいというのは……」彼は説明し始めたのだが、パイプに火をつけるために中断した。「前作より優れているわけは……意地悪だからだ」マッチを捨てた。「作家は意地悪でなくてはいい本は書けない。『自伝』ではチョードロンを理想的人物にした。そうすべく金をもらったから。しかも資料を提供したのは、チョードロン自身だ。しかし新著では彼は悪者だ。言い替えれば、チョードロンが見た自分自身でなく他人から見たチョードロンになるのだ。ついでながら、それが有徳の士と悪者の唯一の差だと確信するよ。自分自身が大罪の一つに耽っている時は、常にそれなりの理由があるので、容認する。だが、他人が耽っていると、許さない。ジャン＝ジャック・ルソーは自分は世界一の有徳の士だと主張するだけの勇気があった。他の者は黙ってそうですかと信じるしかない。だが、チョードロンの話に戻ろう。新著でおれが書こうというのは、彼の伝記であって、自伝ではない。自伝で描かれた人間像とはいささか異なる人間像になる。産業界のボス、実業家、資産家、財界の巨人等々ではなく、家庭における私的な感傷的なチョードロンだ」

「タイムズ紙もその面に触れているよ」わたしはまた新聞を取りあげて読んだ。「『当惑するほどぶっきらぼうな、粗野でさえある外面の下で、チョードロン氏は優しい性質を隠していた。初めて彼に会った人は、粗野な外面に反発を覚える場合が多いだろうが、親しい人には、黄金の心を見せる』このように書いてあるよ。いかが？」

「ふん、『黄金の心』か！」ティルニーはパイプを口から外して笑った。

「それからチョードロンには『深い宗教心』もあった、と書いてある」わたしはそう言って新聞を置いた。

「深いだって？　底なしさ」

「ああいう連中が皆」わたしは感情を声に表した。「黄金の心と宗教心を持つというのは驚くべきことだなあ！　がさつな老科学者から実業家や政治家にいたるまでひとり残らず」

「黄金の心か」ティルニーが繰り返した。「だが黄金というのは当たらないな。黄金じゃあ堅すぎる。柔らかいパテの心、ワセリンの心、どろどろの豚のエサの心だ。この表現のほうが的確だな。『豚のエサの心』がもっとも正確な表現だ。人間というものは、外面ががさつで、粗野なほど、内部は柔らかいものだ。それは自然の法則だ。例外に出くわしたことはない。チョードロンはもっとも典型的な例だ。これから書くかもしれぬ伝記でおれが描きたいのは、まさにそのことだ。残忍な財界の巨人が、極端なナポレオン主義のおかげで、心が溶けてどろどろの豚のエサになるところを描くのだ。実際、チョードロンの身にそういうことが起きたのだ。エドガー・アラン・ポーが創作した『ヴァルデマール氏の不思議な事件』と同じだ。おれはこの目でそれを目撃した。恐ろしい光景だった。さらに付言すると、神のご加護がなければ、おれ自身も同じような道を辿ると気づくと、恐ろしさが増す。おまけに、神のご加護なるものがあるか否かを疑いだし、自分の心も豚のエサになっていると気づくと、さらに恐ろしい。いいかね、君もおれも、チョードロンとそう変わらんのだ！　豚のエサの心を持つのは、がさつな老実業家だけじゃないからな。さっき君が指摘したように、粗野な老科学者も、がさつな老人文学者も、むっつりした老司令官も、老主教も――要するにキリスト教社会の主柱をなすお偉方全員――が同じなのだ。要するに、頭であれ外殻であれ、堅くしすぎた連中は皆同じだ。つまり、人間以外のもの――天使であれ機械であれ、それは問わない――になろうと努力した誰もが同じなのだ。人間以上であるのは、結局のところ、人間以下であるのと同様によろしくない。なればこそ、自分がインテリであるならば、人はいくら注意してもしすぎることはない。例えば、おれだってそうだ。おれはいわゆる本物の禁欲的な学者ではない。絶対に違う。だがハイブラウであるのは否定できないし、文学者でもある。新聞などでは『思想家』と呼ばれることもある。おれは観念がたまらなく好きだ。子供の頃からずっとそうだった。その結果、どうなったと思う？　悪女でない女には一切魅力を感じなくなってしまった」

わたしは笑った。だがティルニーは反論を抑えるように手をあげた。「これは笑いごとじゃない。深刻な話だ。愛せるのは悪女だけなのだぞ。考えてもみたまえ、深刻だろ？」

「考えているさ。だが、書物や観念好みが悪女好みとどう関係があるのかね？　たまたま君の場合にそうだったからといって、両者に因果関係はないのじゃないか？」

「いや、因果関係が確かにある。書物や観念好きのおかげで、おれは現実の状況、生きた人間、実務の扱いができなくなった。とりわけ生《なま》の人間関係をどのように扱ってよいのか、それが分からず、不得手だった。観念しか扱えない。観念なら精通している。例えば、人間関係論なら堂々と語れる。世間の人はおれを優れた心理学者だと思っている。多分そうだろう。だがそれは他人の心理を客観的に見る場合だけのことだ。自分が経験する場合には通用しない。いいかね、おれは生涯を『事が終わった後に生きてきたのだ』――こんな言い方で分かるかどうか疑問だが。事後の反省と事後の会話で生きてきた。自分の人生があたかも小説か、心理学の教科書か、伝記か、図書館の棚にあるどんな本でもいいが、そういうものであるかのように、距離を置いて眺めてきたのだ。恐ろしい状況さ。だからこそ、おれは悪女が大好きなのさ。大いに感謝もしてきた。なぜなら、事後でない、今現在の具体的な関係を持とうと努めることのできる唯一の女だからな。唯一の女だ」テイルニーはしばらく黙ってパイプをくゆらせていた。

「しかしどうして唯一の女なのだ?」わたしは尋ねた。

「どうしてだって?」ティルニーが言った。「でも明白だろ?　だって、内気な男、つまり現実の状況や生きた人間の扱い方を知らぬ男にとって、悪女が唯一の愛人であるのは、そういう男を相手にしてくれる唯一の女だからだ。女にどう言い寄るべきか分からない男に、自分から言い寄ってくれる唯一の女だからだよ」

　わたしは頷いた。「内気な男が悪女に惹かれるわけは分かったけれど、悪女はどうして内気な男に惹かれるのか?　それが納得できない。言い寄られるのは男にとって好都合だが、女がどうしてわざわざ言い寄ろうなんて思うのか?　その点が不明だよ」

「もちろん、内気な男が魅力的じゃなければ、言い寄らないさ。だがおれの場合は、悪女は常におれに惹かれた。常にだよ。率直に言って、それは当然だ。おれはまあまあ見栄えがいいし、アイルランド人らしい弁舌の才がある。悪女が付き合っている青年たちより数百倍も頭がいい。それから、想像するに、おれの内気な姿が彼女らには魅力だったのだろう。内気というのは、他人にはそのようには見えない。神のように超然としているように見える。それが悪女を奮い立たせるのだ。いわば、エヴェレスト山とか北極圏とか、ああいう一般に征服するのが困難な対象に見えるものだから、記録を破ってやるぞという本能を呼び覚ますのだ。さらに超然として女なんかに無関心であるような態度は、傲慢にも見える。傲慢な奴を引きずりおろして、ちっとも偉くないのだと証明するのはとても愉快だ。女になど興味がないという態度をとると、悪女相手では常に大成功を収めた。おれがそこらの男と『違うわね』というので愛してくれた。『エドモンド、あなたって、その辺の男と違うのねえ』だとさ」彼は裏声で女の声を真似た。「あの悪女どもときたら！　口先ではきれいごとを言っているが、奴らの唯一の欲望は、おれをできるだけすばやく、普通の男と違わぬ好色漢に貶めることだった……」

「で、彼女たちは成功したのかな？」

「いつも成功したよ。男が内気で書物好きだからといって、下卑た豚でないということにはならないからな。それどころか、内気で書物好きであればあるほど、ますます潜在的には下卑た豚だというわけさ。豚でないとすれば、少なくとも、ロバか、ガチョウか、子牛かだろう。前にも言ったが、それが法則だ。自然の掟だ。逃れるのは不可能なのだ」

　わたしは笑った。「ぼくはどの動物だろうか？」

　ティルニーは頭を横に振った。「おれは動物学者じゃない。少なくとも、君のような標本となる人間と話している時はな。君自身の良心に訊いてみたまえ」

「チョードロンはどうだった？」わたしはチョードロンについてもっと聞きたかった。

「チョードロンはブーブー鳴いたか、嘶《いなな》いたか、モーモーと鳴いたか？」

「どれも少しずつだな。それからもしハサミムシが鳴くとすれば……いや、ハサミムシじゃない。それ以下だ。チョードロンは極端な標本で、極端な標本は動物界の外にいる」

「じゃあ、植物界かな?」

「いや、いや、植物以下だ。霊界だ。天使だ、ああいう連中は天使だ。腐った天使だな。メーメー鳴くのは堕落の初期だけで、その後、竪琴をかき鳴らし、翼を羽ばたかせる。むろん、豚の翼だけど。豚の服をまとい、豚のエサの心を持つ天使だ。チョードロンとシャーロット・サモンのことを話したかな?」

「チェリストの?」

　そうだと頷いた。「なんていう女だ!」

「彼女の演奏ときたら、ひどく荒々しく、ひどく緩み、ひどく粘り気があって……」わたしは適切な形容詞を探した。

「一言で言えば、ユダヤ人的ということだ」ティルニーが言った。「あの反吐《へど》がでそうな感情過多、あの船酔いしたような霊性、まさにヘブライ的だよ。よく思うのだが、音楽界にはユダヤ人が多すぎる。アーリア民族の音楽家がもっといるといいのだがな。たまにブロンド女性がピアノを弾いているのを見ると、うれし涙がでる。あ、また話がそれたな。シャーロットのことを話していたのだった。もちろん、彼女を個人的に知っているね?」

「ああ、知っているとも」

「チョードロンの心が豚のエサの心であると最初に暴いてくれたのは彼女なのだ。ついでにおれの心も同じだと暴いたがね。クライル老人の邸のパーティーでのことだった。チョードロンが来ていて、シャーロットもおれもいた。他にも、各界の名士が多数招かれていた。クライル氏自身、知っての通り、いろいろな世界に足を突っ込んでいて、各界の名士を一堂に集めるのが自分の使命だと思っている。神と富の邪神《マモン》とを結び合わせる仲人だというわけだ。チョードロンは疑いなく富の邪神であり、シャーロットを神とみなすことについて君とおれは躊躇するが、クライルは彼女が神であるのを何ら疑わなかった。何しろ、彼女はチェリストという芸術家なのだからな！　それ以上何を望むのか、ってわけさ。

あの晩のシャーロットには感嘆したな。チョードロンの扱い方をすぐ正確に見抜いたからら。おれが相手の時は、うまく行ったことはないから余計に驚いた。彼女は、おれに対してはいつも謎の女を演じる。素敵でひどく神秘的な女を演じるのだ。おれのごく平凡な質問に対して、彼女は、不可解だが何やら意味がありそうな答えを発する。例えば、おれが『今年のダービーに行きますか？』と訊くと、古代エトルリアの像のような謎めいた微笑を浮かべて、『いいえ、わたくしは胸の中のボートレースを見るので忙しいものですから』と答える。それを合図におれがすっかり魅せられたような態度をとると期待するのだ。『魅力あるスフィンクスよ、胸の中のボートレースについてもっと話してください』とでも言えばいいのだろう。そうすりゃ、レースに勝利するボートを漕ぐ結果になるのだろう。だが、おれはどうも期待に添う気分になれない。だから、『残念ですね。エプソム行きの仲間をつのっていたのですよ』とだけ言って、その場を離れる。むろん、もし彼女があれほど典型的な黒髪のユダヤ女でなければ、おれも彼女のボートレースに熱心になるところだがね。とにかくおれ相手では彼女の作戦は失敗だった。もっとうまい作戦を思いつかない。ところが、チョードロン相手では、会った最初から勝利確実の作戦を発見したのだ。謎めかすとか、妖艶に振る舞ったりは一切しない。その作戦は、黄金の心、豚のエサの心には向かないとすぐ見抜いたのだ。それにチョードロンは五十歳になっていた。五十歳というのは、牧師が列車に乗っている女生徒の下着に最初に関心を持ち出す年齢だ。著名な考古学者が男女生徒主体のスカウト運動に本気で夢中になりだす年齢だ。チョードロンの悪漢風の顔の下に、豚のような天使というか、小児誘拐趣味を持つ感傷的なピックウイックに似た子供好きというか、そういうもう一つの面が潜んでいるのに、彼女はすぐ気づいた。シャーロットは即物的な女で、子供が必要と知るや、即座に自分が子供に化けた。変な子供だったよ！　あんなの見たことない。片言でしゃべるんだ。無邪気そうに目を大きく見開いてね！　ひどく卑猥なことを意味を知らずにあどけなく口にする。おれはそばで見たり聞いたりして、呆れてぞっとしたよ。あれほど下手な演技はない。幼子は無邪気で純粋であり『子供の国は天国なり』と聖書に書いてあるけれど、それは子供による。二十八歳でずんぐりした子供だと、天国でなく地獄だよ。ともかくおれにはそう思えた。ところが、チョードロンときたら、そんなシャーロットにすっかり魅せられ、感激したんだ。法律で定めた承諾年齢以下の少女を手に入れたと思ったらしい。おれは驚いて彼を見つめた。騙されることなどありうるのだろうか？

シャーロットは演技下手で、とうてい納得できないはずだ。七十歳のサラ・ベルナールが演じた子供の時のレグロンのほうが、ずんぐりしたシャーロットが演じた子供よりずっと本物らしく見えた。だが、チョードロンには見分けられなかった。頭脳を使って生きてきただけでなく、頭脳を使って巨万の富を築いた男なのに！　当代切っての資産家が途方もない愚か者だということがありうるのか？　『若さというものは伝染するな』とチョードロンが食事の後、婦人客が別室に移動してからおれに言った。それから――あの時の彼の微笑を見せたかったよ、幸福に輝き、愚かしいほど優しい微笑だった――『シャーロットは可愛い子猫だな。そう思わんかね？』一方、おれが思ったのはニューギニア石油会社だ。どうしてこんなことがありうるのか？　突然気づいたのは、こんなことは、ありうるだけでなく、絶対に必然だということだ。チョードロンはニューギニア石油事件で百四十万ポンド儲けたが故に、シャーロットのようなタランチュラ蜘蛛を可愛い子猫と見誤るのは必然なのだ。絶対に避けられない。ちょうどおれが悪女に出会うと必ずひっかかるのを避けられないのと同じだ。チョードロンは生涯、石油、株式、会社設立のことで頭がいっぱいだった。おれはマシュー・アーノルドの言う『世界最上の文学と思想』を読み研究するという偏った生き方をしてきた。おれもチョードロンも、人生のあらゆる面で万遍なく充実した生を送る時間もなければ気力もなかった。だから、彼はまがいものの子猫に騙され、おれは紛れもない悪女に常に心を奪われたのだ。それも悪女だと分かりきっていながら心を奪われたのだ。おれは騙されたのでない。雌犬が雌犬であり、乳白色の雌鹿でないとはっきりと心得ていた。そして今、なぜ悪女どもの虜になったか理由も分かった。正体が分かっていても、相も変わらず惹きつけられた。経験は役に立つ、とあのミコーバーおばさんの父親が言ったけれど、あれは誤りだ。知識も役に立たない」彼はパイプに火をつけるため、そこで間をおいた。

「役立つものは何もないのかい？」わたしが訊いた。

ティルニーは肩をすくめた。「正常な本能に従う生き方からいったんずれてしまった人間には、何も役立たないのだ」

「正常な本能に従う生き方なんて本当にあるのだろうか？」

「そのことに関しては、おれも時々疑問に思うのだがね」ティルニーは告白した。「だが真実だと、まともに信じているよ」

「ルソーやシェリーも本気で信じた。でも自然人に会った人なんているのだろうか？『気高い野蛮人』とか言うがね……マリノフスキーやフレイザーなどの研究を読むといい。未開人についての本なら他にも……」

「ああ、読んだとも。むろん、野蛮人が気高いというのは虚偽だ。未開人はぞっとする。分かっている。だが、『自然人』というのは未開人とは違うのだ。人間の原形ではなく、人間の完成品だ。自然人は製品だ――いや、製品などではないな。むしろ芸術品と呼ぶほうが適切だ。チョードロンのような連中がだめなのは、彼らが不出来な芸術品だからだ。不出来な芸術品だから不自然なのだ。絵画で譬えれば、エドワール・マネでなくアリ・シェフェールなのだ。だが違いがある。アリ・シェフェールは静的に劣っているだけで、時間とともに劣化することはない。一方、人間が不出来な芸術品の場合は、動的に劣っている。つまり一度劣った状態になると、時の経過によって劣化が進む。劣化の過程を止めるには、道徳的な大地震が必要だ。経験や知識のように、ただ蚊に刺された程度では、まったく役に立たない。経験は役立たない。もし役立つならば、おれは誘惑に負けなかっただろう。経済的に困ることなどなく、チョードロンの自伝代筆を断っただろうし、彼の私的な恥ずべき秘密を収集する羽目にならずに済んだであろう。収集した材料で伝記を書けるのだが、残念ながら、おれにはもう書く気力はないのだ。そうだ、経験はおれがまたぞろある悪女に惚れ込むのを阻止しなかった。それもひどく金のかかる悪女に。彼女が金銭目当てだったというわけじゃないがね」ティルニーは説明するような口調になった。「彼女は裕福だったから、金をたかる必要などなかった。しかし、あまり裕福だから、彼女が日頃から慣れている食事と娯楽を提供するだけでも、おれの財力をはるかに超えていた。むろん、彼女はそんなことには気づかない。年収五千ポンド以上の人間は気づかないものだ。もし気づいたら、ひどく狼狽しただろう。何しろ黄金の心を——他の皆と同じく——持っているのだから」彼は悲しげに笑った。「哀れなシビル！　君は覚えているだろうな、彼女を？」

その名前を聞くと、目も髪も淡い色の幽霊のような女性の姿が頭に浮かんだ。「あっと驚くほどの美女だったね！」

「以前はそうだった。でももう死んでしまった。とても美しく、男の運命を左右するような女だった。彼女に惚れ込んだおかげで、どんなに悩んだことだろう！　だが、彼女は、他人の運命を狂わせただけでなく、自分自身の運命をも狂わせた。可哀そうに！　シビルの生涯の避けがたい軌跡というか、定められた放物線を思うと、気の毒で涙が出る」人差し指を伸ばして、彼は空中に上がって下がる放物線を描いた。「おれが知り合った当時、彼女は頂点をちょうど過ぎたところだった。カーブの下降線はひどく急だった。いかなる深淵が待ち構えていたことか！　彼女がわざわざ結婚までしたぞっとするようなイーストサイドのユダヤ人の小男ときたら！　そのユダヤ人の後にメキシコ・インディアンもいた。その間に、少しのシャンパンが大量のシャンパン、さらに大量のブランデーになり、時たまの快楽がひっきりなしになり、不可欠なもの、退屈なもの、ただ疲れるだけの不快な労働になった。おれは、喧嘩別れしてから四年後に再会したんだが、幽霊みたいにやせ衰えた女と握手したよ（あれは辛かったな！）。疲れ果て、病気で、すっかり老け込んでいた。三十四歳でもう老婆だった！　前に会った時点では光り輝いていたのに！　再会の十八ヵ月後に死亡。その前にインディアンが中国人に代わり、ブランデーがコカインに代わった。もちろん、避けがたい、予め定められた軌跡だ。復讐の女神ネメシスが応報天罰の役目を的確に果たしたにすぎない。しかし少しも嬉しくないな。ネメシスの女神が見知らぬ人や親しくない知人などに復讐するのは結構だが、自分自身や親しい人の場合には、勘弁してもらいたい。蒔いた種を刈らずにすませたいのだ。だがそれは許されない。おれは書物を蒔き、シビルを刈った。シビルはおれ（他の男はともかく）を蒔き、メキシコ人、コカイン、死亡を刈った。誰の場合も避けがたい歩みだが、人間は各自独自であり相互に異なると考えている者は、自分の考えを否定され侮辱されたと感じるだろう。一方、チョードロンのような人間がニューギニア石油事件を蒔き、子猫のようなシャーロットを刈るのを目撃すると喜びを覚え、さすがネメシスだとその神業に感心する」

「シャーロットがチョードロンに刈られたのは知らなかったな」わたしが言葉を挟んだ。

「刈りとりはよほど慎重に行われたに違いない。シャーロットはそういう色恋沙汰でも世間の噂になるのが大好きだったのだから、自分から宣伝せずには済まなかったはずだが……」

「でも刈りとりはごく短期間だったし、部分的だったから」ティルニーが説明した。

そう聞いてわたしは意外な気がした。「でもシャーロットの決心は常に堅いし、一度食らいついたら離さないんだがな。とりわけ、チョードロンの財産を狙えるのに……」

「中断したのはシャーロットのせいじゃないのだ。彼女には、刈りとられていつまでも倉庫に保管されたいという願望がたっぷりあった。ところが、チェリストとしてアメリカで二ヵ月間演奏旅行をするという契約を少し前に結んでいた。契約破棄は面倒が多いし、チョードロンは自分にぞっこん惚れているようだから、まあ二ヵ月なら短期間だ。こう計算して安心してアメリカに旅立った。ところが、帰国すると、何と、チョードロンは別の女を見つけていた」

「別の子猫かい？」

「子猫？　そうだな、新しく現れた女と比較すると、シャーロットはひげが白くなった婆さん虎さ。彼女は絶望して、おれのところにやってきた。その時は謎めいた微妙な言い方を一切しなかった。自分がスフィンクスであるのを忘れていた。『チョードロンさんにあの若い女に注意するように警告してくださいよ。あの女が彼を搾取していると教えてあげてください！　とんでもないことだわ！』シャーロットは義憤に駆られていた。『でもチョードロンはあいがね。おれが何もしないものだから、食ってかかってきた。『でもチョードロンはあの女に搾取されたがっていますよ。彼の唯一の楽しみのようだ』と言ってやった。これは本当だった。だがシャーロットをからかいたくなった。『どうしてチョードロンの楽しみを邪魔したいのです?』そう訊くと彼女は真っ赤になって言った。『だって胸が悪くなるんですもの!』」ティルニーはシャーロットの真似をして金切声をあげた。「『チョードロンさんともあろう人物があんなふうにあしらわれるなんて、見ていて胸が悪くなりますわ!』彼女がそう思うのは、無理もなかった。しかし無駄だった。彼女の義憤にもかかわらず、チョードロンは新しい女に利用され続けた。シャーロットは退却するしかなかった。敵は難攻不落の砦にいたのだから」

「その敵というのは誰なのさ?」

「およそそれらしくない『男の運命を狂わす女《ファム・ファタル》』だよ。小柄だし、顔はごく平凡だし、おまけに病気がちだ。よく仮病も使ったが、本当に体調不良のこともあったのだ。総じて、ばかに淑女的だ。上品ぶっている。時々見かけるタイプさ。女家庭教師に見えたな。といっても現代風の元気のいい運動選手タイプの家庭教師ではなくて、上品でジェーン・エア風というか、牧師の娘のようなタイプだ。一目で分かる長所は若さだけ。二十五歳くらいだろう」

「二人がどうして出会ったの?　億万長者と女家庭教師とが、どうして……?」

「まぎれもない奇跡だ。チョードロン自身はそこに神の配慮が働いたと感じた。深い宗教意識がからむのさ。『わしの二人の秘書が同時に病気になることがなかったならば』と彼が大真面目でよく語った(彼が真面目な顔をすると、どれほど滑稽になるか、君には分かるまい。聖人ぶった詐欺師、説教壇の強盗といったところだ）。『もしそういうことが起きなかったら――二人の秘書が同時に病気になるなんてありえないじゃないかね！　あれは実に運命的なことだった――わしの可愛い妖精に出会えなかったのだ』だとさ。いいかね、最後の『妖精《フェアリー》』という言葉は敬意に満ちた美しい微笑とともに発せられたのだ。悪漢面に浮かぶとひどく奇妙な微笑だ。『わしの可愛い妖精』（ついでだが本名はマギー・スピンデルというのだ）『わしの可愛い妖精』」ティルニーは天使の微笑を浮かべ目をぐるぐる回転させた。「あの表情は、誰にも想像できないだろうな。言うなれば、金庫破りをやらかす聖カルロ・ボッロメオだ」

「その場を描くのは聖人専門のカルロ・ドルチじゃないかな？」わたしが示唆した。

「そうだよ、漫画家のロウランドソンまで協力するのだ。これでやっと見当がつくだろう？」

わたしは頷いた。「だが、秘書の話は？」話の続きが聞きたかった。

「秘書は、チョードロン宛てに届く手紙全部を一括して処理するように指示されていた。狂人だの、発明家だの、世間に誤解された天才だの、女性だのから来る手紙類だ。仕事は忙しかった。金持ちがどんな手紙を受け取るものか、知ったら君も呆れるよ。神様が同時に二人の秘書にインフルエンザをお与えになった時、チョードロンがたまたま午前中何もすることがなくて（これも神慮さ！）自分自身で手紙を開封してみた。そして開いた三通目が妖精からの手紙だった。読んで即座に圧倒された」

「どういう内容だった？」

ティルニーは肩をすくめた。「見せてくれなかった。だが、あれこれ探ってみると、神や宇宙に関する一般論と、特に、彼女の魂とチョードロンの魂について述べてあったらしい。あの男は、判断力が乏しいし、ろくな教育も受けていないから、彼女の哲学的なくだらぬ論説にひどく感銘を受けたのだ。深い宗教心に訴えたのだろうよ！　実際、あまりに感激したものだから、すぐに面会の連絡を取った。彼女は『来て、見て、征服した』わけだから、ローマのカエサル並みの実力だ。チョードロンは『まさに神のおかげだよ、ティルニー君！』などとのたまったが、おれは神といっても復讐の女神ネメシスの配慮だと思った。ミス・スピンデルはネメシスの手先だったのさ。奇抜な衣装を着たアーテー女神で、チョードロンのような生き方をした者には抵抗できないほど魅力的に思えたのさ。彼女は、ニューギニア石油などの悪事の種を蒔いたことから生じた最後の収穫であり、彼はそれを刈りとる運命にあったのだ」

「しかしね、君の説明が正しいなら、収穫は甘美で望ましいものじゃないか――彼の趣味に合致したのだろう？　子猫に搾取されるのは彼の唯一の喜びだって、君がさっき言っただろう。復讐の女神はチョードロンの罪に復讐し罰するのでなく、罪に対して彼好みの褒美を与えたじゃないか」

ティルニーは部屋を歩き回るのをやめた。考え深そうに眉をひそめ、パイプを口から外し、火皿で鼻わきをこすった。「そうだね」とゆっくり言った、「それは重要な点だ。以前から漠然とそう感じていたことを、今君がはっきりさせたよ。罪を犯した者の観点からすると、ネメシスのもたらす罰が褒美に見えるだろうな。うん、君の言う通りだ」

「それでは、ネメシスは婦人警官として役に立っていないじゃないか！」

いやと言うように彼は手を上げた。「ネメシスは婦人警官ではない。ネメシスは善悪の判断はしない。少なくとも、たまたま道徳的になることもあるというにすぎない。ネメシスは引力みたいなもので、道徳に無関心だ。ネメシスがするのは、人間に自分の蒔いた種を必ず刈りとらせるだけだ。そして、チョードロンのように、金銭への過度の関心のために自己愚人化という種を蒔けば、ひどい屈辱を刈ることになるのだ。しかし自分の過失で人間以下の状態に陥っているため、ひどい屈辱を屈辱だと認識できないのだ。これが、ネメシスが褒美を与えるように見えるという君の疑問への答えだ。ネメシスがもたらすのは、理想的な完璧な人間にとって――あるいはそんな人間は存在しないから、現実には、ほぼ完璧な、理想に近い人間にとって――の絶対的な意味での屈辱だ。人間以下の人種には、勝利とも、完成とも、心からの願いの達成とも見えるかもしれないな。だがね、いいかい、そう願う心は豚のエサ同等の心というわけさ……」

「『人間以下に生きよ、そうすれば、ネメシスは幸福をもたらす』というのが教訓ということかい？」

「その通りさ。でも何と低級な幸福だろう！」

わたしは肩をすくめた。

「でも相対主義者にとっては、低級だろうとなかろうと、幸福と呼べる幸福なら結構なものさ。君は神の立場から物を見ている」

「ギリシャ的な立場だ」彼が訂正した。

「勝手に何とでも呼ぶがいいさ。とにかく、チョードロンの立場からすれば、幸福は完璧だったのだ。それ故、人は幸福になりたければ、皆チョードロンのようになるのがいい」

ティルニーは頷いた。「そうだな。罰が罰だと分かるには、多少ともプラトン主義者になる必要があるな。もちろんあの世があれば……いや、もっとわかりやすいように、輪廻《りんね》があればということにしよう。何しろ想像を絶するほど気持ちの悪くなるような昆虫があるから、そんな虫に生まれ変わったら、罰だと覚るだろうよ！　だが、単に功利主義的な立場からだけでも、チョードロン的な生き方は危険だ。社会的に危険だ。人間によって人間のために作られた社会は、もしその構成員のすべてが感情面で人間以下であれば、成り立っていかない。全人口の心が、もし豚のエサ同等の心になってしまったら、大災害が起こること必定。というわけで、ネメシスは結局婦人警官としての役割を果たすことになる。これで納得したかね？」

「完全に納得だ」

「君は以前から法律、秩序、道徳などを、けしからぬほど尊重していたね?」ティルニーはわたしに文句を言った。

「そういうものは存在せねばならぬ、なぜなら」

「なぜだい?　おれは要らんと思う」

「道徳などの存在が必要だというのは、君やぼくが安心して不道徳に生きていられるためさ」わたしは説明した。「君やぼくのように法を無視する人間のために世の中を安全に保ってもらうためさ」

「チョードロンのような悪者のためでもあるな。ところで話は彼からそれてしまった。どこまで話したかな?」

「チョードロンが妖精に紹介されたところだ」

「ああ、そうだった。さっき言ったように、彼女は来て、見て、征服した。三日後、邸に住みついた。彼は彼女を図書係りにしたのだ」

「同時に情婦にもしたんだろうね」

ティルニーは両肩をすくめ、分からぬというように両手を投げ出した。「その点は問題だ。君は謎の核心に触れたよ」

「でも、君はまさか二人の間に何もなかったと……」わたしは追及した。

「おれは決定的なことは何も言わんよ。何しろ知らないのだから。おれにできるのは推量するだけだ」

「で、どう推量しているのだ?」

「それがね、時と場合によって違うのだ。妖精は実に謎めいていたから。シャーロットも謎めいた女のふりをしたが、あんなものではない。真実の謎だ。妖精には、どんな不思議なことだってあり得たのだ」

「だが、チョードロンに限って言えば、そうじゃないだろう。彼はセックスの面では、何というか、あまりにも人間的なのだろう?」

「いや違う。人間以下だった。これは人間的とは少し違う。妖精は彼の内部で、人間以下の精神性と宗教心を呼び覚ました。シャーロットが相手の場合、表面に出たのは、小児誘拐というやはり人間以下の欲望だった」

わたしは異議を唱えた。「そんなに割り切った心理の説明はおかしいよ。人間の心はそんな明確に分けられるものじゃない。精神性のための区画と小児誘拐のための区画が判然と分類されているわけじゃないだろう。両者は重なり合い、融合し、混在していると思う」

「そうだろうな」ティルニーが答えた。「実際、おれが推測したのもまさにそういう一種の混在なのさ。そういうことは、よくあるだろう? 男女が親しくお喋りしているうちに徐々に性的な行動に移っていく、まあ行動というのはおれが考えていることを述べるにはあからさますぎる言葉だがね。ひどく年寄り臭く、少女らしくもある行為なのだ。本当に精神的な接触さ。天使と天使の愛だ。あまりにも天使的だから、神秘的な会話の最中に何らかの中断があったとは確信が持てないというわけさ。そういう事情なので、妖精はチョードロンの図書係りだけでなく情婦だと噂する者がいた時に、彼女は義憤に駆られたように立腹したのだと理解できる。彼女自身は、自分がそうではないと、ほぼ偽りなく信じられたんだろう。噂を耳にする度に、『世間の人って本当にひどいわね』とよくおれに言っていたよ。『純潔というものがあるのを信じられないのかしら？』彼女は憤慨し、傷つき、また憤慨した。その感情は真実のようだった。真実の感情を表すのは彼女の人生では非常に稀なことだった——少なくともおれにはそう思えたよ——だから怒るだけの理由があったと信じざるをえなかった」

「しかし、誰でも自分に不都合なことを噂されたら立腹するのじゃないかい？」

「そりゃそうさ。噂が真実に近ければ、それだけ余計怒るものだ。だが、妖精の場合は、噂が嘘だから怒ったのだ。彼女はその点を強調していたよ。絶対に嘘だと断言した。断言の仕方がとても真実らしかった（その点におれは注目したのだ）ので、多分根拠があるのだろうと思わざるをえなかった。二人の間には体の触れ合いなどまったくなかったのか、それとも触れるか触れないかというような非常に天使的な微妙なものだったので、当事者も気づかなかった、物の数に入らなかったのだろう」

「だが真実を語っているように見えるからと言って、真実を語っているという証拠にはならないだろう?」わたしは反論した。

「それはその通りだ。でもね、君は妖精を知らないからそう言うのだ。彼女の普段の発言は言い方も内容も、滅多に真実とは思えないのだ。ほとんどすべての場合、明白な嘘だと思えるのだ。それだから、珍しく真実を語っているように感じられると(滅多にないのだが)聞く者は信じる気になる。理由があるに違いないと考える。それで、二人の関係の純粋さに疑いがかけられた時、あれほど向きになって怒ったという事実に注目するのさ。純粋な関係だったのか、それとも、不純さがごく僅かであったからないにも等しいと考えたのか——多分後者だろうが——いずれかだったのだろう。君だってもし彼女の声を聞けば、同じ印象を受けただろうよ。怒りの真実味、不当な非難への抗議、は明白だった。しかし怒ってから、しばらくすると、彼女は自分がキリスト教徒、それも聖者に近い存在だと思い出す。急に敵を許し出すのだ。『気の毒になるわ』彼女は言う。『純粋な気持ちというものを、まったく理解できないのですものね! お気の毒よ。美しーい関係に無知なのですからねえ』彼女が口にする『美しーい』という言葉はぞっとするようなひどいものなのだ。耳にすると血が凍る。ドイツ語のウムラウトのユーに似た音になる。胸糞が悪い!」彼は身震いした。「あの声を聞くと、あの女を殺したくなる。それ以外でも彼女のキリスト教徒的な上品ぶった感情のこもった物言いはおれに殺意をもよおさせたよ。『わたしとチョードロンさんとの美しーい関係を理解できない気の毒な連中を許しますわ』と言うのを聞くと、ぞっとして胸が悪くなり、悪寒が走った。だってそうだろう、すべてが虚偽、底なしの欺瞞なのだからな。不快な噂をした輩《やから》への真実の怒りの直後だから、普段より一層嘘が際立った。明白な嘘で、調律してないピアノとか、六月に聞くカッコーの声のように耳障りだ。しかしチョードロンにはむろん分からない。耳障りだとまったく気づかない。深い宗教心があれば、全然気がつかないものだろうよ！　『これまで出会ったどんな人よりも美しーい性格を持った女性だな』（彼女の口真似でチョードロンも美しーいなんて言うのだが、彼が言うとただ滑稽であり、ぞっとすることはない）。『もっとも美しーい性格』――そう言ってから満足しきった微笑を浮かべるのだから、グロテスクだよ。シャーロットが相手の時も同じだった。チョードロンは相手のすべてを受け入れてしまうのだ。シャーロットは可愛い子猫を演じ、彼は彼女を可愛い子猫として受け入れた。妖精の野心は神聖なキリスト教徒の子猫と見られることだった。事実しばらくするとチョードロンは彼女を『堅信礼を受け聖餐に与り、カトリックで聖者の列に加えられた子猫』と見なすようになった。信じられぬことだが、実際そうなったのだ。石油のことを知るのに知力と精力のすべてを使って一生を送ると、石油以外のことは何も理解不可能な状態になるのだ。タランチュラ蜘蛛と子猫との区別もつかなくなる。シエナの聖カタリナとマギー・

スピンデルのような小柄な嘘つきを選別できない」

「だが彼女は自分が嘘をついていると気づいていたの？　つまり意図的な偽善者だったの？」わたしが尋ねた。

　ティルニーはまた自分には分からないという身振りをした。

「わかるものか《チ・ロ・サ》！　それは結局返答不可能な疑問だな。さっきチョードロンに関して疑問視した問題と同じさ。自伝と伝記との境界線を考えることにつながる。チョードロン自身が見るチョードロンと他人が見るチョードロンと、いずれが本当か？　人間を考える時、意図とその結果とどちらが重要か？　行為とその結果といずれを重視すべきか？　そもそも意図とは何か？　意図を抱く人間とはどういうものなのか？　これらの質問が回答不能なのだから、妖精が意図的な嘘つきで偽善者かどうかという君の質問にも回答はない。誰にも答えられない。あの女自身にも答えられない。というのも、彼女の中には複数の妖精たちがいたからだ。そのひとりは、食事を与えられ、世話をされ、金を渡され、いずれ求婚されたいと願っている妖精だ。結婚はチョードロンの妻が亡くなった場合のことだが……」

「チョードロンに奥さんがいたとは知らなかった」わたしが驚いて言った。

「病人さ」ティルニーの答えは簡潔だった。「もう二十五年間精神病院にいる。チョードロンと結婚したら、おれだってそうなっただろうよ。それでも妖精は彼の二番目の妻になりたがった。まあ、金の力は大きい。そういう妖精がひとりいた。言い替えれば、持てる能力は総動員して生存競争に勝とうと努める典型的な女だ。だがもうひとりの妖精もいた。こちらは、聖人に近いキリスト教徒に本気でなりたがったのだ。精霊に近い妖精だ。霊的であることが、チョードロンのような疲労した実業家を相手にした場合に金銭的にも有利だということになれば、彼女にとって一石二鳥で願ったりかなったり《タント・ミュー》なのさ」

「だが、さっき話題にした偽善、嘘、ごまかしはどうなんだい？」

「ただ演技が下手というだけさ。それだけのことだ。何とか言っても、偽善とは下手な演技に他ならない。妖精の偽善的な振る舞いが本物の聖人と違うのは、リュシアン・ギトリの名演技が息子のへぼ演技と違うのと同じさ。一方は芸術的に見事であり、他方は芸術的価値が低いのだ」

　わたしは笑った。「ぼくが道徳を支持するのをお忘れかな？　少なくとも、ぼくがそうだと君が言った。君の異説は……」

「異説じゃあない。事実を明確に述べただけだ。だってそうだろう？　道徳の常套手段は何だろう？　生来の自分ではない者であるようなふりをすることじゃないか！　聖人や、英雄や、立派な市民などの役を演じることだろう？　キリスト教における最高の道徳の理想は何だっけ？　トマス・ア・ケンピスの『キリストの模倣』という表題に表明されている通りじゃないか！　だから、よい教会なるものは、よい演劇学校にすぎない。世の中の学校というものは、これすべて演劇学校なのだ。家族はみなディケンズが『ニコラス・ニックルビー』で描いたクラムルズ一家なのだ。人間はすべて役者として育てられる。単に知的な教育以外のあらゆる教育は、キリストなり、糞真面目なポドスナップ氏なり、アレクサンダー大王なり、あるいは他の各地域で人気の高い人物などの役を演じるための一連のリハーサルにすぎない。有徳の士とは、役を完璧に覚えて、完璧に観客の納得のゆくように演じる者だ。聖人も英雄も偉大な役者なのだ。彼らはケンブルやシドンズ並みの名優だ。自分とは違う偉人になりきって演じ得る天才だ。あるいは、偉人にとてもよく似た性格に生まれたので、リハーサルなしですぐそのまま偉人役をこなせる幸運に恵まれた者なのだ。

悪人は、演技ができないか、演技を学ぼうとしない者だ。こんな裏方を想像してみるがいい。酒に酔っぱらって、オーヴァーオールを身につけ、パイプをくゆらせている。この裏方が『ヴェニスの商人』の法廷の場面の中央によろけながら登場して、ポーシャをどなりつけ、アントニオの尻を蹴飛ばし、名門の紳士を殴り倒し、シャイロックの付けあごひげをもぎ取る。これは犯罪人だ。偽善者というのは、犯罪者的な妨害者が一時的に自己目的で役者に化けているか（モリエールが描くタルチュフが好例だ）、それとも（このほうが多い）単に演技が下手なのだ。偽善者は、多くの人と同じく犯罪者的な妨害者なのだが、土地の演劇学校の教えを信じて、人間の最高の義務は拍手喝采する観客に向かって花形を演じることだと信じている。ところが才能がない。自分では崇高な役を演じている気でいても、口ごもり、どなり、大袈裟な手振り身振りをする。見ているほうが恥ずかしくなる。自分のことが、彼のことが、人間全体のことが恥ずかしくなる。『大袈裟に主張しすぎるようですわね』と、ハムレットの母ガートルード王妃みたいなセリフをもらしたくなる。しかもこういう主張は、数分後に、主張者が自分は役を演じているのだというのをすっかり忘れて、本来の彼の実体である犯罪的な妨害者のように振る舞い始めるので、ますます大袈裟に見える。でも本人自身は役者としての才能に欠けていて、観客を納得させる演技ができないので、自分が妨害していることにも気づかない。たとえ気づいたとしてもかすかに気づくのみで、他人は気づかないと思い込んでいる。

要するに、大多数の偽善者とは無意識的な偽善者に近いものなのだ。妖精もきっとそういう種類の偽善者だったと思う。自分がチョードロンの数百万ポンドの財産を狙う野心家だとは気づかなかった。自分の役割はシエナの聖カタリナだと意識していた。彼女は自分の演技に自信があり、一流の役者になろうという野心があった。だが残念ながら、才能がない。役を実に不自然に演じ、見苦しく誇張して演じるので、その恥ずべき演技を見れば、普通の感受性の持ち主なら身震いするしかない。よほどの感性鈍磨者でもない限り、感銘を受けない。ところで、チョードロンは、ニューギニア石油にあまりに夢中だったので、極端な感性鈍磨者だった。彼の深い宗教意識は人間以下の人間に特有の宗教意識だった。妖精が高潔な聖女役を派手に演じるのを見れば、おれなら吐き気をもよおしたが、チョードロンは感動して、これまで会った人間の中で、出会ったことのないような美しーい心を持った女だと感心した。その上、もっとも美しーい心だけでなく――これはさらに滑稽なのだが――最高の知力の持ち主だとも思った。彼女の形而上学まがいの会話を聞いて驚嘆したのさ。

彼女はスピノザやプラトンを少しかじっていたし、キリスト教神秘家についての浅薄な解説書を読んでいた。それから、郊外住宅地で、引退した大佐やある年齢の婦人連中に大人気のいい加減な接神論の宣伝文書もかなり多く読んでいた。だから、宇宙について深遠ぶった話ができた。いやぁ実に深遠なお話さ！　おれはあれほどのまやかし、あれほど無教養な話を聞いて時々憤慨したよ。ところがチョードロンときたら、文字通り目を丸くして、うっとり聞き惚れていた。彼女を信じ込んで尊敬申し上げていた。すべての言葉をうのみにした。無教養で、巨万の富を法的な詐欺によって築いた人間なら、物質のはかなさ、悪の不存在、あらゆる多様性の単一性、万事の精神性、等々を信じる余裕があるというわけだ。チョードロンは子供の時教えられた長老教会主義を非常に敬虔に信じ続けてきた。そして今、妖精のくだらぬお説教を、長老教会主義の信者が幼年時代に教えられる教義問答などに関連づけたのだ。二つの形而上学には矛盾があったのだが、お構いなしだ。模範的な長老教会主義者であることと有能な詐欺師であることに矛盾を見出さなかったのと同様だ。長老教会主義者であるのは礼拝に行く日曜日と自分が病気の時に限り、営業時間中は禁止だった。宗教は私生活の聖域に入ることをけっして許されなかった。ところが、寄る年波で精神が弱まり、誤った生き方をしてきた報いが出始めてきた。その上、実業界から引退したので気を紛らわすことがなくなったという事情も加わった。結果として、深い宗教心が顔を出す機会が増したのだ。邪魔されずに、好きなだけ感傷癖と愚かしさ——まあ、感覚的知的ゴミの山だがね——に耽ることが可能になった。

まさにこの時期に、妖精が神慮によって出現し、どのゴミの山が一番柔らかくて、寝転がるのに最適かを教えたのだな。彼がどんなに感謝したことか！　心から感謝していたのだが、おれには滑稽に見えた。例えば、彼が妖精の天分について語った時のことは忘れられない。チョードロン邸での夕食の席だ。彼と妖精とおれの三人だ。ひどい夕食だったよ。何しろ食事の間、妖精が、シエナの聖カタリナとマハトマ・ガンジーとを混ぜ合わせたような立場で自分が菜食主義と禁欲主義を奉じる理由をくどくど説明するんだ。イギリス中産階級特有の食事に対する辟易するような偏見があるだろう？　おかげでそういう連中がよく利用する『ライオンズ・コーナー・ハウス』などでの食事作法がひどく上品なわけだ。下品に見られまいと極端に気にするものだから、まるで食べていないかのような食べ方をするのだ。口一杯頬張るようなことは絶対にせず、僅かな量を取り、前歯で嚙むのだ。まるで兎さ。食べ物は絶対に指で触れない。こういう店で、さくらんぼをナイフとフォークで食べようとしている女性客を見たことがある。普通でないし、不愉快でもあったよ。妖精には、そういうこだわりがあった。階級で決まるんだろうが、彼女の場合は、不殺生と禁欲的なキリスト教の教えによって合法化されていたのだ。その晩、彼女はずっと愛の精神とそれが肉食と相容れないとか、魂のために肉体を痛めることが必要だとか、仏陀、聖フランシスコと神秘的な恍惚と、何よりも彼女自身のことを喋っていた。おれは苛立って気が狂いそうになった。おまけに、食物への信心深い嫌悪をうるさくまくしたてるものだから、食欲がなくなったよ。食事が済んで、チョードロンとおれが彼女抜きでブランデーと葉巻を静かに楽しめるようになりほっとした。しかしチョードロンはテーブル越しにおれのほうに身体を乗り出してきた。あの悪漢面のどこもかしこも上機嫌でにこやかだ。『あの子は驚嘆すべきだと思わんかね?』と尋ねるじゃないか。『驚嘆すべきだ!』と答えたよ。彼はそれからおれに向かって指を振りながら、大真面目な口調で、『わしは生涯で三人の偉人に出会った』と言い始めた。『三人の偉大な天才、ノースクリフ卿、ジョン・モーリー氏、それとこの若い娘だ。その三名だ』彼は断言して椅子に反り返り、おれに向かって、厳しい顔で、否定できるものならやってみたまえ、と挑むように睨んだ」

「で、君は受けて立ったのかい?」わたしは笑いながら訊いた。

ティルニーは頭を横に振った。「一八二〇年物のブランデーをもう一杯飲んだだけさ。それが道理をわきまえた男に可能な唯一の返答さ」

「妖精はチョードロンの高い評価に同意したのかな？」

「ああそう思うよ。うぬぼれの強い女だからな。まあ、神がかった人間は誰もそうだ。異常なほど自信家だ。彼女は優れた人間の役柄を下手に、ちぐはぐに演じるのだが、それでも、自分の優秀さには並々ならぬ自信を持っていた。それは避けがたい。というのは、妖精は自己暗示の能力が並外れていて、三回自分に言い聞かせれば、それで真実になるのだから。例えば、彼女の禁欲主義について、どうせ裏でごまかしをやっていると最初は思っていた。人前では本当に少量しか食べないから、どうせ食間にこっそり食べているに違いないと推測した。ところが、後で分かったのだが、これはおれの誤りだった。食べることは、無礼で下層階級的であるのみならず、動物的で粗野だと繰り返し自分に言い聞かせているうちに、食物を見ると胸が悪くなるような体を作るのに成功したのだ。本当に僅かしか食べられないような体になっていた。まあ、これが原因でいつも病的に見えたのさ。ただ栄養失調だっただけだ。しかし、栄養失調以外にも病的に見える原因はあった。作戦上の理由でも病的になった。政治家が動員を掛けるぞと脅すのと同じように、彼女は自分のしたいことを実現するために、もし実現しなければ死ぬと言ってチョードロンを脅した。実際、それは脅迫だった、金のためじゃない。あの女は奇妙なほど金銭には無頓着だった。欲したのは、チョードロンの関心、彼を支配する権力、自己主張を通すことだった。赤ん坊が泣きわめくのと同じ理由で彼女は頭痛になった。赤ん坊の言いなりになって、欲しがるものを与えると、すぐまた泣きわめくようになるだろう？　泣きわめくのが癖になるのだ。チョードロンはおよそ弱気な親でね、妖精が頭痛になると大慌てだった。氷や湯たんぽやオー・デ・コロンを持って病室でうろうろする様子を見たら、タイムズの追悼記事を書いた記者はもらい泣きをしただろう。優しい心根が分かって感動的だと言うだろう！　その結果、妖精は三、四日に一度は頭痛がすると言いだした。たまったものではなかったよ」

「だが、頭痛は実際には起きなかったのだろう？」

ティルニーは肩をすくめた。「そうでもあり、そうでもない。生理的な理由はたっぷりあった。実際時々ひどい頭痛を感じたはずだ。医学的には当然だ。十分に食事をとらないから憔悴している。十分な運動をしないから慢性的な便秘だ。便秘のせいで多分卵巣が慢性的に少し炎症を起こしていたのだろう。それから、眼精疲労があったのは確かだ。ひどく曖昧で霊的な目付きをしていたから確かだ。あれは近視を矯正していないので生じるのだ。というわけで頭痛には生理的な根拠がたっぷりあった。言うなれば、体が彼女に苦痛という贈物をしたんだ。すると頭脳がこの苦痛という名の原料を使って製作し始めた――できたのは、何と驚嘆すべきものであったか！　彼女の想像力に触れられると頭痛は神秘的、超自然的なものに変容する。一粒の砂に無限を、腸血行停止症に永遠を見出すというわけさ。毎週火曜日と金曜日に彼女は死んだ――美しいキリスト教徒らしい諦念と殉教者の忍耐心とともに死んだ。チョードロンは病室からよく目に涙を浮かべて降りてきたものだ。あんな忍耐心、あんな勇気、あんな根性、見たことないぞ！　大方の男どもはかなわない。素晴らしいお手本だ！　と彼はよく言っていた。まあ、その通りだったのだろうよ。

妖精は、まず仮病から始める、つまり頭痛が実際よりひどいようなふりをする。だが、彼女の想像力が我知らず働いて、自分でも抑えられなくなる。それで、仮病が実際の病気になり、毎回実際に殉教者並みの苦痛を味わい、もうちょっとで死にかかるのだ。殉教者になるのが癖になり、痛みは定期的に襲ってくるようになった。想像力が炎症を起こした卵巣と毒された腸の正常な動きを刺激すると、苦痛が現れ、苦痛を原料にして、より高い次元で起きる神秘的霊的な殉教が始まる。とにかく、すべてはとても複雑で曖昧なのだ。そして、もし妖精自身が苦難に耐える自分のことを語ったとしたならば、聖ラウレンティウスが熱した鉄格子の上で火あぶりにされながら生涯を回想したかのように聞こえただろう。あるいは、こういう回想の不誠実な模倣に聞こえたであろう。何しろ、妖精は、さっきも言ったが、まったく才能に欠けていたから。誠実さと聖人らしさは才能の問題なのだ。偽善と不誠実は生来の不能の産物だ。偽善的で不誠実な人間というのは、振る舞いと自己表現の技術の才能がないのだ。妖精の話は君にはまったくの嘘のように聞こえただろう。しかし彼女自身にはすべてが本物だった。彼女は本当に苦しみ、本当に死んだのだ。

本当に善良で、諦念に達し、勇敢だったのだ。

事情は偏執病患者が本当にナポレオン・ボナパルトであり、早期認知症の青年が悪辣なギャングに見張られ、迫害されているのと同じだ。彼女の話を、仮におれが彼女の立場にたって語るとすれば、本当に美しいと聞こえるだろうな、『美しい』であって、『美しーい』じゃないよ、いいかね、嘘偽りなく美しいと聞こえるだろう。だって、妖精の持たざる表現力がおれにはあるもの。彼女には表現力がないから、チョードロンのような感情面の患者以外には、明らかな偽善者、嘘つきだと分かったのだ。さらに妖精は病理学上の患者でもあった。あの自己暗示の能力は病的だ。彼女には真っ赤な嘘を真実と思わせる能力があるのは間違いない。仮病や殉教や聖人だけでなく、歴史上の事実、あるいは歴史上の非事実まで真実にしてしまうのだ。実際に起きた、とただ繰り返して言うだけで、非事実が真実に変わったのだ。例えばだな、妖精は、自分がチョードロンと長い年月の間ずっと親しかったと人々に思わせたかった。つまり自分は、赤ん坊の頃からチョードロンと親しくしてきた、と他人のみならず自分でも信じたかった。彼女が『これくらいの身長だった頃』から親しいのであれば、現在チョードロンとこれほど親密なわけが分かるし、納得してもらえる。というわけで、彼女は彼との長年にわたる親密な関係、実際に遠縁だという関係を捏造していった。ベニー叔父さんと称してだ。そう呼んでいたのはまだ話さなかったかな？　この呼称で、親類だということになり、関係は洗浄され清潔なものだと世間に見えるようになったのさ」

「あるいは近親相姦にもなったかな？」

「近親相姦にもなったんだ。だが妖精はダヌンチオ風な凝り方は思いつかなかった。叔父さんと呼ぶことでチョードロンとは姻戚関係か、少なくとも昔からの一家の友という関係になった。時には『ベニーおじちゃん』と呼んだが、赤ん坊だったから叔父さんと言えなかったけど、おじちゃんとなら言えたと世間に思わせたいのだ。でもこれだけでは不足だった。姻戚関係の証拠がもっと要る。何か状況証拠が欲しい。というので、干し草の上でおじちゃんとふざけて遊んだ、一緒に無言劇を見に行った、など子供時代の思い出を一揃い捏造したよ」

「だがチョードロンはどうだった？　捏造された思い出を一緒に楽しんだのかい？」

「そうさ」とティルニーは答えた。「だが、彼にはむろん、作り物だと分かっていた。しかし世間は事実として認めた。彼女の思い出は微に入り細を穿ったものだから、彼女が嘘つきだとはっきり知らなければ、受け入れるしかなかった。チョードロン相手の場合は現現実にずっと知り合いだったというふりはできない。少なくとも最初のうちはそうだった。そこで彼女は、最初は比喩的な言い方というか、『なんだかそんな気持ちがするの』といううような言い方をしていたよ。彼女は知り合ってまもなく、おれがいる席で『ベニー叔父さんのことは、何だか赤ちゃんの頃から知っていたような気持ちがします』と言ったのを覚えている。こういう場合は、いつだってそうなのだが、普段に増して幼い少女のような声を出すんだ。あの声にはぞっとする。半分泣いているような、甘えるようなあの可愛い声ときたら！『赤ちゃんの頃からよ。ベニー叔父さん、叔父さんはそんなふうには感じないかしら？』そう言われると、彼は心底から同意するのだ。それ以来、その遠い昔にベニー叔父さんとの間で起きたはずの出来事を次々と話すようになった。こういう出来事は、チョードロンがいない席で他人に語る時には、実際に彼女が経験した事実として語るのだ。彼女はチョードロンに昔の写真を出させた。高い襟にフロックコートを着た写真だとか、奇妙な狩猟服を着た写真、四輪馬車に座るシルクハットをかぶった写真など。これで彼女は空想に肉付けができた。これらの写真と自分の思い出のおかげで、チョードロンと自分とが一緒に送ってきた歳月を組み立てることができた。『ねえ、ベニー叔父さん、叔父さんのヨットでカウズに行って、あたしが水中に落ちた時のこと覚えている？』と彼女が訊くと、チョードロンは遊び気分で面白がり、『もちろん覚えているとも。海中から救いだしてから暖かい毛布にくるみ、暖めたミルクにラム酒を入れて飲ませたよ。おかげで君は酔ってしまった』と答えた。『あたし酔って、おかしかったかしら、ベニー叔父さん？』そう訊かれると、チョードロンは奇妙な返事を不器用ながらどうにかでっち上げるのだ。すると、その事件も二人の歴史に組み込まれるというわけだ。だから次の機会には、『ベニーおじちゃん、あたしがカウズで海に落ちて、おじちゃんが、ラム入りのミルクであたしを酔わせた時、あたしが言った面白いことを覚えている？』ってわけだ。チョードロンはこの遊びがとても気に入った。愉快で、滑稽で、いじらしいと感じたようだ。バリーやミルンの児童文学を実践しているような気分になって、倦むことなく同じ遊びを続けた。

妖精はどうだったかと言えば、彼女には遊びではなかった。非事実が繰り返されているうちに事実に変わったのだ。『ミス・スピンデル、いい加減にしてくださいよ！』とおれが彼女に言ったことがある。彼女が、このおれに向かって、赤ん坊の時ベニー叔父さんと一緒にやった何かの冒険の話をし始めたのだ（おれはミス・スピンデルと呼んでいたのだ。彼女としては、おれにも妖精と呼ばれたがっていたがね。おれが少しでも甘いところを示せば、喜んで『テッド叔父さん』と呼んだところだ。だがおれは譲らなかった。ミス・スピンデルと呼び続けた）。『いい加減にしてほしいな、ミス・スピンデル！　忘れているのかな？　君はチョードロンと知り合ってまだ一年にしかならないじゃないか！』そう言ってやると、彼女は一瞬無言で茫然としていた。『わたしまでそれを忘れていると本気で思ってもらっては困る』と言ってやった。妖精はうろたえた。しばらく茫然としていた後、急に当惑して赤面した。『あら、ええ、もちろん、そうですわ』と言って、不安そうに笑った。『ずっと以前から知っていたような気がしたもので……』また沈黙してしまい、その一分後に口実を設けて立ち去った。気が転倒したのが分かった。熟睡していたところをたたき起こされたとでもいうように、肉体的に参ったようだ。ある世界から、別世界に移動させられたかのような気分だったらしい。それでも、翌日会うと彼女はいつもの彼女に戻ったようだった。夢の世界に戻るように自分に暗示を掛けたのだ。おれが昼食時に座っていると、彼女がテーブルの向こうで、チョードロンの客のアメリカの実業家相手に、以前スコットランドの雷鳥のいる荒野でベニー叔父さんとやった遊びについてとうとうと語っていたのだからな。だがこのことがあってからというもの、彼女は二度とふたたび、おれだけにには偽りの子供時代の話はしなくなった。変だろう？　彼女の偽善について批判的な見方をするきっかけになったよ。彼女がつく嘘は、大部分は無意識で、病気のせいで、演技力不足のためだが、時には、そうではなく、明白に意識的、意図的なものだと気づいたのだ。彼女が意図的についた嘘の中で、もっとも驚嘆すべきものは『聖痕《せいこん》大事件』の元にあった嘘だ」

「聖痕？」わたしは問い返した。「それじゃあ、十字架上のキリストの傷に絡む虚偽だね」

「そう、敬虔な嘘さ」彼は頷いた。「彼女は嘘をそう言って正当化した。もっとも、彼女自身の目からみれば彼女のつく嘘は全部敬虔な嘘だったのだがね。聖人である自分の目的に役立つ嘘なのだから、全部敬虔なものだという理屈だ。自分の目的は神聖なものなのだ。嘘をついた後で、彼女が自分の嘘を想像上の消毒装置で洗浄すれば、嘘でなくなり純白の真実としてひらひらと舞いながら消えてゆく。しかし、最初は彼女自身から見ても明らかに敬虔な嘘だった。聖痕大事件でそれが判明した。おれはその犯行現場を見たのだ。発端はチョードロンの足にできた腫れ物だった」

「できものの生じる場所として奇妙だな」

「普通ではないな」ティルニーは同意した。「でもおれも子供の頃、足にできたことがある。とても不愉快なものだよ。同じことがチョードロンに起きた。彼とおれはチョードロンの田舎の別荘に行き、ゴルフをし、その合間に一緒に『自伝』をでっち上げた。ブランデーと葉巻を手にして、ゆったりした席でおれがゆっくり質問してゆくのだ。質疑応答の形にしないと、彼はともすると、脱線してとりとめのない話を始め、日時について前後を混同してしまう。おれが時々質問して、彼の話を一定方向に進めないといけないのだ。彼は率直に話した。実業界についてめっぽう面白い話を聞いたな。もちろん、それは『自伝』から省いた。『伝記』のためにとってある。ということは、おれが書かないのだから、誰も知らずに終わってしまうので残念だ。

とにかく、その別荘に金曜日から火曜日まで長期滞在していた。妖精はロンドンに留まった。彼女は図書係りとしての義務を時々、ばかに真剣に意識して、カタログ整理の仕事をやらねばならないと言い張ることがあった。『わたしには義務があります』と、チョードロンが一緒に田舎の別荘に行こうと提案すると言い出すのだった。『義務を果たさせてください。のんびりと遊んでいるのはいけないことじゃないかしら、ベニー叔父さん？

それにわたしはこの仕事がとても気に入っているのよ』あの子供っぽい喋り方はおれの神経にさわったよ。でももちろん、チョードロンは感動しうっとりしたのさ。『何という驚くべき女性だろう！』と出発する時、彼が言った。ふん、あんたが思っているよりもっと驚くべき女だぞ、とおれは思ったよ。彼はワトフォードを通る頃まで、妖精の賛美を続けていた。でも別荘に着く頃には、彼女が一緒でないのをある意味で喜んでいた。おれと男だけの休暇をとるのも悪くないと感じだしたようだ。時には男だけの気晴らしをするのがチョードロンにはいいと妖精は見抜いていたのかもしれないな。予定通りゴルフをしたんだが、その結果、日曜の午前中までに、金曜には取るに足らぬ小さな腫れ物だったできものが、運動してこすれたので、腫れ上がって歩行困難になるほど大きな赤い半球になってしまった。むろん不愉快だが、普通の人なら大騒ぎするほどのことではない。しかし、腫れ物に関しては、チョードロンは普通の人ではなかった。腫れ物恐怖症だった。ひょっとすると無理からぬことかもしれない。兄が悪性の壊疽《えそ》で死んでいる。頰に小さな腫れ物ができ、最初はどう見ても悪性でなさそうだったという。それでチョードロンはニキビができただけでも兄と同じ腫れ物で死ぬのではと騒いだ。今度の足の場合も、ひどく恐れた。骨にまで感染し、脚全体が腐り、切断し、死に至るのではないかと狂ったように心配した。できるだけ慰め、さらに近所の医者に来てもらった。すぐに往診してくれた医師は、まだ若いが、頼りになりそうな男でテキパキ処置してくれた。患部に麻酔をかけ、切開して膿を出し、縫合した。合併症はないと断定した。実際その通りで、腫れ物はどんどん治ってきた。そこでチョードロンは最初の予定通り火曜日にロンドンに戻ろうと決めた。『妖精を失望させたくない。あの子はわしが予定通りに帰らないと悲しむ。それに、心配もするだろう。不気味なほど勘が鋭いからな。千里眼みたいだ。何かあったんじゃないかと思って動転するかもしれない。気持ちの動揺があの子にとっていかに問題だか知っているだろう？』そう、おれはよく知っていたよ。妖精の神秘的な頭痛のせいで、おれもひどく迷惑したからな。そうですね、彼女を心配させてはいけない、とおれは同意した。そこで、チョードロンが帰るまで、腫れ物の話は妖精には知らせないでおくことに決まった。

ところで、帰京の際の手段はどうするかが問題だった。ブガッティで別荘に来ていたチョードロンはスピード狂だった。しかしこれは病人を運ぶ車でない。運転手がブガッティをロンドンに戻して代わりにロールスロイスで戻ってくることになった。邸で万一ミス・スピンデルに出会うようなことがあったら、何も話さぬようにと命じた。こう命じられた運転手はすぐに出発し、ロールスロイスで戻ってきた。まるで救急車で運ぶようにチョードロンを乗せて、意気揚々車を走らせた。あの帰京は見ものだったな。チョードロンはまもなく妖精に同情してもらえると期待して、邸に近づくと患部がまた少し悪化してきた。『ずきずきする』と彼が言いだした。車から降りた時には、足を引きずりだした。ガリポリで負傷したかのような様子さ――名誉の負傷を負ったかのようだった。応接室まで行くのに執事が支えねばならなかった。ソファにそっと寝かせた。『ミス・スピンデルは部屋かね』と訊かれて、執事は『はい、そうだと存じます』と答えた。『それでは、すぐここに降りてくるように言ってくれ』執事が出てゆくと、チョードロンは疲れきったように目を閉じた。まさに病人だ。妖精からできる限りたっぷり同情してもらうつもりでその準備をしていたのだ。彼女に甘える様子をもう見せていた。『まだずきずきしますか?』とおれが多少そっけなく訊くと、目を閉じたまま、『ああ、ずきずきするとも』だとさ。物々しい口調で、まるで墓の中から喋っているようだった。こちらは吹きだすのを何とかこらえた。沈黙があった。待っていると、ようやくドアが開き、妖精登場。ただし傷ついた妖精だ。一方の足はハイヒール、もう一方はスリッパで、大袈裟に足を引きずっていた。『ガリポリでの負傷者が、ここにもいたか!』と思った。ドアが開いた時、チョードロンは目を一段と堅く閉じて顔を壁に向けた――というか、ソファの裏面に向けた。その様子を見た妖精は困惑した。チョードロンが彼女の怪我にすぐ気づくようにと、大袈裟に足を引きずって入室した。まさか瀕死のチョードロンにでくわすとは想定していなかった。すぐさま、別の演技に変えなくては! 準備しておいたセリフは役立たない。そう分かっても、なかなか難しい。冷静な目撃者のおれが一部始終を見ているのだから、さぞ演じにくかったろうな。おれは絶対に妖精の支持者じゃない。彼女は戸口で、チョードロンが彼女のほうを向いてくれないものかと待った。しかし彼は頑なに目を閉じ、顔をそむけたままだ。瀕死の病人の役を最後まで演じる気なのだ。彼女はおれのほうを不安そうに見てから、足を引きずりつつ部屋を横切り、チョードロンに『ベニー叔父さん！』と言った。彼はすごく驚いたふりをした。まるで妖精がいるのに気づいていなかったかの様子だった。『あ、妖精か！』これは感情こめて弱く《ピアニシモ・コン・エスプレシオーネ》であり、妖精の『ベニーおじちゃん、どうなさったの？　一体どうなさったの？　わたしに話して！』という答えは興奮《モルト・アジタート》してだった。彼の肩に触れる距離まで近寄った。『さあ、話して！』彼は顔——優しく変貌した悪党面——を妖精のほうに向けた。彼の心があふれ出した。『妖精！』豚のどろどろしたエサで心があふれた。『でも一体何があったの？』チョードロンは『何でもないよ』と答えた。サー・フィリップ・シドニー風の勇者の控え目な表現を意識したようだった。『足がちょっとだけ』と彼が言うと、妖精が『足ですって！』と突拍子もない声で叫んだので、チョードロンもおれもビックリ仰天した。『足がどうかしたのですか？』『ああそうだとも。いけないかね？』彼は、期待したような同情が得られないので当惑しているようだった。妖精はおれのほうを向いた。『ティルニーさん、いつのことですか？』おれは無造作に答えた。『汚らしい吹き出物ですよ。ゴルフをやったので擦れて悪化したらしい。日曜日に手術しましたよ』『十一時半ですか？』『そう、十一時半頃だったと思うな』変なことを訊くものだと思いながら答えた。『これが起こったのもちょうど十一時半だったのです』妖精はスリッパをはいた足を指しながら芝居がかった口調で言った。『これって何だね？』チョードロンが不機嫌そうに言った。彼は同情を得られないので、すっかり苛立っていた。あの時ばかりは、おれも妖精に同情したよ。大当たりを狙って準備していたのに、当てが外れたのだ。『ミス・スピンデルも足を怪我したようですよ。あなたは彼女が足を引きずっているのを見なかったでしょう』チョードロンに説明してやった。チョードロンは『怪我したって？　どんな？』と言ったものの、まだむっとしていた。『図書室で静かにカタログの整理をやっていたんです』という語り口から、ようやく準備してあったシナリオに従って話せるようになった、と察せられた。『そしたら急に足が痛くなったの。時計を見たから覚えていますけど、十一時半ぴったりだったわ。誰かが先のとても鋭利なナイフで足を刺したみたいだった。あまりに痛いので、気絶しそうだったわ』そこで一瞬言葉を切ったけれど、チョードロンから期待した言葉が得られなかった。彼は黙りこくったままだ。しかたなく、おれが『驚いたな、何て異常なことだろう！』と愛想よく言ってやった。彼女はそれで満足しなければならなかった。『椅子から立ち上がったけど、ほとんど立っていられなかったの。すごく痛むのですもの。あれ以来、足を引きずっているわ。とても不思議なのは、傷痕みたいな赤い印が足にできたことなの』また期待して待ったけど、チョードロンはまだ何も言わない。口を一文字に閉じ、チンパンジーのような大きな上唇と両頬との間の皺は、石に彫り込まれているかのようにびくともしない。これを見た妖精は、取り返しがつかぬほど間違ったと気づいた。これからでも修正できるかしら？　別の作戦を直ちに実行に移した。『でもベニーおじちゃん、ご免なさいね！』と病気の子供に言うような口調で言い出した。『わたしったら、自分の怪我のことばかりお喋りしてしまって。ベニーおじちゃん、お気の毒に、包帯でぐるぐる巻きにされて、まだ痛むんでしょうに！　どうなの？』犬はさっそく尻尾を振り出した。至福の表情が顔に戻った。彼女の手を取った。おれはもう見ちゃいられなくなったよ。『もう帰る』と言って、その場を離れた」

「でも彼女の足の痛みは？」わたしが質問した。「十一時半ピタリの刺すような痛みは？」

「よくぞ訊いてくれたな。その後会った時にチョードロン自身がおれに言ったように、『ホレイショ君、この世の中にはいわゆる哲学で夢想もつかぬことどもがある』というわけさ」そう言ってティルニーは笑った。「妖精の大勝さ。母親の愛情とキリスト教徒的な慈悲と子猫のような同情を妖精から授かって機嫌を直し、チョードロンは真剣に彼女の傷跡の話に耳を傾けたようだ。十一時半の刺すような痛み、赤い傷跡。奇妙で、神秘的で、説明不能。おれと真剣に理知的に話し合った。降霊術とテレパシーを論じた。奇跡と超常とを注意深く区別した。『知ってのように、わしは一生長老教会主義派のキリスト教徒だったから、カトリックの聖人の物語をでっち上げとして否定してきた。聖フランシスコの聖痕の話もけっして信じなかった。でも今は信じるよ』そう真面目な口調で言い、反論させるものかと言うように、おれを睨んだ。『今では真実だと堅く信じる』おれは黙ってお辞儀するしかないじゃないか！　だが、その後、運転手のマクレイにあったので、尋ねてみた。はい、ブガッティをロンドンに戻してロールスロイスで帰ってきた時、ミス・スピンデルにお会いしました、と言ったよ。別荘に持ち帰る郵便物がないかと秘書室に入ったら、ミス・スピンデルが急いでやってきた。ロンドンまで何をしにきたのですかと訊かれて、旦那様に黙っていろと命じられていましたけど正直にお話しするしかありませんでした、というわけだ。あの時以来、気になっていましたが、何か不都合はなかったでしょうか、と訊いた。『それどころか、好都合だったよ』と安心させ、さらにチョードロンには言わないでおくと言った。じっさい言わなかった。おれの考えでは……あ、驚いた！」彼は急に話を中断した。「こりゃどういうことだ？」ホートリーが昼食のための用意をしに来たのだった。彼女はわざと我々を無視した。彼女の態度は、我々がいないかのようだったのみならず、いる権利がないかのようだった。ティルニーが時計を出した。「一時二十分か。こりゃ驚いた。朝食から今までここで喋りどおしだったのか！」

「そうらしいな」わたしが答えた。

彼は唸った。「弁舌の才があると、こういうことになるんだ！　午前中全部、完全に無駄遣いしてしまった」

「ぼくには無駄でなかった」

彼は肩をすくめた。「あるいはそうかもしれん。君には初めて聞く話だったから面白かったかもしれない。でもおれにはよく知っている話だから、新鮮味がない」

「シェイクスピアにとってもオセロの話は、書きはじめる前から新鮮味はなかったんじゃないかな?」

「そうさ。だがシェイクスピアは書いたじゃないか。おれは喋っただけ。シェイクスピアは時間を使った分に相当する作品を残した。彼のオセロは、おれのチョードロンと違って、煙のように消えてなくなりはしなかった」彼はため息をつき、黙った。ホートリーは石のような顔でむっつりとして、テーブルの周りを糊のきいた服でごそごそ音をたてて働いた。テーブルをセットしている間、銀食器のすれ合う音が聞こえた。わたしは彼女が部屋を出ていくのを待って、口を開いた。使用人が主人より真面目な場合(近頃は大体そうなのだが)、かなり気配りをする必要がある。

「で、結末はどうなったの?」

「結末がどうだった?」彼はわたしの質問を繰り返した。急にうんざりしたような口調になった。この話に飽きて、他のことを考えたくなったのだ。「おれとチョードロンの関係は、『自伝』を書き終えた時点で、おれはもう彼にうんざりしたので、徐々に彼の前から姿を消していった。ルイス・キャロルのチェシャー・キャットのように」

「妖精は?」

「聖痕大事件から一年してこの世から消えた。死にそうだと称してよく病床に就いていて、そこまででやめておけばよいのに、今度だけ本当の重体に陥った。見せかけが遂に真実になったのさ。いつもは奇跡的に回復したのだが、今度こそ死んでしまった」

ドアが開き、ホートリーが料理を運んで、また現れた。

「それでは、チョードロンは悲しみに沈んだのだろうな」わたしが言った。悲しみに沈む、ならうまいことに真面目な話だからホートリーも反対すまい。

ティルニーは頷いた、「もちろん、心霊術に凝り出した。また復讐の女神の登場さ」

ホートリーが皿の覆いを取ると、揚げたヒラメの匂いがあたりに広がった。「お昼を召し上がってください」と言ったが、声には主人と客への侮蔑と批判が読み取れた。

「お昼を召し上がれか」ティルニーはテーブルに移動しながら言葉を繰り返した。席について ナプキンを拡げた。「来る日も来る日も、規則正しく食事また食事だ。それが人生だ。食事と次の食事の間に仕事がなされるのなら、人生も我慢できるだろうな。だが、おれの場合は何も生み出さない。食事また食事で、その間は真空で、一種の……」ホートリーは数秒前から彼にタルタルソースを取るように促していたが、ここでほんのちょっとだけ肩を軽く突っついた。彼は振り向いた。「ああ、有難う」と言って、ソースを取った。

解説

父方から科学者、母方からモラリストの血を受け両者の間に揺れた博識の作家

行方昭夫

オルダス・ハクスレーは一八九四年七月二六日にイングランド、サリー州ゴダルミングで生まれました。オックスフォード大学出身の父レナードは当時パブリック・スクールのチャーターハウス校で古典の教師をしていました。後に文芸誌『コーンヒル・マガジーン』誌の主筆を務め、随筆家・詩人になります。祖父はダーウィンの進化論の支持者として名高いトマス・ヘンリー・ハクスレーです。母ジュリアはオックスフォードで学ぶ才媛でした。文芸批評家のマシュー・アーノルドの姪で、小説家ハンフリー・ウォード夫人の妹に当たります。このように、彼は父方から自然科学者の血を、母方からはモラリストの血を受け継いだのです。この二つの血は、生涯彼の体内に混合したまま流れていたと考え

られます。

子供の時のオルダスは、(「天才児」のグイードと同じく) おとなしく、時折じっと考え込んでいることがあったそうです。頭が大きく、父親の帽子をかぶれるほどでした。三男で、長兄ジュリアンは「弟はわたしより段違いに優秀だった」とその神童ぶりを語っていますが、ジュリアン自身も、後にロンドン大学などの著名な生物学教授、ユネスコの初代事務総長として活躍する人でした。

オルダスはイギリス有数の知的名門の子弟として、最優等生としての奨学金を与えられてイートン校に入学しますが、まもなく母が四五歳で急死し、大きなショックをうけます。母からの手紙を生涯大事にしたそうです。さらに一七歳の時には、重症の角膜炎にかかり、一時は盲目に近い状態になります。医学志望を断念して中途退学し、自宅で治療を受け点字も習いました。二年後に片眼が拡大鏡の助けで読書できるようになるまで回復したので、オックスフォードのベイリオル・コレッジに入り、英文学を専攻します。

一九一六年に大学を卒業しレプトン校で教鞭をとりましたが、まもなく文筆で立つことを決意し、フランス象徴派の影響を受けた詩集『燃える車輪』によって文壇に登場しました。翌年にはイートン校で定職を得ます。しかし一九一九年春、ここを辞し、ミドルトン・マリーを主幹とする『アシニーアム』誌の編集に加わり、書物や芸術一般の批評を担当します。小説の分野では、一九二〇年に最初の短編集『地獄の辺土』を発表した後、最初の長編小説『クローム・イエロー』（一九二一）、短編集『浮世の煩わしさ』（一九二二）、小説『道化踊り』（一九二三）を矢継ぎ早に発表し、戦後の混乱と幻滅の中で方向を失った知的有閑階級を諷刺的に描く、極めて新進気鋭の小説家としての地位を築きました。

一九二三年に、四年前に結婚したベルギー出身の妻マリアと一人息子マシューを連れてイタリアのトスカーナ地方で長期滞在を始めます（本書の五作中二作がイタリアが舞台になっています）。当地で創作に励み、小説では『不毛の書物』（一九二五）、『恋愛対位法』（一九二八）、短編集では『小さなメキシコ帽』（一九二四）、『グレース三態』（一九二六）、評論では『人間論』（一九二七）、『汝の好むことをなすとも』（一九二九）などです。『恋愛対位法』は前期の小説の集大成で彼の最高傑作であり、二〇世紀英国小説の代表作の一つです。人間と人生の多様性をそのまま作品に定着させようという意図で、小説の音楽化など手法上の実験をいくつも試みています。無数の登場人物のほぼ全員が鋭い諷刺、揶揄、戯画化の対象になっていますが、例外は当時のハクスレーがその影響下にあったD・H・ロレンスをモデルにした画家です。

旅行好きで、一九二五〜二六年のインド、日本、東南アジア、アメリカ合衆国他の旅からは旅行記『戯れるピラト』（一九二六）が、一九三二年の西インド諸島、グアテマラ、メキシコ旅行からは旅行記『メキシコ湾の彼方』（一九三四）が生まれました。ロレンス夫妻との交友は深く、『チャタレー夫人の恋人』の原稿の後半をマリアがスイスで清書を引き受けたこともありました。

一九三〇年に南仏で暮らし始めます。旺盛な執筆が続き、短編集『束の間のともしび』（一九三〇）、評論集『夜の音楽』（一九三一）などを刊行します。一九三二年に世に問うた小説『すばらしい新世界』は、機械文明の発達が人間性の喪失をもたらすというテーマを表現したディストピア（裏返しのユートピア）小説で、著者の人文科学と自然科学の両方の知識を生かした作品です。当時の反響も大きかったのですが、出版後九〇年近くになる今日でも幅広い読者に読まれています。

一九三四年の末頃から不眠症など、体調不良、精神的な不安定などの問題が生じます。ロレンス亡き後、大きな影響を受けることになる思想家ジェラルド・ハードと親しくなり、共に平和主義運動に参加します。国際情勢が険悪になった一九三五年には、パリで開かれた文化擁護国際作家会議にE・M・フォースターなどと共に参加し、さらに「平和の誓い同盟」の発起人に名を連ねます。前期のハクスレーが、何事に対しても傍観者であったことを考えると、注目すべき変貌です。ハードの影響、迫りくる大戦への不安、自分の体調不良その他の事情によって、一九三〇年代の半ばに一種の精神革命を経たのです。それまでの破壊的な批判と無責任な諷刺、懐疑に対して、母方のモラリストの血が反逆したとも見られます。その精神革命を記録したのが、数年前から執筆し一九三六年に刊行した小説『ガザに盲いて』で、後期の代表作となりました。

一九三七年にハードと共に一家でニューヨークに向かいます。眼病が悪化し、故ベイッ博士の眼科療法が有効だと知り、それに便利なカリフォルニアに住むことになります。その後、小説、評論など旺盛な執筆活動が続きます。ロサンジェルスで暮らした時期には、ハリウッド映画のために『高慢と偏見』の脚本を手掛けます（この時の縁で、一九四八年には短編「モナリザの微笑」をハリウッド映画『女の復讐』として製作に参加することになります）。

アメリカに来てからの仕事としては、小説では『幾夏過ぎて』（一九三九）、『時は止まらねばならぬ』（一九四四）、『猿と本質』（一九四八）、『天才と女神』（一九五五）、『島』（一九六二）があります。これら精神革命以降の小説も、以前と同じ皮肉や揶揄、百科全書的な引用、言及はありますが、小説としての面白味がやや落ちている、というのが一般の見解です。一方、評論では謎めいた神父の伝記『灰衣の高僧』（一九四一）、女子修道院での悪魔憑きの記録『ルダンの悪魔』（一九五二）は彼の人間性探究への意欲がまだまだ貪欲である証拠であり、興味深いのです。一種の法悦を引き起こす麻薬メスカリン服用の体験を記録する『知覚の扉』（一九五四）も、作者の好奇心の強さで注目を集めました。後期は評論活動のほうがさかんで、神秘宗教家の語録『永遠の哲学』（一九四五）、科学と平和を論じた『科学、自由、平和』（一九四六）や、宗教、現代文明、芸術、人類の未来などさまざまな問題を論じる評論集である『主題と変奏曲』（一九五〇）、『アドニスとアルファベット』（一九五六）など、評論家ハクスレーの健在ぶりをよく示しています。
一九五五年に妻であり仲間だったマリアが病死して、打ちひしがれます。しかし、その一年後、闘病中のマリアが自分の死後結婚する相手として勧めていたローラという女性と再婚します。一九五九年に「人間の状況」という題名で連続講演をして以来、マサチューセッツ工科大学、カリフォルニア大学、メニンガー財団で客員教授などを引き受け、講演、講義をしばしば行います。一九六三年にはローマやストックホルムでの国際会議に参加したり、評論『文学と科学』を刊行したりしましたが、一一月二二日、数年前から患っていた咽頭がんで死亡します。

以下、収録した作品について述べます。

モナリザの微笑は一九二二年刊行の短編集『浮世の煩わしさ』（題名はシェイクスピアの『ハムレット』第三幕の王子の独白から）に収められています。主人公ハットンはヴィクトリア朝の価値観が崩れ、それに代わる価値観が見出せず生きる方向を失い、無目的に生きる有閑知識人の典型です。イギリスで最高の教育を受け、ヨーロッパの絵画、音楽、文学あるいは自然科学についてさえ知識が深いのです。冒頭にあるように、ミス・スペンスの邸の鏡に映った自分の額がシェイクスピアに似ていると、シェイクスピアを称える著名な詩人たちの名句の数々が口をついて出てきます。博学で芸術愛好という点は作者と共通です。

イギリス紳士の定義として「額に汗して働くことがない」というのがあります。ハットンは「文明に及ぼす病気の影響」を研究していることになっていますが、単なる気晴らしです。作者は、彼を愛する三人の女性との関係からその無責任さの及ぼす影響を描きます。中でも、モナリザの微笑を浮かべるミス・スペンスとの関係がもっとも印象深く描かれています。ハットンは彼女と大人同士の軽い恋愛遊戯をしているつもりでしたが、彼女のほうは本気でした。嵐で停電になった暗闇の中での彼女の振る舞いを覚えていない読者はいないでしょう。ここは一篇の山場になっています。彼女があまりに屈辱的な姿勢で彼に結婚を懇願するのに、この作品刊行当時の読者がいかに驚いたか、想像に難くありません。人にショックを与えるのを得意がっていた頃の作者ですから、女性に性的な欲望があると大胆に示したことに満足だったようです。

彼女の真剣さに触れたハットンが尻尾をまいて逃げる様子を作者は滑稽に描いていいます。ハットンに裏切られたのを恨んだ彼女が、エミリの死は病死でなく毒殺であり、犯人はのうのうと生きて再婚までしているという噂を流しだし、作品は犯人は誰かを探す推理小説風な味付けになります。

最後は、すべてが終わった後、リバード医師が不眠症に悩むミス・スペンスを往診する場面になっています。医師は真犯人が誰か見当がついているようですが、警察に訴えることもないようです。作者も、物語の終わり方としてこれでよい、犯人でないのに死刑になるというような不条理なことはこの世ではありうる、という考えだったのでしょう。無責任な生き方と死罪とに因果関係があるとは見ていなかったのです。

ハクスレーは短編執筆の二六年後にこの作品を劇にしました。一九四八年のことで、劇はまずアメリカで書物として出版され、この書物に基づいてイギリスの劇場で上演され、九ヵ月のロングランになりました。劇では、リバード医師がより大きな役割を演じ、ミス・スペンスが真犯人であるのを最後に告発します。また死刑を免れたハットンには別の形で責任を取るように図ります。医師は精神面の指導者として描かれています。作者自身が、精神革命を経て、無責任な態度から責任ある態度を是とするようになったことが、短編「モナリザの微笑」から劇「モナリザの微笑」への変化の理由だと考えられます。それはそれとして、短編のほうが面白いという読者が多いのは事実です。

天才児は一九二四年刊行の短編集『小さなメキシコ帽』に収められています。舞台はイタリアです。年譜でお分かりのように、ハクスレーは大の旅行好きで世界中を旅していますが、とりわけイタリアには愛着が深く、一九二三年六月から七年間も妻と一人息子と共にフィレンツェなどで暮らしました。

物語の語り手はハクスレー自身を思わせる、音楽にも数学にも造詣の深いイギリスの作家です。フィレンツェの市街を眼下に一望できる小高い丘の中腹の別荘をイタリア人の家主から借りる交渉のいざこざから話が始まり、表題の天才児はなかなか登場してきません。作者のイタリア人への批判がこもった家主夫人とのやり取りはユーモラスに描かれています。しかし前半で作者が強調するのは、別荘からの景色の魅力です。作者の実体験であるのに違いありません。

景色は四季によってさまざまな顔を見せるだけでなく、一日の中でもさまざまに変化して、美的なものへの感性が豊かな夫妻を十分に満足させます。ハクスレーは自然描写を得意とする作家ではないのですが、ここでは、千変万化する雲の様子、木々の微妙な色彩の変化、フィレンツェの大聖堂はじめさまざまな由緒ある寺院が靄の間から現れたり消えたりする姿、日没の美しさなど、感動的に描いています。

作品が進むと、いよいよ天才児が現れます。市街から遠い丘での生活には不便もあるのですが、夫妻がここに住み続けた理由は、近所の農家の六、七歳のグイード少年の魅力でした。天分はまず音楽に現れます。語り手がイギリスの家から取り寄せた蓄音機で、バッハ、モーツァルト、ベートーヴェンのレコードを聴かせると、異常なほど鋭敏な鑑賞力を示します。語り手は音楽について造詣が深いので、グイードの天分のほどがよく分かり感動せずにはいられません。語り手が楽譜の読み方を教えると、まもなく巧みな演奏ができるようになります。見栄っ張りの家主夫人は、グイードが美少年であるので以前から養子にしようとしていたのですが、有名ピアニストに成長する可能性を知ると、貰い受けようとグイードの父親に圧力をかけます。

一方、語り手は、グイードのもう一つの、音楽以上に素晴らしい天分に気づきます。そう言えば、この短編の原題は Young Archimedes「若き日のアルキメデス」だったのです。語り手は、グイードが地面に棒の先端で、四角い図形を描いているのに気づき、それがピタゴラスの定理の証明、それも普通のユークリッドによる証明以前の方法であるのを発見して驚愕します。音楽の天分を発見した時以上の驚きでした。グイード本人も、数学の深い世界に入るのを大喜びします。

この段階で、事情により語り手一家はスイスに移ることになり、グイードと縁が途切れます。一家も読者も少年のその後の成長に強い関心を掻きたてられます。音楽にも数学にもハクスレーほど明るい読者は少ないでしょうけれど、熱のこもった説明のおかげで、グイードの音楽と数学の天才ぶりに大きな驚きと感動を覚えたからです。

この短編におけるグイードの描写には、作者得意の皮肉、諷刺は皆無です。語り手の息子にとってグイードはいかに親切なお兄さんだったかなど、グイードの人間的な魅力に始まり、天才であることが判明した後のひたむきな姿勢、そのあまりにも早い死など、終始一貫して賛美の目を向けています。自分が、家主夫人の養子縁組の陰謀に介入して少年を救わなかったという後悔の念も強烈です。ハクスレーがこれほど真面目だったのは珍しいことです。特別の思い入れがあったに違いありません。
作者のフィレンツェ滞在時代に実際に接触し世話したイタリアの天才児が存在し、その子が作品のモデルであったとしても不思議ではありません。でも、どのハクスレー伝にもそのような解説がありません。作者の想像によるフィクションの可能性のほうが高いようです。グイードのような天才がイタリアに過去には存在したとして、ルネサンスを代表するミケランジェロ、ダ・ビンチ、ラファエロへの敬慕が作品中で述べられていますが、少数の天才のおかげで世界の歴史が作られたというのはハクスレーの持論です。グイードとその悲劇的な結末はこの持論と関連がありましょう。またハクスレー自身、群を抜く頭脳明晰な少年だったのですが、眼病のため生物学研究の夢が断たれ、母親との早い別れは一生忘れられぬ悲劇でした。素晴らしい人も素晴らしいことも、瞬時に消え去るという思いが常に彼の心中にあったのです。心を打つこの傑作はこうしたさまざまな要因から生まれたと推察されます。

小さなメキシコ帽は一九二四年刊行の短編集『小さなメキシコ帽』に収められています。語り手である、絵画に関心の深い若いイギリスの批評家はメキシコ帽をかぶっていますが、物語の舞台はイタリアです。

イタリアを初めて旅する語り手は、ヴェネチア近くの都市パドヴァのレストランで、軍人で伯爵でもある若いイタリア人と知り合います。一九一二年のことです。若い伯爵は、語り手がメキシコ帽をかぶっていたので画家だと思って近づいてきたのでした。伯爵家には豪華な壁画があり、没落した一家の復興のために壁画の買い手を、あるいは、買いそうな英米の裕福な美術愛好家を紹介してくれる人を探していたのです。想像を絶する見事な壁画を見て驚嘆する語り手の巧みな描写で読者も圧倒されるでしょう。大広間の四つの壁は壁画で覆われ、正真正銘のヴェロネーゼの作なのです。

ヴェロネーゼに加えて、カルピオーニの壁画のある部屋をはさんで、隣の部屋には巨匠ティエポロの壁画があるのです。「天才児」における雲、樹木、太陽などが千変万化する風景の描写と同じく、壁画の絢爛豪華な描写にも作者の力量が発揮されています。

若い伯爵の中尉は語り手の年齢に近く、実直で一本気の人柄に語り手は好感を抱きます。それでも、軍隊の仕事と地主としての農園管理、妻との間にひとりまたひとりと子供が生まれる様子などを読者に伝える際に、その愚直さ、生真面目さを軽く揶揄しているところがあります。伯爵は、語り手が身軽に海外旅行をしているのを羨み、自分が家と土地に縛られていることを嘆きます。万事に要領のよい自分の弟が自由気ままに生き、経済的に成功し女性関係でも派手に行動しているのも妬んでいます。伯爵と弟との関係は、イソップ物語の「蟻とキリギリス」のようです。語り手は真面目に働く蟻だけに味方せず、のんびり遊ぶキリギリスの立場にも理解を示しているようです。
「キリギリス」としての弟のことは軽く触れられているだけですが、より詳しく描かれているのは、老伯爵です。陽気で開放的で、自分の欲望に忠実なイタリア人の典型のようですが、悪賢く抜け目ないところもあり、息子の真面目さに付け込み、その犠牲において自分だけ勝手気ままに、人生を謳歌しているのです。語り手はそれに気づき、父親と息子の関係の今後を見守ってゆこうとします。

語り手が一九一三年に若い伯爵と再会した時には、父親はある妖艶な未亡人と一緒にどこかに旅しているとのことでした。やがて語り手は壁画を買う金のある美術愛好家を若い伯爵に紹介し、交渉は成立しなかったのですが、伯爵から長い礼状が来ます。そこに自分の子供が増えたことと、父親がまた旅に出たことが記されています。

その後第一次世界大戦が勃発し、若い伯爵との再会は一九二一年になってからです。大戦と戦後のイタリアの政治情勢の混乱のせいで、久しぶりのイタリアは暴力と流血の国になっています。伯爵は軍人としての功績で少佐になり、多く受勲しましたが、戦時中の苦労のせいで、もう老け始めています。邸も一部破壊されて壁画も傷んでしまいました。再会した老伯爵も老け込んでしまい、語り手が誰だか判然とは覚えていない様子でした。若い伯爵は父が死ねば、自分も旅に出られると期待しているようでした。

ところが、翌年の夏、オーストリアのザルツブルクで音楽祭があり、出かけた語り手は同市の観光地で、元気いっぱいの老伯爵に出会うのです。例の未亡人も一緒です。語り手は面食らい、会わなかったふりでもしようかと思っていると、老伯爵のほうから気づいて、大声で呼びます。女性の連れのことは、さすがに「ウィーンからの列車の中で知り合ったイタリア婦人を紹介しましょう」と嘘をつきますが、悪びれた様子も見せず、偶然の出会いを喜びます。時々女の耳元で何かささやくと、女は涙がでるほど大笑いする有様。別れ際に語り手が、若さを保つ秘訣は何かと訊くと、老伯爵はにやりとして、指や目や拳骨や親指を奇妙に動かすジェスチャアをしました。イギリス人の理解を超える、イタリア人同士の好色なサインのようでした。「キリギリス」の面目躍如たるところを見せ付けられて、語り手は呆れるしかありません。作者のイタリア人観がイギリス的なユーモア感覚で、共感と批判と揶揄をほどよく混ぜた形で出ている裏返しの「蟻とキリギリス」物語です。

一篇の最後の描き方から判断すれば、語り手は若い伯爵より老伯爵の生き方により興味を抱き、面白がっているようです。老伯爵のおかげで、ハクスレー短編には珍しく、明るい作品になっています。

半休日は一九二六年刊行の短編集『グレース三態』に収められています。今と違って仕事場も学校も土曜日は、午前中はあり、午後だけが休みだった時代のロンドンを舞台にする短編です。日本でも半ドンという言葉が使われていました。時候は春です。イギリスのような北国の人が経験する春到来の喜びは、南国の人には分かりにくいかもしれません。公園を歩くロンドンっ子の大部分も、花々や木々と同じく、春めいた気分になっています。

しかし、辛いこと、悲しいことを心に抱えている人はどうでしょうか？　わたし自身の経験でも、不幸があった日が晴れ渡った好天だと、不幸が深まるように思えるものです。ハクスレーはこの短編の主人公にそういう春の到来で惨めな気分に陥っている青年を選びました。ピーター・ブレットは医師を父として生まれたので、ある程度の裕福を経験して育ったのですが、まだ少年時代に両親が相次いで死んだため、ずっと自分で働いて生活してきたのです。気は優しく、乱暴なことは嫌いで、昔は楽しんでいた贅沢、きれいなものに憧れていますが、実際は古ぼけた靴を新調する余裕もないのです。心を癒す唯一の方法は、空想することでした――美しい女性が目の前で転んで捻挫しそれを助けて家まで送り届けると貴族の令嬢だと分かる云々。

物語を読みなれた読者だと、作者の距離を置いた書き方から、これから先で、ピーターの空想が現実とぶつかり合い、空想が完膚なきまでに破壊される様子が示されるのだろうと予想するでしょう。その通りになります。

作者は彼の目の前に夢に見るような美女を二人も登場させます。彼は思わず二人の後についていきます。ひょっとして奇跡みたいなことが起こって、二人の生活の中に入りこめるかもしれないという夢想を抑えがたかったからでした。

　ピーターと同じく読者も奇跡など起こるはずはない、と諦めかけていると、二人の連れている犬が、近くの犬と出くわしたのを見たピーターが、急に二匹が喧嘩を始めれば、奇跡が起こるかもしれぬと想像し始めます。「神様、喧嘩させてください！」と祈る彼を読者は応援しますか、しませんか？　そもそも作者は、ピーターが、どうせ成功するはずがないのに、空想の実現を求めて無鉄砲に頑張る姿をどういう姿勢で描いているのでしょうか？

　前期のハクスレーらしく、ピーターの悪戦苦闘を、上からの目線で揶揄して描いているのは明らかです。主人公は吃音のためにD音が発音できません。ドッグの代わりに、無学な彼にアングロサクソンの古代詩人が使っていた古語を使わせたり、あるいは、父親がドクターだったというために、メディコという藪医者の意味もある単語を使わせたりして、滑稽味を出しています。

　一方、作者はピーターに対して、ただただ嘲笑するだけでなく、同情というか共感を抱いているようでもあります。令嬢にチップを渡された後、こうすればよかった、ああすればよかったとしきりに後悔している箇所や、最後に娼婦から逃げ出す箇所に、それがうかがわれませんか？　ごく若い頃のハクスレーは恋愛に憧れながらも、実践ではいつも失敗を繰り返していたようです。その時期に書いた詩集『青春の敗北』（一九一八）にこんな一節があります。

僕が書物をいじりまわし／神や悪魔などについて考えている間に／他の青年たちは時代と闘争していたし／他の青年たちは美しい女性とキスしていた／彼らはハンマーのように厚かましいのだ／ところが書物などを考えているこの僕は／闘争ではすぐ負けてしまうし／女性の前に出ればすくんでしまう

この「僕」を非インテリにすればピーターになりましょう。ピーターの姿に作者は若き日の自分の一部を投影していると推察されます。揶揄には作者の自嘲も混じっているようです。

ハクスレーは犬猫に関心が深く、この短編集でも、「モナリザの微笑」では黒いポメラニアンが部屋の暑さにうんざりしていましたし、「天才児」では家主と白い大型犬の力関係の描写が精密でした。フレンチブルドッグとアイルランドテリアの喧嘩は犬の習性をよく知っている人でないと書けないでしょう。

チョードロンは一九三〇年刊行の短編集『束の間のともしび』（題名はシェイクスピア

の『マクベス』第五幕のマクベスの独白から）に収められています。ハクスレーが小説家としてもっとも脂の乗りきった時期の産物です。年譜からお分かりのように、二年前には二〇世紀イギリス小説の代表作の一つとされる長編小説『恋愛対位法』が、二年後には逆ユートピア小説として今日でも世界中で読まれている『すばらしい新世界』が出ています。ハクスレーの特色である、百科全書的な博学、機知、軽妙で辛辣な諷刺、痛烈な戯画、分析癖、現代的な不安と懐疑などのすべてを、この短編に見出すことができます。

冒頭から終わりまで、時間にして遅い朝食から昼食までの数時間、ティルニーという文芸批評家・思想家が財界の巨人だったチョードロンについて、泊りがけで訪ねてきた家の主人である文学者の「わたし」に語るという形式になっています。客と二人だけの朝食の場でわたしはその朝届いたばかりのタイムズ紙を読みながら、その死亡欄を見て「君の友人のチョードロンが亡くなったね」と告げることから、ティルニーがこの巨人の裏面について語り始めます。プロの講演者であるティルニーの巧みな語りに、読者は「わたし」とともに、ごく自然に話に誘い込まれていきます。

ただしティルニーはともするとチョードロンの話から逸れて、人間や芸術一般論を論じ始めます。起承転結の明確な語り口が理想なら落第です。しかし脱線の中で展開される、知的遊戯のような自由奔放な議論こそ、この短編の生命ともいうべき要素です。

どこの国の新聞にも死亡欄はありますが、タイムズ紙の死亡欄は、量質ともに高く評価されています。権威がある一方、死亡欄という性格上、きれいごとにすぎるという欠点があるのは避けられません。個人的に付き合いが深かったティルニーの描くチョードロン像は、死亡欄に描かれたチョードロン像とはかなり異なるものになります。この短編は、きれいごとでない、真実により近いチョードロンの姿を暴いた作品です。貧しい生まれでありながら、必死の努力によって大実業家にまで昇りつめたチョードロンは、功成り名遂げた時期に、『自伝』を書いています。この『自伝』は、類似の実業家の凡庸な自伝とは異なり、一流の文学作品だと死亡欄には記されています。

ティルニーは、自分が大金との引き換えに『自伝』を代筆したことを告白し、『自伝』に書かなかった私的な面を洗いざらい語りだします。チョードロンが金儲けに夢中だったために、知的な生活をないがしろにしてきたので、知的な面、精神的な面では子供並みで、成人しても愚鈍だったというのです。ある時、ある若い女性を自分に正しい生き方を指導してくれる宗教家、思想家として尊敬し始めます。ティルニーは彼女について「上品でジェーン・エア風というか、牧師の娘のようなタイプだ。一目で分かる長所は若さだけ。二十五歳くらいだろう」と述べています。チョードロンのこの女性との関係のさまざまなエピソードがこの短編の圧巻です。

ティルニーは、人間の本来あるべき理想的な生き方は、生来与えられたさまざまな能力のすべてを万遍なく伸ばすこと、だと信じています。実は、これはハクスレー自身の基本的な人間観でもあります。チョードロンのように金儲けの能力だけを発揮して、他の能力を無視すれば、当然その報いがあるというのです。

ただし、ティルニーの言う理想的な生き方の達成は困難であり、そこから逸脱しているとして、ティルニーから批判されているのは、チョードロンだけでなく、ティルニー自身も「わたし」も含まれることに注目する必要があります。文学者としてのみ偏った生き方をしてきたというのです。チョードロンは極端なケースだが、世の中に生きる大部分の人間も五十歩百歩だというのが、ティルニーの主張です。ハクスレーの諷刺は多くの場合、取り上げている対象だけでなく、作者自身にも向けられているのが特徴ですが、この作品の場合もやはりそのように思えます。

ティルニーはハクスレー並みの博学という設定ですので、この作品の特色の一つは博引旁証です。一例を挙げれば、役者の演技が下手で不自然だと批判する時、『ハムレット』でハムレット王子の母ガートルードが、旅回りの役者が演じる劇中劇を見ながら述べる感想を、何の説明もなしに引用するのです。引用だとも記しません。この短編の読者なら気づくのを当然視しているようです。もしこのような無数の引用などを全部丁寧に説明したならば、注釈だらけになって文学作品として楽しみながら読み進むことができなくなってしまいます。そこで本書では、滑らかな読書を優先させて、必要と思われる説明を割注などでするのを避けて、適時訳文の中に流し込みました。それでもティルニーの絵画、文学、音楽、科学などについての博識ぶりを楽しむことは十分できると信じます。

以上五作の中で「チョードロン」を除く四作はいずれもハクスレーの短編の中でも名作ですので、昭和初期から平田禿木、宮島新三郎、林正義、福原麟太郎、朱牟田夏雄、上田勤、土井治、瀬尾裕、上田保、山内邦臣、太田稔、矢嶋剛一など英文学の先達によって何度も翻訳されてきました（題名は多少違いがあり、「モナリザの微笑」は「ジョコンダの微笑」、「天才児」は「神童」と「小アルキメデス」、「小さなメキシコ帽」は「小さいメキシコ帽」など）。今では入手困難なものが大部分ですが、入手できたものは参考にさせていただきましたので、感謝いたします。「チョードロン」が翻訳されていなかった理由は、お読みになった方はお分かりのように、訳しにくかったからでしょう。しかし作品として優れていますので、収めることにしました。

わたしは大学院の修士論文として、ハクスレーの精神革命に興味をいだき、主に後期の作品の検討によって精神革命の実像に迫りました。その後、ハクスレーとの縁は細ぼそとしか続いていなかったのですが、今回縁があって、わたしが高く評価する面白い短編を自由に選び翻訳することができました。若い日の、ハクスレーへの熱い思いが蘇り、楽しく仕事を進められました。機会を与えてくださった講談社文芸第一出版部担当部長の松沢賢二氏に感謝します。原稿の確認から刊行にいたる全過程でご親切にお世話いただきました。一作できるごとにお送りし、その度に作品と訳についての適切なコメントで励ましていただきました。フランス語の日本語での表記については中地義和氏にお世話になりました。また私事ながら、妻恵美子は作品選定から原稿の検討まで、助言をしてくれました。

以上の方々に深く感謝します。

二〇一九年四月二八日

年譜

オルダス・ハクスレー

一八九四年
七月二六日、イギリス、サリー州ゴダルミングで生まれる。父レナードは生物学者トマス・ヘンリー・ハクスレーの息子で『コーンヒル・マガジーン』誌の主筆で随筆家・詩人、母ジュリアは文芸批評家の姪で女流作家ハンフリー・ウォード夫人の妹であった。オルダスは三男で、長兄ジュリアンは後に著名な生物学者になった。
一九〇八年（一四歳）
イートン校入学。最優等生として奨学金を得る。一一月、母ジュリアが四五歳で急死。オルダスは一生、母が病床で彼宛てに書いた手紙を大事にした。
一九一一年（一七歳）
重度の角膜炎に罹り、一時失明の恐れもあった。生涯、眼病に悩まされた。勉学は生物学に関心深く、将来は医学に進むつもりだったが断念する。三月、イートン校を中途退学し、自宅で治療に従いつつ、時には点字を用いて読書に励む。
一九一三年（一九歳）
一〇月、オックスフォード大学のベイリオル・コレッジ入学。拡大鏡の使用で読書が可能になったが、視力が弱いため自然科学でなく英文学を専攻することにする。

一九一五年（二一歳）
ロンドンでD・H・ロレンスと知り合う。
一九一六年（二二歳）
大学卒業。入隊を希望したが健康上の理由で不合格となる。九月、詩集『燃える車輪』出版。ベルギーからイギリスに避難してきたマリアに求婚。
一九一七年（二三歳）
九月、イートン校の教員となる（一九一九年二月まで）。
一九一八年（二四歳）
八月、詩集『青春の敗北』出版。
一九一九年（二五歳）
ベルギーにマリアを訪ね、正式に婚約し結婚する。四月、ロンドンでJ・M・マリーを主幹とする『アシニーアム』誌の編集陣に加わる。
一九二〇年（二六歳）
二月、最初の短編集『地獄の辺土』刊行。「それからは幸福に」、「ラリーの死」他を収める。四月、一人息子マシュー誕生。五月、詩集『レダ』出版。『ウエストミンスター・ガゼット』紙の劇評担当。一〇月、『アシニーアム』誌から『ハウス・アンド・ガーデン』誌に移る。
一九二一年（二七歳）
四月、フィレンツェに暮らす妻マリアに合流。一一月、最初の長編小説『クローム・イエロー』出版。イギリスの別荘に招かれた有閑知識階級の言動を機知と諷刺で軽やかに描いた出世作。
一九二二年（二八歳）
五月、短編集『浮世の煩わしさ』出版。「モナリザの微笑」、「尼僧の昼食」などを収める。夏、一家でイタリアのトスカーナ地方に滞在。
一九二三年（二九歳）
一月、チャトー社と三年間の出版契約を結

ぶ。五月、評論集『欄外に』出版。六〜七月、イタリアのトスカーナ地方滞在。八月、一家でフィレンツェに引っ越し、一九二五年六月まで長期滞在。一一月、小説『道化踊り』出版。第一次世界大戦後の混乱と幻滅の中で方向を失った知識人、有閑階級を諷刺的に描く。ルーズな性関係の描写で当時の読者を驚かせた。

一九二四年（三〇歳）

五月、短編集『小さなメキシコ帽』出版。「肖像」、「天才児」、「小さなメキシコ帽」などを収める。フランス、イタリア旅行。

一九二五年（三一歳）

一月、小説『不毛の書物』出版。イタリアの別荘を舞台に、男女の客たちの気取った会話と情事を諷刺的に描く。九月、旅行記『道に沿うて』出版。九月、夫妻で翌年六月までインド、日本、東南アジア、アメリカ合衆国他を回る。

一九二六年（三二歳）

五月、短編集『グレース三態』出版。「半休日」、「グレース三態」などを収める。秋、イタリアでロレンスとの交友復活。一〇月、旅行記『戯れるピラト』刊行。

一九二七年（三三歳）

一一月、評論集『人間論』出版。

一九二八年（三四歳）

スイス、ロンドン、パリ、イタリアで暮らす。二月、妻マリアがロレンスの『チャタレー夫人の恋人』の原稿の後半を清書する。一一月、小説『恋愛対位法』出版。前期小説の集大成で二〇世紀英国小説の代表作の一つ。一九二〇年代の英国有閑知識階級の姿を、「小説の音楽化」など種々の手法を駆使して浮き彫りにした傑作。

一九二九年（三五歳）

一〇月、評論集『汝の好むことをなすとも』出版。前期の作者の思想を伝える「パスカル論」、「ボードレール論」などを収める。

一九三〇年（三六歳）

四月、南仏に定住（一九三七年二月まで）。五月、短編集『束の間のともしび』出版。「チョードロン」、「安静休養」などを収める。一一月、評論『文学における卑俗性』出版。

一九三一年（三七歳）

一〜三月、ロンドン。三月、劇『光の世界』上演。九月、評論集『夜の音楽』出版。

一九三二年（三八歳）

二月、小説『すばらしい新世界』出版。機械文明の異常な発達が人間性の喪失をもたらすという主題を表現したディストピア（裏返しのユートピア）小説。九月、『D・H・ロレンス書簡集』編集・出版。

一九三三年（三九歳）

一〜五月、西インド諸島、グアテマラ、メキシコへ旅行。五月、父レナード死亡。一一月、スペイン旅行。

一九三四年（四〇歳）

四月、旅行記『メキシコ湾の彼方』出版。体調不良、精神的な不安定など問題が生じる。

一九三五年（四一歳）

六月、パリで開かれた二四ヵ国二三〇名の文学者を集めた文化擁護国際作家会議に出席。一一月、ディック・シェパードの提唱した「平和の誓い同盟」に参加。一二月、ロンドンの「友の家」で平和主義について講演。

一九三六年（四二歳）

四月、パンフレット『現状をいかにすべきか？』で絶対平和を唱える。六月、小説『ガザに盲いて』出版。作者の精神革命の軌跡を辿る一種の教養小説で、後期小説の代表作。一二月、評論集『オリーヴの木』出版。

一九三七年（四三歳）

四月、親しい友人ジェラルド・ハードと共に一家でニューヨークに向かう。眼病が悪化し、ベイツ博士の眼科療法を知る。車でアメリカ合衆国を移動し、ロレンス夫人の家のあるニューメキシコに着き、夏中滞在。一一月、評論『目的と手段』出版。一二月、ハードと共に平和について講演。

一九三八年（四四歳）

ベイツ療法による視力改善に便利なカリフォルニアで暮らす。八～九月、ハリウッド映画『キューリー夫人』の脚本執筆。

一九三九年（四五歳）

四月、ロサンジェルスで暮らす（一九四二年二月まで）。八月、ハリウッド映画『高慢と偏見』の脚本執筆。一〇月、小説『幾夏過ぎて』刊行。不治の肉体に憧れる大富豪と、無執着の人とを対比的に描いたが、作者が肯定する後者の印象が薄い。

一九四一年（四七歳）

一〇月、伝記『灰衣の高僧』刊行。一七世紀フランスの謎めいた人物、ジョゼフ神父を論じた。映画『ジェーン・エア』の脚本執筆。

一九四二年（四八歳）

一〇月、評論『見る方法』刊行。自身が経験した、ベイツ博士の眼科療法の解説。

一九四四年（五〇歳）

八月、小説『時は止まらねばならぬ』刊行。若い主人公の無責任な態度が他人の悲劇につながる話。

一九四五年（五一歳）

九月、評論『永遠の哲学』刊行。神秘宗教の聖者の語録とその解説。

一九四六年（五二歳）

三月、評論『科学、自由、平和』刊行。七～一〇月、短編「モナリザの微笑」の映画、舞台上演両方のための脚本執筆。

一九四七年（五三歳）

九月、一九三八年以来初めてカリフォルニアからニューヨークへ車で行く。年末に戻る。

一九四八年（五四歳）

短編「モナリザの微笑」が二月にハリウッド映画『女の復讐』という題名で上映される。二月、劇『モナリザの微笑』アメリカで刊行。最初の題名は『女の復讐』であったが、後に変更。六月より、この劇がロンドンの劇場で九ヵ月間連続公演された。六月、ニューヨークから、一九三七年以来久しぶりに船でヨーロッパに向かう。八月、小説『猿と本質』刊行。原爆戦争後の人類の醜悪な姿をシナリオ形式で描いた架空未来小説。一〇月、ニューヨークに戻る。

一九五〇年（五六歳）
四月、評論集『主題と変奏曲』刊行。

一九五一年（五七歳）
三〜七月、眼が虹彩炎症に冒される。

一九五二年（五八歳）
一月、妻マリア、乳がんで重体。一〇月、評論『ルダンの悪魔』刊行。一七世紀フランスの女子修道院で起きた悪魔憑きの記録。

一九五三年（五九歳）
五月、メスカリン（一種の法悦を起こす麻薬）の実験台に進んでなる。

一九五四年（六〇歳）
二月、論考『知覚の扉』刊行。メスカリン服用の体験を報告する内容。四月、超心理学会の会議に出席。

一九五五年（六一歳）
二月、妻マリア死亡。打ちひしがれる。五〜六月、ニューヨークの劇場で、六月刊行の小説『天才と女神』の劇版の上演。

一九五六年（六二歳）
二月、評論『天国と地獄』刊行。三月、ヴァイオリン奏者、ドキュメンタリーフィルム製作者、心理療法士で、イタリア系アメリカ人のローラと再婚。一〇月、評論集『アドニスとアルファベット』刊行。

一九五八年（六四歳）
七〜八月、ペルー、ブラジル旅行。九月、イタリア旅行。一〇月、パリ、ロンドン、ヴェネチア旅行。同月、評論『すばらしい新世界再訪』刊行。現代文明が人間精神に加える暴虐を論じる。

一九五九年（六五歳）
二月、サンタ・バーバラで「人間の状況」という題で数ヵ月にわたり連続講演を始める。

一九六〇年（六六歳）
三～四月、メニンガー財団で客員教授。五月、がんと診断されラジウム治療。九～一一月、マサチューセッツ工科大学で客員教授。

一九六一年（六七歳）
五月、ロサンジェルスの自宅が焼失。特に蔵書を失ったことにショックを受ける。イギリス、フランス、スイス、デンマークなどに加えて、一一月にはインド、日本へ旅行。

一九六二年（六八歳）
二～五月、カリフォルニア大学バークレー校で客員教授。三月、未来小説『島』刊行。六月、王立文学協会により文学勲爵士を授与される。八～九月、ブリュッセルでの世界芸術科学アカデミーの大会に参加。

一九六三年（六九歳）
三月、ローマでの国連食糧農業機関の会議に出席。八月、ストックホルムでの世界芸術科学アカデミーの大会に参加。九月、評論『文学と科学』刊行。一一月二二日、ロサンジェルスで咽頭がんで死亡。

一九七八年
評論集『人間の状況』死後出版。一九五九年の連続講演の採録。

（訳者編）

モナリザの微笑《ほほえみ》 ハクスレー傑作選《けっさくせん》

オルダス・ハクスレー 行方昭夫《なめかたあきお》 訳

二〇一九年六月一〇日第一刷発行

発行者――渡瀬昌彦
発行所――株式会社 講談社
東京都文京区音羽2・12・21 〒112-8001
電話 編集（03）5395・3513
販売（03）5395・5817
業務（03）5395・3615

デザイン――菊地信義
印刷――豊国印刷株式会社
製本――株式会社国宝社
本文データ制作――講談社デジタル製作

定価はカバーに表示してあります。

講談社
文芸文庫

ISBN978-4-06-516280-4

アポロニオス／岡道男 訳
アルゴナウティカ　アルゴ船物語　岡 道男――解

荒井 献 編
新約聖書外典

荒井 献 編
使徒教父文書

アンダソン／小島信夫・浜本武雄 訳
ワインズバーグ・オハイオ　浜本武雄――解

ウルフ、T／大沢 衛 訳
天使よ故郷を見よ(上)(下)　後藤和彦――解

ゲーテ／柴田 翔 訳
親和力　柴田 翔――解

ゲーテ／柴田 翔 訳
ファウスト(上)(下)　柴田 翔――解

ジェイムズ、H／行方昭夫 訳
ヘンリー・ジェイムズ傑作選　行方昭夫――解

関根正雄 編
旧約聖書外典(上)(下)

セルー、P／阿川弘之 訳
鉄道大バザール(上)(下)

ドストエフスキー／小沼文彦・工藤精一郎・原 卓也 訳
鰐　ドストエフスキー ユーモア小説集　沼野充義――編・解

ドストエフスキー／井桁貞義 訳
やさしい女｜白夜　井桁貞義――解

ナボコフ／富士川義之 訳
セバスチャン・ナイトの真実の生涯　富士川義之―解

ハクスレー／行方昭夫 訳
モナリザの微笑　ハクスレー傑作選　行方昭夫――解

▶解=解説を示す。　2019年6月現在

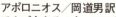

フォークナー／高橋正雄訳
響きと怒り　高橋正雄——解

ベールイ／川端香男里訳
ペテルブルグ(上)(下)　川端香男里-解

ボアゴベ／長島良三訳
鉄仮面(上)(下)

ボッカッチョ／河島英昭訳
デカメロン(上)(下)　河島英昭——解

マルロー／渡辺淳訳
王道　渡辺 淳——解

ミラー、H／河野一郎訳
南回帰線　河野一郎——解

メルヴィル／千石英世訳
白鯨　モービィ・ディック(上)(下)　千石英世——解

モーム／行方昭夫訳
聖火　行方昭夫——解

モーム／行方昭夫訳
報いられたもの|働き手　行方昭夫——解

モーリアック／遠藤周作訳
テレーズ・デスケルウ　若林 真——解

魯迅／駒田信二訳
阿Q正伝|藤野先生　稲畑耕一郎-解

ロブ=グリエ／平岡篤頼訳
迷路のなかで　平岡篤頼——解

講談社文芸文庫

オルダス・ハクスレー　行方昭夫 訳
モナリザの微笑　ハクスレー傑作選
解説＝行方昭夫　年譜＝行方昭夫
ディストピア小説『すばらしい新世界』他、博覧強記と審美眼で二十世紀文学に異彩を放つハクスレー。本邦初訳の「チョードロン」他、小説の醍醐味溢れる全五篇。
978-4-06-516280-4
ハB1

ヘンリー・ジェイムズ　行方昭夫 訳
ヘンリー・ジェイムズ傑作選
解説＝行方昭夫　年譜＝行方昭夫
現代文学の礎を築きながら、難解なイメージがつきまとうジェイムズ。その百を超える作品から、リーダブルで多彩な魅力を持ち、芸術的完成度の高い五篇を精選。
978-4-06-290357-8
シA5